老河湾的味道

刘善民◎著

山西出版传媒集团
山西人民出版社

图书在版编目（ＣＩＰ）数据

老河湾的味道 / 刘善民著 . -- 太原 ： 山西人民出
版社， 2022.12
ISBN 978-7-203-12548-8

Ⅰ．①老… Ⅱ．①刘… Ⅲ．①散文集－中国－当代
Ⅳ．① I267

中国版本图书馆 CIP 数据核字（2022）第 251971 号

老河湾的味道

著　　者：刘善民
责任编辑：姚　澜
复　　审：魏美荣
终　　审：贺　权
装帧设计：谢蔓玉

出 版 者：山西出版传媒集团·山西人民出版社
地　　址：太原市建设南路 21 号
邮　　编：030012
发行营销：0351-4922220　4955996　4956039　4922127（传真）
天猫官网：https://sxrmcbs.tmall.com　电话：0351-4922159
E－mail：sxskcb@163.com　发行部
　　　　　sxskcb@126.com　总编室
网　　址：www.sxskcb.com

经 销 者：山西出版传媒集团·山西人民出版社
承 印 厂：三河市元兴印务有限公司

开　　本：660mm×960mm　1/16
印　　张：17.5
字　　数：300 千字
版　　次：2022 年 12 月　第 1 版
印　　次：2022 年 12 月　第 1 次印刷
书　　号：ISBN 978-7-203-12548-8
定　　价：59.80 元

如有印装质量问题请与本社联系调换

断之续之而潺湲同是自然规律而象征，如果说春秋而大河奔流是它澎湃而激情，而冬月而海河冰川则是它淳流而喘息。

一条河的美丽 不在眼前而风景，在于川流不息而坚守，在于无愧天地而淡然，在于以哲永恒而思索。

你不是一条河. 你是一条亘古不变而真理。

刘君仆
2022年4月28日 能阳县

乡韵悠扬唱滹沱（代序一）

/ 何同桂

滹沱河，是饶阳人民的母亲河。

这条日夜奔腾川流不息的河流，是饶阳的地理标志，是饶阳的文化摇篮，是千年古县一道最壮美的风景，也是饶阳儿女心中永远崇仰的图腾。

遍翻饶阳史志，我们会看到，那些载入典籍的贤哲名流、志士英模都在滹沱两岸留下过闪光的足迹，那些脍炙人口的故事、传说和诗词美文，也几乎都与这条河流有关，而闻名遐迩的饶阳十景则是滹沱河滋润浇灌的花朵了。

饶阳是文明古县，也是文化强县，近年来这里的文学创作非常繁荣，别开生面，涌现出很多优秀作者。尤其令人可喜的是，不少作者能够自觉上承文脉，下接地气，继续满怀深情地描写和讴歌滹沱风情，涂抹着一幅幅五彩斑斓的画卷，吟诵着一曲曲韵味悠长的诗章。

刘善民同志即是其中的佼佼者，这部《老河湾的味道》就是一个证明。

善民是我的文友，与我相识已经三十多年。他生于滹沱蜿蜒环抱的大齐村，伴着蒲苇萌芽生长，和着涛声背书吟诗。这条与他日夜相伴，让他魂牵梦绕的河流，似乎从少年时期就给他注入了热爱文学的雄健基因。我常由此联想到一些名扬国内外的文学大家。如大运河之于刘绍棠，呼兰河之于萧红，滹沱河是否冥冥中也在起着这种神秘的作用？

善民对文学的痴爱是始终不渝的。他不论从军于古城沧州，还是转业于党政机关，不管就职于乡镇基层，还是服务于公益事业，总是利用业余时间读书学习，操笔弄文，不断有作品见诸报刊。特别是近几年来，他集中精力创作了大量讴歌滹沱河的系列散文，受到文友和广大读者的普遍赞扬。

我非常喜欢善民的散文，只要见到就看得非常认真。后来有了微信，他每有新作也常发来叫我先睹为快。有一次，他把描写滹沱风情的几十篇散文打印出来，诚恳地说请我"提提意见"。我认真看了几遍，感叹于他的执着和才华，但并没有什么真知灼见。为表示自己不敷衍朋友的态度，就认真标出几篇自认为写得较好的，指出几篇稍有逊色的。其实我说的只是一种感觉，究竟好在哪里，差在何处，也没说出个子丑寅卯。后来被我看好的一篇《芦荡情歌》被《河北日报》的《布谷》副刊以"芦荡爱琴海"为题选发，我听说后十分高兴，当时曾写一诗赠他，现抄录如下：

> 恰是寒风凛冽时，
> 欣闻"布谷"唱花枝。
> 芦荡恋歌如美酒，
> 滹水情缘胜好诗。
> 信手拈来清丽句，
> 灵感常有奇妙思。
> 每见华章情难禁，
> 文痴自古贵相知。

这首诗，是对善民创作水平不断攀高的祝贺，也表达了我对他作品的一个总体印象。

我喜欢善民散文中蓬勃的诗意。

美文如诗，自然是一种很高的境界和要求，善民的写作在这方面下了苦功。这也得益于他平时总是勤于写诗。他的散文多取材新颖，视角独特，行文轻盈隽永，词句鲜活灵动，读来有韵有味，令人在阅读中享受。这是认真读书和反复锤炼的结果，也和天才禀赋有关。

我也喜欢他散文中那种充盈着水汽的泥土芳香。

善民的为人，是脚踏实地的；他的文章，是言之有物的；他的素材，来自多年酸甜苦辣的生活积淀；他的灵感，得益于反复的思索和梳理。尤其是朝花夕拾的那些故乡风景、人物、故事等都写的有滋有味。在他的笔下，故乡的波光帆影、绿柳长堤、红荷嫩苇、草滩野花都如诗如画；

同学玩伴、家人亲友、干部社员、东邻西舍都活灵活现。这些储存在心的素材，在他笔下看似随意铺排，实则剪裁有度；看似信手拈来，实则颇具匠心。

《山爷》是他的代表作之一。"山爷是本村的一个光棍老头"，在他脑海里"存了50多年"。他清楚记得"两间低矮的土坯房，外墙用麦秸泥刷抹得光滑顺溜，屋内虽然窄小，却干净利落。进屋右侧紧挨门的地方是锅灶；迎门处的墙上，悬挂着一张发黄的武强年画《鲤鱼跳龙门》，彰显着他从未泯灭的梦想……"如此细腻的描写，让人如临其境。按年龄算，当时善民应在童年，如果"这个庄稼老头"在他心中没有位置，断不会有如此深刻的记忆。可见，写自己熟悉的生活才能增加文章的厚重感。

善民写"山爷"，既着眼于"山爷"的一些生活小事，又关注到其在历史重大事件上的态度和表现。比如，在村街制止孩子们混吃商贩的糖葫芦不给钱，"不能坏了咱村的名声"；在抗日战争时期，面对鬼子的刺刀，"死也不出卖乡亲"；在轰轰烈烈的政治风暴中，"他的那间小屋，从来也没冷淡过谁"。善民的文字都是从人性角度，客观反映人物的内心世界，不刻意拔高，不任意渲染，体现了一个"真"字。

1996年8月，滹沱河暴发了百年一遇的洪水。当年，善民在官亭乡任职，在北堤日夜坚守了半个多月。他的家乡大齐村就在下游不远处，早已成了"汪洋大海"。在《亲历"96·8"抗洪斗争》一文里，善民没有将自己刻画成"高大上"的英雄人物，他在真实记录当时干部群众抗洪场面的同时，表露了自己对家乡的担忧。朴实的语言，真实的家乡情结，令人感动，体现了一个"情"字。

善民的文章，常常以情胜出。读他的文章，不仅可以看到他的经历，还可以走进他的内心，了解他的生活态度和处世准则，知道他的审美观和人生观。

古人常说"道德文章"，把道德和文章放在一起谈。毛主席也说过："文风就是作风。"善民文笔干练老道、自然细腻，字里行间透露着真情、良善、正能量，透露出一股豪爽之气，觉得他是一个可交的文友。

记得我们第一次见面是在我的办公室里。他那时只有二十多岁，刚从部队转业到县委报道组工作。他说当兵时读过我的小说《芝麻花》，因文末标有"作者系饶阳县委干部"，所以刚上班就打听我，对于能够与我相识非常高兴。我那篇小说发表后，虽收到过两封来信，但并没人慕名找我，所以印象很深。那天他只说自己爱好文学，却没谈自己的创作经历和成绩。后来才知，当时他已在《沧州日报》等报刊发过作品。以他的年龄来说，这已属起步较早、崭露头角了，但他没说一句炫耀卖弄的话，只是表示要"向你学习"云云。从此事可以看出，善民是处世低调且非常谦虚的人。仅此一点，就和那些成天云山雾罩、胡吹乱侃的人截然不同。"谦虚使人进步，骄傲使人落后"，真是千古不易之理。

善民出书，请我写序，并反复强调说："你一定要给我指指缺点和不足。"我想，作为一个立志文学创作的人，必须力戒浮躁，尽量远离繁华热闹，锲而不舍，坚持苦练内功和定力，这样才能不断突破瓶颈，打造精品，攀越和占领新的文学高地。这也是我们的共同志愿。

我相信，善民会离这个目标越来越近。尽管他已经五十多岁，但在我心中，他依然是那个朝气蓬勃、埋头创作的小伙子。

（本文作者系原饶阳县政府办公室主任、县人大副主任，河北省作家协会会员，衡水市作家协会副主席，孙犁研究会副会长）

一部静水流深的好书（代序二）

/ 杨广克

读了善民同志的散文集《老河湾的味道》，感觉真实、自然、有滋有味，就像家乡的滹沱河水一样清澈透明，恬静幽远，让人不知不觉间陶醉其中，回味无穷。

这是一部散发着浓郁乡土气息的散文集，字里行间流露着作者真挚的家乡情怀。滹沱河的历史积淀、文化传统、风土人情、时代变迁在作者笔下如风景画一样徐徐展开，那些故事就是这片土地生生不息的写照，那些人物就是这条河流亘古不绝的记忆。滹沱河是饶阳县的母亲河，我与善民同志一样是滹沱河的儿女，对这方水土知之深，爱之切。能把自己的赤子之情诉诸笔端，形成优美的文章，善民同志堪为榜样。这部散文集，承载了他深沉的思想和炽热的感情，也见证了他对父老乡亲的拳拳之心。可以毫不夸张地说，善民同志做了一件大事、好事，这将是饶阳文化繁荣发展的一个标志，也将是饶阳人民艰苦创业、奋发进取的一个缩影。

文学即人学，作品来源于生活。善民同志是用心用情去写作，字字句句，无不透露出他的真情实感。正所谓有感而发，人们能从作者的文章里读到他的感情、观点乃至灵魂。展卷细读，爱不释手，我觉得这部书还有这样几个特点：

一是具有珍贵的史料价值。滹沱河源远流长，饶阳县历史悠久，建县已有两千多年的历史，书中以滹沱河边村庄的历史变迁、生产生活为主题，反映了饶阳厚重的历史和近年来的发展变化。比如，《城里的亲戚》从一个崭新的角度写出了农村的发展历程。善民同志出生在20世纪60年代，对农村感触很深，以他的亲身经历，尤其以一些细小的事例去展现当时的城乡差别，反映近几年农村的飞速发展，其作品活脱脱是一部村庄发展史。《葡萄熟了》以真实的笔触从侧面记录了饶阳农业的转型升级，展示了饶阳县由传统农业向现代农业、生态农业转变的过程。记得我在县政协工作期间，曾组织编写过一部《饶阳县设施农业发展简史》，目的就是全面记录饶阳农业的历史性变革，善民同志则是从文学角度，通过"葡萄"诠释了这段历史。《乡村花絮》运用了极精练的语言，把20世纪农村的生产生活场景切出一个个横断面，每一个生活在那个年代的人读了之后，都会产生无限的留恋和深深的乡愁。

二是丰富的文化内涵。饶阳文化底蕴深厚，是《诗经》的发源地，也是燕赵交会之地，历史上涌现了一大批名人志士，是著名的红色老区。这本书把燕赵文化的慷慨悲歌、诗经文化的朴素自然、红色文化的爱党爱国都融入了自己的笔端，述说着滹沱河畔的地域性文化。《村戏》中小脚老太太唱出的"船头调"，《打夯》里的"夯歌"，《坡上人家》的土窑，《秃尾巴堤记忆》里的"凯爷"……极其鲜明地记录了滹沱河边的历史及民间文化。这是一种挖掘、一种开采，既弘扬了家乡的文化传统，又为后人研究饶阳文化留下了宝贵的资料。

三是积极的现实意义。饶阳县是中国蔬菜之乡、中国葡萄之乡、全国现代农业科技示范区。文中对新农村建设着墨不少，以新旧时期对比的方法记录了时代的脚步。《去滹沱河看水》对国家南水北调工程实施之后农村的生态变化有具体的描述，对滹沱河流域的开发治理有很深的感受；《河对岸的村庄》对国家乡村振兴战略充满期待。他用质朴的语言，写出了新时代农村的崭新风貌，让人们切身感受到时代的飞跃，给人信心和力量。

四是鲜明的文学特色。饶阳县地处冀中平原腹地，作者的选材和语言都有冀中平原独有的特色，这是难能可贵的。比如《黑哥》《晒墙根》，把冀中平原独有的方言和习惯表现得淋漓尽致，一些场景诗意盎然、妙趣横生，让人忍俊不禁的同时，又生出独特的美感。

我与善民同志是老同事，他无论从军、从政、从文都为人真诚，重感情，干事脚踏实地、有始有终，这在他的文章中都能体现出来。他有很深的文字功底和文学修养，在县委办公室工作期间，参与起草了县委许多重要文件，撰写了很多关于全县改革发展的文字材料，是县委有名的笔杆子，留墨不浅。多次被河北省委、衡水原地委（市委）办公厅（室）

系统评为"优秀文字工作者"并通报表彰。近几年,他又写了大量的文学作品,尤其是这部散文集,可以说是他才华智慧的结晶,是他笃行不息的硕果,既报效了桑梓,也圆了自己的文学梦。在衷心祝贺的同时,也期待他笔耕不辍,写出更多歌颂家乡、积极向上的力作,为乡村振兴助力加油,为建设经济强县、美丽饶阳作出新的更大的贡献。

(本文作者系饶阳县人大主任,历任饶阳县委常委、

县委办主任、县政协主席等职)

◎ 第一辑
往事沧桑

◎ 第二辑

大河奔流

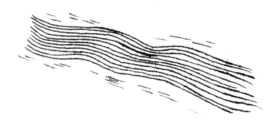

◎ 第三辑
真情回望

第四辑 ◎

物语声声

◎ 第五辑

灯下漫笔

◎ 第六辑 春秋花絮

◎ 第一辑

往事沧桑

岁月悠悠，渔歌已远，
但留在脑海里的故事却挥之不去。
每一个捕鱼的故事里，
都有着滹沱河人的欢乐和追求，
有着庄稼人的苦辣酸甜。

游戏滹沱河

戏水

滹沱河水从太行山奔流而下，弯弯曲曲，虽然有时性情暴戾、反复无常，但它用温柔的身躯将乡村揽入怀中，滋润着一方土地。"水蓬花、稗子草，长流水，断不了"是当年的真实写照。就在这青草碧波之上，古月新花之间，绿荫浅流的褶皱里，常常传来人们沐浴戏水的笑声。

大齐渡口的小河湾便是一个天然的浴场。昔日的大齐渡口，位于姚庄桥下游一公里处的东岸，与该村那片浓郁幽静的柳林相连。码头两侧，老柳垂波，蒲草幽深，河床舒缓。河边长大的孩子们，从小就跟着大人下水，狗刨、侧泳、蛙泳、仰水、打浪，这些带有乡土特色的"农式"泳姿，让人终生受用。从滹沱河游出的少年，总也忘不了这一河幽梦。

夏日，滹沱河的月亮总是那么迷人，明辉从天上落下来，给清澈的河水镀一层银色。微风袭来，粼光氤氲，透着灵气，宛如仙境。当劳累了一天的人们，呼朋引伴，沐浴在这温柔的河水里，便令群星妒起，嫦娥惊羡。此时，男人们草草脱光衣服，将鞋子一甩，就如下锅的饺子，扑通扑通落入水中。有的直接扎入水底向远处游，稍后猛然从水中蹿出，亮一声高嗓显摆自己的水性；有的三两一群在水中激战、打闹；有的爬到船头或立在河岸，向水中折一个跟斗，过一把舞台瘾；那些年长的老汉，躲在浅处，三三两两的相互搓着背。其实他们每天下水身上没有多少灰垢，那是庄稼人独具特色的按摩方式，借对方的手洗却满身的疲劳。这是一种劳动后的轻松，收获后的欢愉。

留恋这滹沱月色的不光是男人，也有女人。每当夜色降临，她们打点完家务，便大大方方地走出家门，成群结队地来到河边。将衣服悄悄放到密林中，再折一些柳枝盖好，然后蹲下身子，双手拄地，将一只脚伸向河面，轻轻地试试水，听到水中同伴的呼唤，才将整个身体沟入水中。同伴少的时候，她们慢慢地撩着水花，边戏水边聊着各自的心事，人多了便开始打闹嬉戏。此时,上年纪的就开始制止,她们会说"女人就要有个女人样儿,再胡闹让水鬼把你背走"。有时也会有人领唱几句时兴的歌曲,歌声、笑声、打闹逗趣声在月色下飘得很远很远……

男女戏水的地方是固定的,相距也不远,中间只隔一片蒲棒草,岸边几棵长歪的老柳树把身子探到了河里,似乎故意为男女之间设立一道天然的屏障。双方"各自为政",互不干涉。偶尔有调皮的后生挑衅地唱几句荤段子,便会招来长辈的一顿臭骂。

戏水虽是一种随意、传统的夜生活,也有很多规矩。比如,要结伴,尤其大人和孩子们同来河边,大人一定要照看好孩子,回村前要点清人数再走。因而,看似混合杂乱的一群人,其实各有其伴,各有其责。另外,在水中游玩时,对意外漂来的漂浮物一定要远离,更不能触及,因为水中或有玄机。当然,有些是迷信和传说,但也显露出人们在尽享滹沱河碧波明月的同时,对这流淌千年的河水的一份敬畏。

玩沙

阳光。沙滩。流淌的河。

天空中,一只云雀(俗称窝勒)盘旋数圈之后,落在沙丘旁。为安全起见,它没有立刻回家,先四方侦察,确定无危险,才悄悄迈着细碎的步子钻进一片草丛。沙窝里,用羽毛和草叶搭建的工程,便是它的巢。几只嗷嗷待哺的雏鸟,伸长脖子呼唤着,等待母亲的食物。巢南面摇曳着一片粗壮的水蓬花,葳蕤的枝叶,足有一人多高,紫穗低垂,宛若巨伞,庇护着鸟的家园。北面是几株散长的红荆,枝态茂盛,为鸟儿遮风挡沙。选择在这样一个风景秀丽又相对安全的地方定居,是鸟儿世代传承下来的生存本能。

顺着这只鸟飞来的方向望去,是一片银色的平滩,几只水鸡正在滩上赛跑,另外几只却将喙啄入沙中,反复打磨,好像有意保养自己的捕鱼利器。这些水鸡历来以其修长的腿和喙为豪,它们常常将一望无际的沙滩作为竞技场。

沙滩是鸟的天堂,也是我儿时的乐园。一到周末,我和伙伴们就扔下书包,背起柳筐,直奔滹沱河。把裤衩背心放在各自的筐里,再把筐集中到一起，藏在一只旧船背后，旋而扑到河水里，打水仗、摸鱼、翻跟斗。打闹一番之后，再向对岸的沙滩游去。

少年不知愁，更不知雅。面对连绵起伏的沙丘、碧绿青翠的水草、散碎似银的野花，当时的我们没有过多的心思去品味这诗韵，而诗韵却在不经意间挥洒、蔓延。

千年滹沱水，滚滚流淌。在沙滩上，散落着大自然的情怀，我们在沙的世界里放歌。或将沙土当作一床绵软的丝被，严严实实地盖在身上，望着湛蓝的天空遐思；或爬上沙丘下滑滚落，放纵自己的身躯；或干脆将沙粒撩向对方，来一场轰轰烈烈的沙仗……

我们在沙海里，寻找鹅卵石的圆滑，体味"石君"分崩离析的无奈和顺应；寻找山桃的碎尸遗骨，追问太行山桃花的妩媚；捡拾闪闪发亮的贝片，惊叹于河水孕育出的生命的新奇；观察野兔的行踪，侦探猎物的匿身之所；聆听空中大雁的鸣唱，问询南国的烟云……

如果你在河边长大，一定曾被这沙滩的故事激发出无尽的情思。

银滩之于孩子是一种玩物，之于大人是生活中的常备好物。他们把沙子装回家，用来保温，让红薯安然过冬；用作炒花生、葵花子等干果的辅料，干果就变得喷香酥脆。

滹沱河畔的人与小动物以一种相融的姿态，在沙中寻找着快乐，演绎着风流。

踩冰

一则故事在村庄代代相传：民国时期，一个在天津经商的老乡，带着幼小的儿子回家过年，走到滹沱河边已是晚上，被满河冰川拦住。他向着村庄的背影呼唤，亲人们却早已入梦。父亲只好让儿子在河边等候，自己来到冰上先试试冰的厚度，不幸陷入冰窟，不见了踪影，儿子也冻死在河沿……次日，乡亲们首先发现的是早已冻僵的孩子，他身体趴在岸边，脸上的泪痕化成冰串，身旁放着给家人带的大麻花。人们顺着他手伸的方向，打捞出游子僵硬的身躯……祖祖辈辈传念着哀情，是悲歌，是感叹，也是警示！

改道后的滹沱河将我村与县城隔开，村庄通往县城的路没有桥梁，一靠舟楫，二靠踩冰。冬日，每逢"一六大集"，冰河上就会出现川流不息的人群。北风裹着雪片，有时呼啸飞卷，有时低吟浅唱，男女老少，有的戴着毡帽蹬着草鞋，有的围着头巾穿着花袄，背筐、挑担、提篮、拎包裹，相互搀扶，缓慢前行。每走一步，就是在冰上打一个问号，向河神问道，默祈平安。年轻人却很放肆，他们跑着跳着打着滑，尽享天然的冰场。偶尔，有小伙子口无遮拦，引来一片慌乱，片刻，就会遭到众人的怒斥。老人们说，行走在冰上就等于在河神的头上走路，不能胡说八道，惹怒了河神，它就会把冰捅个窟窿，张开大口把人吃掉；更不能在河神的头上大小便，那是对神灵的不恭，会遭报应的。

有一些独行者，往往手持一根扁担过河，既不为担粮，也不为挑货，只是预防冰面突然下沉。那时，只要将扁担横在洞口，就可自救。据说过去我村一名跑单帮的就是用此办法保住了性命。

在冰上的日子不单是沉重的过往，有时也有一种乐趣。姥爷曾给我做过一个玩具叫"冰床"——两根木杠相连，中间坐人，下面是两个半圆形的木腿，前面横木上拴一根绳子可以拉着玩。这在当时，是非常奢侈的冰上玩具了。我们称冰床为"轿车"，把坐在上面的人叫"皇帝"，常是一个人坐在上面，另一个人拉着跑，一群人在后面跟着追，大家都争着抢着当"皇帝"。我们也常常在冰上成群结队地打陀螺。陀螺在冰上的摩擦力小，比地上旋转速度快，一鞭子下去要转好长时间，我们就趴在冰上，脸贴着冰面，望着旋转的陀螺感受冰上世界的美好。玩累了、渴了就随便找块冰凌啃食解渴，无色无味的"冰糕"是一种天然的食品。不时还搞恶作剧，把狗领到冰上赛跑，由于冰滑，狗跑几步便会摔倒，引得大家哈哈大笑。狗十分狡猾，摔倒之后便趴在冰上，任凭你怎样鼓励，狗儿只管两眼望着你，一动不动。

冰上的世界丰富多彩，我们玩得忘乎所以，把这里当成游乐场。大人们也不甘冬日的寂寞，时常到冰上炸鱼。他们先用冲子、铁镐等工具，在冰面上凿个窟窿，鱼儿纷纷游过来透气。此时，将雷管、炸药放入冰窟窿，点燃后躲到远处。炸药一响，冰上开花，之后便过去捡鱼。这是对冰雪世界的挑战，是对自然界的硬性索取，人们乐在其中。

冰上的岁月已成历史，曾经的年华也一去不复返。当思绪追寻到往日的"冰事"时，时常诱发些许的思考。断断续续的河水是自然规律的象征，如果说春秋的大河奔流是它澎湃的激情，而冬日的满河冰雪则是它深沉的喘息。滹沱河以它的澄澈和晶莹，涤荡着一代又一代人们的心。

抟泥

在饶邑古城，一看到展窗内那些泥塑，那些姿态各异、栩栩如生的泥碾子、泥磨、泥牛、泥马，那戴着毡帽肩负褡裢的老者，那侧身挥鞭抽打陀螺的顽童，那箍着头巾挎篮子剜菜的村姑……就想起小时候玩抟泥的事儿。

玩泥先采泥。把泥块从河边或村边的土坑里挖出来，蘸一点水，反复抟打揉捏，将生泥变成熟泥，泥料就算备好了。

最原始的玩法叫"破不破"。伙伴们围在一起，把揉软的泥巴捏成碗状，摔在硬地或砖石上，比谁摔得响、摔得破。摔前，互相问一声："破不破？"另一个说："不破。"只听啪的一声，泥碗摔破了，上面露出一个洞，泥点子四溅。喊"不破"的人要用自己的泥补上泥洞。最后，谁的泥多，谁就是赢家。我们常常一摔就是半天，弄得浑身上下都是泥。

有时，我们在大人的指导下，学捏泥人和小动物。孩子玩，大人也玩。尽管捏出的东西谈不上精美，甚至不伦不类，大人孩子却乐在其中，似乎与其他东西相比，泥在人的心中有一种天然的谐趣。

做泥哨子算是一种高级的游戏。随便捏一个造型，将用苇管制成的笛子包进泥里，露出两头，一头用来吹，一头出气。晒干以后，涂上花花绿绿的颜色，就是一个小小的口哨了。放在嘴边，呜呜一吹，仿佛这声音不是从泥里发出来的。凭着自己的想象，用泥哨去模仿某个小动物，吹出的声音轻盈、随性，让人很有成就感。

烧制泥模的工序相对复杂，也有一定的艺术性，一般人做不来。我村的下游村庄有个叫"瞎二八"的老头，专门卖泥模、泥哨、泥娃娃和女孩头上的红头绳。他隔一段时间就会来村里的街上转悠，头上搭着一块白毛巾，夏天图凉快，会把毛巾蘸上水。他边走边吆喝，虽然嗓门不高，词却一套一套的，像唱歌。他在街上一吆喝，孩子们就站不住脚，纷纷央求大人买。我买了不少模子，用一个木盒子盛着，满满当当。扁圆的泥模，像油炸糕那么大，一面平，一面凹，刻出的图案清晰美观，很有立体感。模子刻着的有手持刀枪剑戟的《三国演义》《水浒传》人物，有活跃在自然界的花草鱼虫、飞禽走兽，还有的像扑克牌里的老 K。

有一次，我们问他："你的泥模子和泥头人从哪里来的？"

他说："进来的。"

我们追问："从哪儿进的？"

他搪塞地说："能工巧匠那里。"

一个小伙伴问我："能工巧匠是哪村的？"

我说："不知道。我只知道泥模子上的天兵天将，在天上住。"

后来，年龄稍大，我们开始玩揉泥球，打弹弓。这种玩法具有明显的攻击性，容易伤人，家长和老师总设法限制。为躲避他们的视线，我们把揉好的泥球藏在河边的灌木丛。那里有一片沙土窝，又是向阳坡，把泥球摊开，在上面撒一层薄薄的沙土，既隐蔽，泥球又干得快。大家相约保守秘密，暗中操作，成果共享。

那个年代没有玩具，尤其是农村，孩子们都是就地取材，在大自然中寻求乐趣。这俯拾皆是的大泥巴，看似脏，却是"绿色玩具"，无论摔打把玩，都没有化学危害。现在的橡皮泥五颜六色，我以为，倒不如这泥巴玩得健康，玩得洒脱。

时光荏苒，这种粗俗的游戏早已被童车、积木、变形金刚等现代玩意儿取而代之。现在，随着时代的发展，又有了电子游戏，许多民俗也几乎被遗忘。但从那个年代过来的人，总是留恋那份纯粹与天真。

近几年，饶阳县退休干部邹永杰，走遍滹沱河畔的村庄，拜访老艺人，查找资料，对泥模进行潜心研究，亲手摔泥、烧制、着色，做出的泥塑巧夺天工，成为著名的泥塑传承人。他带着作品参加了衡水市的民俗大会，赢得一片喝彩。

饶邑古城也集中制作了一批具有本地风情的泥塑，将其放在民俗园的明显位置，供游人观赏。展窗之内，泥塑活灵活现，向人们演示着民间那些事，重温了遥远的旧时光。

捕鱼

对于世代生活在河边的人来说，捕鱼是一种本能，一种习惯，也是一种生活方式。滹沱河两岸的人们除了种庄稼外，大部分时间都在捕鱼捞虾。

记得在我村执教多年的常宗晓老师曾根据一位老者的讲述，创作过一幅《雨后撒网》的漫画，形象地表现了当年农民捕鱼的场景：一位老汉，头戴蘑菇式草帽，身披蓑衣，立在船头，挥手将网撒向空中。湿风漉漉，水波荡漾，身边芦苇的叶子上滚动着水珠，空中鱼鹰低翔，船上一只家犬探起身子，面向老汉撒网的方向，做欲扑之状。多么优美的撒网图啊！我深深地为滹沱河百姓这种纯朴、专注的劳动神情所感染。此画我保存多年，不忍丢弃。画中老汉的捕鱼方式俗称"打鱼"，那种网名叫"旋网"，是这一带普遍流行的网。渔谚说"雨后千重网，网网都有鱼"，就是指的这种网。

其实，捕鱼的方式很多，比如"粘鱼"，所用的工具是"粘网"。当上游水库关闸，水流缓慢时，这种网就派上用场了：将长长的网片拉开，横布在河里，两头和中间用木桩固定，就像水中的篱笆，过往的鱼自然被卡在网眼上。有专人不断地巡视并把鱼摘下来，就好像在长长的篱笆上摘扁豆。这种捕鱼方式，需要有人长时间坚守。人们一般在岸边搭个窝棚，轮流值班。在窝棚旁边点燃一堆木柴，架上铁锅，一是方便自己做饭（煮鱼汤），二是取暖（因为"粘鱼"都是在秋后，天气冷了）。一到夜晚，篝火连天，整条河都被点亮。人们往往凭着篝火判断捕鱼的收获——哪个河段篝火旺，哪个河段的收获就多。

还有一种捕鱼方式是"拉鱼"，所用工具是"拉网"（或称磨网）。拉网是所有网中规模最大的一种，需要的人也最多，一般要5人以上；其网也长，最短的"拉网"不下30米，有的更长。网的纲绳上面，分布着若干长方形木片（俗称漂儿），网底分系着很多锡块（俗称坠儿）。漂儿是让网纲上浮，坠儿是让网底下沉，二者相互配合将网面张开，正所谓"纲举目张"。整个网线都经猪血或红漆浸泡，主要是防止网线腐烂。这种网适合大水面捕鱼，一般常在大齐的老河湾作业，此处河床平展，又恰逢河的拐弯处，出鱼最多，十里八乡的人都到此捕捞。

为了维持秩序，村里有人专门负责管理和组织排队，无论哪来的，只许拉一网，不过只这一网就能收获颇丰。当时玉琢爷专门负责给渔网登记，不登记不许下水。某村有一个人，在滹沱河一带有头有脸，但他就是不登记，强行拉鱼，并说："你难道不知道我是某某村的大如松吗？"玉琢爷说："我也不管你是如松，也不管你是如紧，舀盔子抬网，一律到我这儿登记。"这句话流传至今，老人们常提起来，引为笑谈……

用什么样的捕鱼工具，要看地形水况。比如水流湍急时用"舀盔子网"，叫"舀鱼"。一般在岸边作业，先修好码头，然后顺流舀动，讲究"有鱼没鱼三千网"，需要耐性。

浅滩捕鱼，用"抬网"，叫"抬鱼"。

在死水坑捕鱼用"杈网"，叫"杈鱼"。

在冰下捕鱼叫"砸鱼"。就是用农用铁镐或自制的铁镩子，先开冰，再往冰窟深处下地笼，等鱼钻入地笼里，便把笼子提出来。胆大的人或将炸药放入冰中，实施"炸鱼"。冰面的一声炸响，是他们最开心的时候。

"钓鱼"最讲究，充满着辩证法。鱼碰钩是偶然，鱼被钓上岸是必然，什么样的鱼喜欢什么样的食物，要具体问题具体分析，洞明其中规律。因此，钓鱼高手都是"哲学家"。

在捕鱼中最有趣的当数"摸鱼"。摸鱼人虽然赤手空拳，没有任何工具，但最需要智慧和技巧。每一次下水摸鱼，都是一场有趣的伏击战。掐一棵稗子草的蔓衔在嘴上，然后侦探地形。那些泡在水里的树墩、草丛、秸秆以及人们的脚窝，都是鱼的藏身之所。将手臂伸开，两掌半合，悄悄深入，凭直觉扑捉。抓到后迅速合掌，扼住鱼鳃，立刻出水，用稗子草的蔓从鱼鳃里穿入，从鱼嘴里穿出，将鱼穿成串。这便完成了一次摸鱼的过程。

如果喜欢吃虾，最好等到秋后。那时，大小虾都会汇集到河边的浅水处，然后人们用一种叫"虾耙子"的网（形如搂柴火的大耙），蹚着水，顺着河边拉着走，那些欢蹦乱跳的虾便会乖乖上网。不过秋后拉虾耙子时，水已很凉，有人甚至带着冰凌茬子拉网，这样最伤腿。

　　岁月悠悠，渔歌已远，但留在脑海里的故事却挥之不去。每一个捕鱼的故事里，都有着滹沱河人的欢乐和追求，有着庄稼人的苦辣酸甜。

秃尾巴堤记忆

秃尾巴堤，即饶阳县滹沱河北埝。西起姚庄，东至献县，其走势弯弯曲曲，随滹沱河或东或南，甩来甩去。经过我村这一段，正好是老河湾，拐过之后便转身向南。

秃尾巴堤虽是一个普通的土埝，《饶阳县志》却多有笔墨。史上饶阳和献县为分洪曾有纷争，惊动州府，矛盾焦点就在此处。因而，如若撰写这一河段的历史，罅漏此堤，便不成史。

饶阳县政府历年的《防洪预案》将其列入防洪工作重点，并在我村预设了分洪口。这项举措既有效滞洪，也保护了这一带的老百姓。当然，其中也预设了牺牲，预设了舍小家保大局。这是秃尾巴堤的高风亮节。

昔日河堤高而宽，可以并排行走两套马车。堤内柳林茂盛，两侧的红荆、紫穗槐护卫着堤坡。坡上绿草黄花，宛如朵朵彩云。最常见的草有燕子尾、野茶棵和扎蓬菜等，主要用作猪羊的饲料。儿时，我们常常来这里打草揪菜，捉知了，逮蚂蚱。

堤上有个扬水站，是我逗留最多的地方。黑色水管从红砖房里伸出，探身渠内，就像一条土龙贪婪吮吸着滹沱的血液，再将激情喷发吐放，滋润着这片土地。我喜欢站在这混凝土制成的水簸箕旁，欣赏那喷涌而出的水龙缓缓流入农田。负责抽水的柴油机手，总在水簸箕的出口放一个筛子或柳筐，接住那些零星的小鱼小虾，顺得一分收获和惊喜。

记得老亚（刘亚明）曾当过扬水站的柴油机手。一次，他用筛子接了一点小鱼儿，清一色的小白条，碰上我爷爷在堤上护林，老亚说："爷爷，拿回去炸了吃吧。"爷爷把鱼儿拿回家，很高兴，反反复复夸"这孩子懂事"。

人老已成弱者，获得别人的一点善意自然是件开心的事情。这一碗鱼儿来得有温度。

滹沱河没水的时候，扬水站则是一片荒凉，铁将军锈迹斑斑的，挂在门上。偶尔我们来此探险，能闻到一股柴油和尘土混合的腥味；侧耳，蛐蛐儿悠闲地鸣唱；麻雀藏在屋顶的角落里发呆；蛇从砖缝里探出头来，吐出长长的信子；水渠裸露着脊背，似一架嶙峋的龙骨，通向荒芜的沙滩。

堤西是老河湾和大齐渡口，也是曾经的渔场。湾里有水时，人在河中戏，舟随浪花行；渔歌唱晚，雁叫声声。断了水，便是一片荒芜。

堤东那方庄稼地紧挨着村庄，因塔得名"和尚塔"。塔不高，建在路旁不远处，是一个和尚圆寂的地方，青砖黛瓦，松柏环绕，杂草丛生；后自然坍塌，成为废墟。这方土地，土质肥沃，又临河流，是村里的"保命田"。

乡亲们把秃尾巴堤当作命根子。洪水突发时，常以锣鼓为号，组织民工上堤；一旦开口子，便敲钺为号。老人们说，汛期来临，"一听到半夜敲敲打打，从心里就瘆得慌"。但是，为保护家园、保护良田，大家齐心协力，奋不顾身，挡堤、堵口子、下河打桩，个个是好汉。

20世纪五六十年代，为减少洪水对秃尾巴堤的冲击力，村里组织村民在堤的西侧种植了300多亩柳林。一丛丛的柳树杆子，南北成行，非常浓密，对保护秃尾巴堤起到了重要的作用。

进入70年代，学校组织学生每年在堤坡栽种不少向日葵和蓖麻，这是勤工俭学的科目。丰收的季节，葵花列队，向着太阳开放；蓖麻籽一嘟噜一串儿，甚是喜人。师生们排着队来到堤上，先是老师结合丰收的景象给大家讲解葵花籽和蓖麻籽的用途，之后开始采摘，气氛欢快而热烈。这劳动的场景，曾出现在学校的黑板报上，洋溢在学生的漫画里，也活跃在我作文的字里行间。

夏日的周末，我们背着柳筐，拿起镰刀，来到堤上打草挑菜。偶尔也会坐在大树下，一边纳凉，一边听大人们侃大山。村里那些陈年旧事中诙谐幽默的段子，常常让人大笑不止。

本家有个凯爷喜欢讲究老事，并且他说他讲的故事"都是真事"。一次，他指着和尚塔那块地给我们讲了起来。

他一边卷着纸烟一边说，那一年，县官儿坐着大轿察看蝗灾，正碰上一人在那里锄地，县官下了轿，问："你叫什么名字？"那人回答："刘来。"县官问："你知道哪块地里蝗灾最严重？"那人说："你算问对人了，这事我最清楚。"于是，领着县官故意在谷地、玉米地乱转了半天，不但没见到蝗虫，县官一身的新缎子还被谷穗草叶刮得乱七八糟。县官非常生气，抡起手杖边打边骂："刘来，我看你叫'胡来'，胡来话三千。"从此，这句话成了村里人的口头禅，人们改"刘来"为"胡来"，将那些爱多说话的人统称为"话三千"。

村里流传的一个状元点主的故事，我也是在堤上听说的。清朝年间，一个刘姓财主刚盖起五间大瓦房，修建了门楼，计划在门楼上写一副体面的楹联。他亲戚托亲戚，转了好几道，去肃宁县请来了晚清状元刘春霖（清朝最后一位状元），财主在家中置办了上等的酒席和文房四宝等候。刘状元乃慈禧亲点的书法大家，时有"大楷学颜，小楷学刘"之说。那日，轿刚到门口，状元轻撩轿帘，只望了一眼，便转轿返回。财主不解其意，提着长袍追到河边。刘状元说道："房新树矮画不古，何我春霖来点主。"即打道回府。此事也留下口头禅，人们每遇不愿承办的事情，往往会说："房新树矮画不古，何我春霖来点主。"

还有个故事，让我记忆很深。过去，村里有个年轻人，在洋学堂读了几年书，回家后肩不能压担，手不能提篮，大事做不成，小事不愿做；即使在天津卫谋了些趴柜台的差事，也总干不长。夏日正午，街坊邻居们在树下乘凉，读书人提着包裹正从外地往家赶，人们看其垂头丧气，便知又失了业，故意调侃戏弄。读书人操着天津话解释："此处不留爷，还有留爷处，到处不留爷，才把爷憋住，爷爷家里住……"故事不长，引人深思。

如今的秃尾巴堤不如原来的高，柳林也变成了墓地。不过，每次回家，我都不忘在堤上转转，寻找那些细枝末节。扬水站在哪儿？讲故事的凯爷埋在哪儿？数数那些坟头，认认故去的老人们，想想过去的事，念叨念叨街坊邻居，默默咀嚼热土人情，也是一种幸福。

芦荡爱琴海

从姥姥家门前左拐，有一条窄长的小路，行百米就能望到苍苍茫茫的芦荡。芦苇顺着村边绵延不断，几乎把大半个村庄包裹起来。散布其间的大小池塘暗流相通，是芦苇赖以生存的命脉。夏夜，月光透过微风摇曳的叶片，将细碎的银晖筛落在池塘和蜿蜒的小路上，伴着夜莺、水鸭、鹭鸶以及蟋蟀的鸣唱，苇根那酸甜的气息悄悄钻入鼻孔里，幽然入梦。我喜欢这种味道，常常逗留在姥姥家的院子里，呼吸这遥远而神秘的气息。

这片天然的芦荡年代久远。动人的故事和传说，也如这乳白的苇根，深深扎根在人们的心田。

芦苇荡最大的池塘在那条小路的东侧，对面就是生产队的牲口棚。六十多岁的饲养员是我的本家，和老娘相依为命。他年轻时讨过的一个媳妇，因肺结核早年病逝，没有留下后代。他一生没有什么能拿得出手的，值得炫耀的就两件事：一是侍弄牲口，他既能给牲口看病，还听得懂牲口的"语言"；二是亲眼见过芦苇荡里的"狐仙"。

冬闲的夜晚，人们喜欢扎堆在牲口棚的火炕上，推牌九、拱小牛（也是一种棋牌游戏），不仅为了取暖，也能顺便蹭一把料豆吃。常有人喊："老刘，说说你碰上狐狸大仙的事吧。"他总是煞有其事地笑而不语，等人少了，便神神秘秘地讲述他重复了八百遍的故事。

他把四十年前的一个晚上，他独自一人下水洗澡时如何巧遇一个漂亮女子，如何潜游接近，如何发现狐狸尾巴，如何吓得逃上岸，狐仙又如何风月传情的故事，说得出神入化。

其实，很多人已是多次讨听老刘的故事了。他们绝不相信芦荡里会有狐仙，只是借此弥补生活的单调和寂寥；而老刘也是想在孤独的人生路上，放飞自己幻想的爱情。

顺着那条弯弯曲曲的小路，一路前行，自然进入芦荡的深处。那里有一个岔道口分出两条路，一条稍宽通往邻村，另一条向左变窄，宛如羊肠。墩子草有序地铺在潮湿的红土上，好像一条天然的地毯。谷谷妞草叶弯弯，叶尖挂着晶莹的水珠，如同一盏盏水晶灯，为恋人们照亮行走的路。芦花尚未到飘散的季节，两侧芦苇相交，就像路上牵手的情人，垂首交颈，含情脉脉；微风吹来，芦苇舞起修长的身躯，竞相跳动，如同活跃在一个庞大的舞场里。

这是一条幽静的路，一条铺满柔情的路，一条通往爱情的路，一条洒满故事的路。对于当时村里的年轻人来说，这就是他们浪漫的"爱琴海"。

小路的尽头，是一个小岛，比原来生产队的砖窑大不了多少，三面环水，芦苇丛密。岛下的水不深，却是水鸟的天堂，它们或比翼双飞，或交颈而眠。岛上的苇丛中间，有一片空地，空地上有一个古旧的窝棚，四根榆木搭着一块破旧的门板，顶上耷拉着不成型的苇箔，因日晒雨淋早已腐朽不堪。何人所建，无从知晓。

老人们说，这里还曾发生过一段岁月情缘。

那一年，两个知青先后来到我村，男的来自北京，女的来自天津。他们被分配到同一个生产队，二人同学习同劳动，在革命友谊的基础上，私人感情也在升温。岛上的芦苇收录着一对恋人的海誓山盟，夜宿的水鸟偷听过他们的悄悄话，简陋的窝棚也曾接纳过那燃烧的激情。一年后，两人结了婚，二人亲手栽下了那象征爱情的青柳。男的不久调回北京，每来探望，必上岛怀旧，再后来，女的也去了北京。

他们感激这茫茫芦荡，感谢这孤独小岛，感恩让他们邂逅的河畔村庄，与房东鸿雁传书相约京城，带孩子回访芦荡，在老柳树下拍全家福，将生命的根系深深地扎在滹沱河畔的泥土里。

十月芦花，漫天绽放。走过葱茏，便是一个收获的季节。芦苇编织着财富，也编织着村庄的爱情、亲情和友情。

一条小路从姥姥门前经过，弯弯曲曲，走过芦荡，通向远方……

老河湾的味道

每次到烧烤店，我都要点一道烤鱼片，为的是寻找一种味道，一种当年在滹沱河边烧烤的况味。

然而，走遍了小城自称售卖野味的店铺，也总找不回当年的感觉。于是，召集几个同龄吃货，自备烧烤架、木炭和鱼片等材料，驱车回到村庄的老河湾，重燃往日的篝火。

流水虽去，河沙依存，故道沧桑，热土含情。缕缕乡烟把我们带回粗犷古朴的岁月。

老河湾位于姚庄大桥东面河道的拐弯处。湾内是一片开阔的沙滩，是当年人们下网捕鱼的地方，也是过去吃烤鱼的地点。

20 世纪 70 年代，县里为防止河流冲刷东岸，组织民工在大齐村西重开了一段河道。虽减轻了河水对东岸的冲刷，但挖出的泥土均积于新旧河道之间，一遇泄洪，新旧河同时进水，分成河岔，两岔间自然形成一块高出河面的枣核形开阔地，沙滩因此而来。

人们在河岔下网，往往能捕获颇丰，窝棚也常常搭在这里。我今生所享的首串烤鱼，就在这渔火阑珊的沙岗上。当年那鲜美的鱼片，在哔剥燃烧的柴火中浸出点点鱼油，由白而黄，散出淡淡清香。抹一把自制的辣酱，便是天下最美味的佳肴。借熊熊燃烧的篝火，再熬一锅新鲜的鱼汤。刚出秋水的打鱼人，就着鱼汤鱼片，干一碗浓醮的老白干，吼几声酣畅淋漓的梆子腔，总让我联想到水泊梁山的阮小七。

那时我十来岁，白天和大人一起逮鱼捞虾，晚上不愿回家；偶尔听他们讲稀奇古怪的故事，增长了不少河边的经验。比如，看到水边的土窝窝能很快分辨出哪些是小王八的窝，哪些是小螃蟹的窝。我们把逮到的王八拴住腿倒挂在树上，它的脖子就伸得老长。用刀子在它身上刺个口子，下面接上一张纸，就制作出了"王八血纸"。据说，人若受伤了，撕一块晾干了的"血纸"贴在伤口，既可止疼也可止血。

逮王八的时候，大人常提醒我们，王八是咬人的，而且咬人不松嘴。遇到这种情况，只管学驴叫，它会立刻把嘴松开。我们想试试这个方法是否真的奏效，不过，一次也没碰到王八咬人的情况。

秋后，河里的虾味道最鲜，也最好逮。拉起虾耙子顺着河边走，大虾小虾尽收网底。虾可以生着吃，把虾两头一掰，中间部分就是虾仁，放到嘴里，非常鲜嫩。

看网的老刘头最喜这一口。他在网上随手一摸，摘出一只白虾，一掰一挤放到嘴里，眯起眼睛慨叹："真鲜啊！"

我问他："什么是鲜？"他说："就是人们常说的腥气。"对此，我虽不敢苟同，却也说不出个子丑寅卯。

多年来，总不解"鲜"为何味。偶读汪曾祺的散文《四方食事》，先生写道："要解释什么是'鲜'，是很困难的。"他举例说："我的家乡最能代表鲜味的是虾子。"——虾的确是"鲜"，但决不是"腥气"。看来，这"鲜"的感觉只可意会，不可言传。

我们曾捞到一条鳝鱼，黄色有黑线，像一条大长虫（蛇）。由于好奇，便把它用小桶装回家，放到院里的"山东罐子"中喂养。在滹沱河很少看到这种鱼，因此我们舍不得吃。

一天早晨，我忽然发现罐子倒了，水流了一地，鱼也失踪了。有人猜测是猫尝了"鲜"。

老河湾的味道不仅仅在水里，茫茫沙滩也有的是野味。金蝉刚一出土，就被孩子们收入囊中；即使脱壳高飞，攀上高枝，也难逃顽童的罗网。孩子们断其翅，将其下油锅，炸至酥香可口。林中雀、空中雁、草中蚂蚱，以其各自的风味丰富着人们的味蕾。

最过瘾的还是逮兔子。人们使用套、夹、笼、网、猎枪等工具擒获猎物，乐在其中。

沙滩之上，常常听到一声枪响，疾驰如飞的猎犬一路狂奔追捕野兔，直至擒获。当然，也有失手的时候，狡黠的野兔善于拐避躲藏，时常凭智慧躲过劫难。

猎手的枪都是那种有木头托子的单筒长杆，装铁药沙，命中率只有五成。一管弹药打出去呈分散状，减弱了力度和射程。这种枪最适合打成群的家雀。

猎手下洼打猎，都斜挎一个帆布兜子做的猎袋，再扎腰带，穿靴子，打腿带，独来独往，有时也结伴，但都相隔一段距离，默默地保持进攻的队形。发现目标后不说话，悄悄用手语，或包抄围堵，或打伏击。

每个村子都有十个八个的猎手，谁家墙上常钉着兔皮，谁家就是猎户。

兔肉无邪味，随和低调，掺什么肉煮就随什么味。生活中开玩笑，人们常把那些没有自身立场的主儿称为"兔子肉"，确实十分形象。

飞禽走兽的滋味令人陶醉，而湾里的野菜更是流传千古的美味。马齿苋、辣辣菜、车前草、蒲公英、苣苣菜等等，以不同的风姿，张扬着个性。

一开春，人们手提竹篮，身背柳筐，来到河边。此时的野菜刚出地皮，鲜嫩水灵。用刀子剜下来，在河水里洗干净，放入筐或竹篮里，再把它们挂在树上或放在船头，等水控干了，才带回家。

这些野菜有的可以生着吃，如苣苣菜、蒲公英，蘸酱裹饽饽，非常新鲜；有的用开水泼一下，如扎蓬棵，剁碎后放上蒜泥或油炸的红辣椒、花椒油，辣乎乎香喷喷脆生生；有的可以用来包饺子、蒸包子，如辣辣菜，用半开的水轻轻一泼（水不能太热，否则会失去天然的辣味），随后立刻用凉水浸一下，挤干水分，剁碎以后掺上猪肉馅，包出的饺子味道很鲜美；有的菜可以晒干以后吃，此吃法应首推马齿苋。夏天采那些肥嫩的晒干，冬天吃时先用热水泡开，然后用手一拧，挤去水分，剁碎，掺猪肉馅（最好是五花肉）、碎粉条，包饺子或蒸包子。最好刚出锅就着热气吃，别蘸醋蒜，否则失了原味。

还有的东西可以随摘随吃，如野葡萄、嫩呆瓜、红榴榴及茅草的花苞，放到嘴里咀嚼吮吸，让人爽透了身心。

这是老河湾的馈赠，它带着滹沱河的脉脉温情，带着天然与纯真，让人们口齿留香，充满生机与激情。

"春日迟迟，卉木萋萋，仓庚喈喈，采蘩祁祁。"如果说《诗经·小雅》中采蒿人走出城郭宫廷，是在追寻田野的风雅故事，那么现代人在河边的寻觅就是一种对远古生活的回味。只是来得更真实，更热烈，更有底色。

村戏

在村小学的墙壁上，悬挂着一把旧板胡。轻轻拭去上面的灰尘，红木制作的琴杆，古色古香，光彩依旧，上面镌刻着"饒陽縣文化館赠"的字样。老师说，这是县里给村戏班的奖品，时间大概是 20 世纪五六十年代。

谈及戏班，村上老人们难以掩饰满脸的荣耀。

我村的戏班年代久远，20 世纪初非常活跃，其表演形式叫"船头调"。小时候听村上一位小脚老太太唱过，内容和那首"妹妹你坐船头，哥哥在岸上走"差不多，古道沧桑，酣畅淋漓，韵味酷似山西梆子，给人一种溪流汇集出山的感觉——奔放、跌宕、缠绵，从内容到艺术特色，都映照着一种渔耕文化。我村是明朝洪武年间从山西榆次迁移而来，我想，船头调或许与此有关，可惜相关资料已经失传。

每到秋后，戏班的角儿们便打点行头，从吕汉码头坐船去天津杨柳青，一边卖艺，一边卖字画。据说，我曾祖父是主要组织者之一。曾祖父名"柱"，人们喊他"戏子柱"。爷爷说，其实曾祖父没有登过台，只是有文化、有威望、热心肠，常在村里说和事，所以负责牵头张罗。按现在的话说是组织者或剧务，往来的账目和服装道具都由他负责保管。

抗日的烽火燃烧到滹沱河边，戏班把表演由船头调改为短小精悍的话剧，以其自身的优势投身到抗日救亡之中。一般都是上级党组织传送宣传提纲，大家根据情节创作编排，在群众中演出。如表现农民参加八路军、备军粮、做军鞋等。女青年刘志国是当时的杰出代表，她带领文艺队和儿童团到大迁民庄参加抗日会演，演出剧目新颖，演技高超，感染了全场，受到冀中首长的重视，吸收她进入冀中军区文艺培训班，并被火线剧社选中。从此，她跟随抗日队伍转战平原，由一个穷苦出身的农村姑娘，成长为光荣的八路军战士。战火中她与部队剧作家傅铎结为伉俪，共同创作，共同战斗。

小小乡村戏班，为国家培养和输送了英才。从村戏班走出的土娃娃不下十人，他们分赴京津鲁等地，抗战救亡，建设祖国，很多人还步入领导岗位。

挖掘我村的历史发现，铿锵的锣鼓最热烈的时候，当数中华人民共和国成立之初。翻身的农民，从漫长的压迫中醒来，抖去满身的尘垢和屈辱，扬眉吐气，载歌载舞，表演由小话剧改为河北梆子和京剧。村民集资购置锣鼓道具，到蠡县胡家营请来师父传经授艺，各户抢着管饭，争相学习。村戏成为一种时尚，一种身份，一种释放，一种美的象征。年轻人谈对象，也暗自青睐"文艺青年"。从白头翁到开裆裤，大家踊跃参加，热情高涨。尤其是村里的发爷，最为痴迷。他当时五十多岁，带领全家同台演出。他在《空城计》里扮演诸葛亮，其老婆儿子各有角色。除了集体排练，一家人回到家还要加班，炕头是舞台，扫帚是道具。往往饭菜端上桌，发爷先要来一段"站在城楼观山景"，而后才吃饭。

因人们对戏剧的痴迷，村里留下了许多逸闻趣事。我姥爷自幼习武，尤喜刀枪，在一场戏里扮演关公。按照规定动作，与对手大战几回就该兵合一处。但随着锣鼓的张扬，姥爷来了兴致，忽然撇开套路即兴表演。他抢起大刀，追杀不停，直闹得对方难以招架。后台几经催回，他置之不理。由于用力过猛，大刀断为两截，戏演砸了，也留下了笑柄。

在村戏里，人们争扮主角是常有的事。村里有个女演员，人长得漂亮，唱念做打功夫了得，总争着唱主角，但性格暴烈，常常临上台发脾气撂挑子，在关键时刻冷场。因此，只要她出演的角色，都要悄悄配好替补演员，以备救场。

前几天回村，大舅高兴地拿出一张《衡水日报》和两张照片让我看，他说："最近和几个艺校的老同学在县城聚会了，这是我们当年的合影。"我接过发黄的照片一看，是他十来岁时去献县学戏时照的。那是1960年，饶阳行政区已划归献县，他和本村刘铁网及本县几个同学，到献县京剧团、评剧团学戏。一个个稚嫩的脸庞里透露着朝气，他们怀揣梨园梦，毅然离家学艺，真是令人佩服。

大舅说："咱村闹戏闹得热闹，当时外出学戏，就是受村里这种氛围影响。少小离家，这也是一条出路。"现在他们都是七十多岁的人了，分别生活在不同的地方，偶尔聚一聚，回味曾经的舞台生涯，情意绵绵。

我村闹戏的传统一直延续到 20 世纪 70 年代。那时，只要开群众大会，会前，村干部都要带头唱上几段；再就是配合不同时期的中心工作，比如为了宣传计划生育、反对赌博，随机排练了一些折子戏——河北梆子《同上战场》、评剧《园丁之歌》，主要演员是学校老师和学生。我参加了这两出戏的演出，老师让我负责"座鼓"。敲鼓、打板不是一件容易事，鼓手是锣鼓班儿的指挥，不但要记住谱子，手头也要精准利落，还要专盯着演员的手眼身法步，快了不行，慢了也不行。我在学校勤学苦练，回到家，把吃饭的碗扣过来，碗底当小鼓，筷子作鼓槌，反复掌握要令。什么"前奏曲""紧急风""尖板头""冲头"等，还真学了一点皮毛。大家每天晚上在学校排练，学校还专门从吕汉村请来一个纪姓的老太太当师父。我们的戏演得有板有眼，后来分别参加了公社和县里的会演，受到好评。记得一个老干部说："大齐村唱戏有底子。"

这就是我的村庄，她从遥远的琴声中走来，一把板胡，一腔小调，叙说着岁月悠长。村戏文化，特色鲜明，花开满园。

当年，村戏搞得活跃的不仅仅是我村，吕汉村的评剧、官佐村的笛子调、河头村的丝弦、官亭村的狮子舞等，以不同的风采活跃在历史的舞台。而今，建设新农村的号角回响在希望的田野，广场舞、传统戏交织在一起，以其宏大亮丽的阵容演绎着新时代的风流。

打夯

十七岁那年我上高中。周末的傍晚，母亲跟我说："一户乡亲盖房，今晚夯地基，你去帮帮忙。"我愉快地答应了。这是我第一次参与打夯。

我草草吃完饭，走出家门。刚到街上，那嗨呦的劳动号子已经开始了，铿锵有力，动人心魄。我情不自禁地攥起拳头，加快了脚步。

高高的土台俨然一个大舞台，几盏桅灯高挑在木杆上，把场子照得通明，现场人影交错，热火朝天。此起彼伏的号子告诉我，是两架夯同时进行。一架夯正砸墙角，领号的是我家西邻的增哥；另一架打西山，听声音就知道，领号的是四队民兵排长，外号"公鸭嗓儿"。两架夯后面，分别跟着三个老头，一个拎桅灯，另外两人操着铁锨负责平夯窝。外围坐着黑压压一群人，吸烟喝茶，准备换班。烟是钻石和红满天两个牌子，烟盒被撕掉，掺在一起放在条盘里。茶是北方人惯用的茉莉花茶，大碗，喝着可口。烟和茶放在用砖支起的木板上，人们围坐在一起，谈天说地。女人们抱柴烧水，尽管坡上坡下忙忙碌碌，还要不时应付男人的贫嘴和调侃。

我挤在人群里，一边欣赏打夯场面，一边等待换班的号令，一边思忖这石碌碡是怎么被绑住的。

眼前是十二人抬的夯。用绳子将四根木杠（两根长，两根短）有序地绑在碌碡周围的凹槽里，将绳花①浸湿，让它更牢固。老人们说，绑夯时盘花是关键，绳花盘好了，任你怎么抬都稳稳当当，不会溜砣。

"换班打吧，呦嗨嗨！"领号的一声夯词把我从思索中唤回。闲着的人迅速停止吸烟喝水，跑去换班；我也急忙跑到夯前，跃跃欲试。增哥用手扯一下我的衣角说："你站在这儿。"后来才知道，这是长木杠

---

① 绳花，当地方言，绳结的意思。

023

的头，站这儿打夯安全且不费劲。增哥看我年龄小，分明是照顾我，我心存感激。

随着领号人的一声"呦嗨——"，两架夯各自开打了。领号人风趣幽默的号子，迅速把大家的情绪统一到劳动中来。

领号人："拉起个夯来呀！"

众人："呦呦嗨！呦呦嗨！一个呦呦嗨，嗨嗨呀呼尔嗨！"

领号人："伙计们呀，加把劲呀！"

众人："加把劲呀！呦嗨嗨！"

领号人："角落里呀，要打到呀！"

众人："要打到呀！呦嗬嗨嗨！"

领号人："东边走呀！"

众人："东边走呀！呦嗨嗨！"

此时领号人就是一面旗帜，指挥着人们打夯的方向和力度。夯号既是命令，又是对话。在号子声中，众人的动作协调有序，步调一致。

我置身其中，被这劳动号子感动着，震撼着。"东打龙宫震大海，南打观音普陀山，西打太行万年固，北打冰雪世代骄……"真是豪情万丈，气壮山河！

有时两个领号人相互挑逗，唱词即兴发挥，现编现唱，逗得大家哈哈大笑，情绪高昂，在幽默风趣中享受着劳动的快乐。他们的词来得这样快，就像少数民族的对歌，很有水平。

飞扬的夯歌引发了我的些许思考。"安得广厦千万间"，只这三间土房就凝结了百姓的多少心血和汗水啊！尤其这滹沱河流域，水患频频，安身之所，亘古求之。

夯后平土的老头们对眼前的场景司空见惯，一边垫夯窝，一边聊着天。平土这道工序看起来轻松，却让老头们担负着监工的使命。哪个角少了一夯，哪个窝砸得浅了，他们就会指出来，再在下一轮补齐。

主家一般不插嘴，只管照应帮忙的乡亲，受领大家的友情和奉献。夯歌进入尾声，管事的请求主家验活，主家绝对一口的满意，不会指指点点。滹沱河养育的人的脾气就像领首的水蓬花，沉实而低调。

那时正值秋后，天气转凉，夜风袭来，木杆上的桅灯晃来晃去，但人们的热情不减，直到完工，大家才恋恋不舍地各自散去。

回到家，我的心久久不能平静下来。打夯号子的节奏、气氛感染着我，伴随周身的汗水渗到我的血液里。人们把希望和幸福夯实在地基里，给子孙留下回味和思念！

瓜园忆趣

记忆中，生产队的瓜棚在滹沱河北堤的南侧。它是种瓜人存放工具和休息的场所，用木桩、秫秸等材料搭建，外墙抹一层厚厚的牛粪泥，既防风又挡雨，是20世纪六七十年代流行的一种野外建筑。

想到了瓜棚，就想起瓜园的故事，就想起了斗爷，想起了飘香的瓜果。

当年的斗爷六十多岁，憨厚老实，有种瓜的手艺，自然被安排在瓜园。由于他是个光棍儿，平常和哥哥嫂子在一个锅里吃饭，因而对哥嫂尊敬有加。他的生活轨迹很少改变：早饭后到牲口棚，牵上驴到瓜棚；瓜果飘香的季节，昼夜守候在瓜园里。

别看斗爷平时不爱说话，可他是个有心的人。从家到牲口棚要走多少步，从牲口棚到瓜园多少步，甚至从村北的吃水井到家多少步，连推碾子推磨多少圈出多少面，他都心中有数。

夏天晌午，他习惯待在路旁的老柳树下，脱下一只鞋，坐在上面抠脚丫。黑黢黢的大脚上生有厚厚的老茧，他常常光着脚丫在瓜园里干活，不怕烫，不怕扎。

有时他在树荫下低着头，闭着眼，看起来像是在打瞌睡。他认识不少字，尤其对生僻字颇有研究。我每从他跟前经过，他不用睁眼就知道是我，总喊住我说："过来，我考考你。"然后用手掌把地上的土抚平，吹一口手上的土，将四个手指蜷在手心，独伸出食指在地面游动。一会儿写个"犇"字，见我摇头，笑着又写个"羴"字，接着又写出一个"鱻"字。我一脸疑惑并渴求答案，他却说："明天你过来，我告诉你。"

第二天我如约而至，他还是卖关子，三日后才把答案给了我，并偷偷奖励我一个黄瓤菜瓜。

好多年后，一次在衡水榕花街的桥西看到一个名为"犇羴鱻"的饭店，同车的几个大学生大眼瞪小眼，谁都不认识，我很骄傲地显摆了一回。

他们做梦也想不到，我的"三字先生"竟是村里一位看瓜的老头。

斗爷常跟我们搞一些冷幽默，他闹过之后，总让人懂得一些事情。

一次，他在老柳树下阖着眼佯装睡觉。我们几个小孩想把他的鞋藏起来，他早已察觉。不等我们伸手拿鞋，他突然抓住我的一只脚，笑着说："过来，我看看你的小脚趾。"我一边笑，一边倒在地上任其摆布。他攥着我的脚，边端详边说："小脚趾的趾甲有复形，是咱老槐树底下的人。"接着，跟我们讲起老一辈从山西移民的事情……他说，当年人们谁也不愿意搬迁，官家抓一个人就用剪刀铰一下小脚趾的趾甲，作个记号。过些日子，铰过的地方又长出一小块，辈辈遗传。所以凡是山西移民，小脚趾的趾甲都多一块。

斗爷有个忌讳，人们不能当他的面说"哥"字。只要当他的面喊"哥哥的"，他必然恼怒，但从不立刻显出来，只扫你一眼，意思是"别找事，你等着"。

一次，两个年轻人在路上碰到他，故意在他面前犯忌，连喊了好几次"哥哥的——哥哥的——"。

斗爷装作没听见。临近中午，两人到瓜园土井旁喝水，斗爷正赶着驴用水车浇园。二人早把调皮的事忘得一干二净，斗爷趁其不备，抓住一个人的手说："我捏你个蛤蟆梗吧！"说罢，在其中一人胳膊的敏感部位狠狠捏了一把。那人的胳膊顿时肿得老高，疼得那人直龇牙。

另一个急忙说："爷爷，我可没喊，没我的事。"

斗爷不慌不忙，笑着说："没你什么事，你是好小子。"话毕，却突然出击，狠狠抓住他的手，也给了他一个"蛤蟆梗"，疼得他眼睛直冒金光。

当然，这是老少爷们儿的玩笑。

在当时轰轰烈烈的"生产斗争"中，瓜园是个节奏缓慢的地方。几个老头总是边聊天边干活。从种瓜、管瓜到开园，他们就像在瓜园绘制一幅精美绝伦的风景画；他们勤奋地劳动着，也将自己融入了这瓜田丽色之中。不过，瓜园看似风平浪静，有时也暗流涌动，风云骤起。

斗爷有两天因为让驴咬破手指头心情不好，恰恰张老头修水车让铁链子划了手，也不痛快。二人在地里边干活边聊天，开始还和谐，后来为开畦口产生分歧，一个要开，一个要堵，差点动了手。再后来，一人上纲上线，说对方故意捣乱，破坏生产。另一个说："你家是富农，根儿里就反动。"两人越斗越激烈，干脆把铁锹一扔，找队长评理。

指导员在一旁说："别搭理他们，一会儿就没事了。"果然，下午两人的关系就"风和日丽"了。

还有一次，我们策划了一场扒瓜（即偷瓜）行动。按照惯常的战术，南地头"诱敌"，北地头下手。两个老头明明发现了我们，大呼小叫指来划去，却迟迟不追赶。我们传递暗号，改变战略，两头同时行动，大获全胜。

后来斗爷悄悄告诉我，张老头不听指挥，让他去追，他说："你不去我也不去！"斗爷说："那就让孩子们多吃几个瓜吧。"原来是"敌人"的内部矛盾成就了我们扒瓜的胜利。

多年后，老人们相继离世，发小们提及此事，仍感慨不已。这是一份难忘的乡愁啊！

昔日瓜园无法与当今"百里瓜菜长廊"的景色相比，但是生态种植，绝无化肥农药，人工追肥治虫，以草木灰、鸡粪滋养植株，加之滹沱河畔特有的白土地，产出的瓜果鲜脆可口，香味浓郁。社员们自给自足，把瓜分到家后，亲戚们还可以相互馈赠，礼尚往来。如此生活，令人怀念。

当今，有一句非常经典的叫卖词："饶阳的甜瓜熟了，甜，甜，甜得多了……"微风习习，乡音袅袅，它挽着瓜园的陈年趣事，携着瓜果醉人的芬芳，顺着河沿，飘得很远很远……

龙街商事

龙街，即大齐村的主街。

它宛如一位沧桑的老者，默默地承载着风霜雪雨，历数着岁月的轮回。

滹沱河水流滚滚，洪涝不断。为抵御洪水，村民们请人指点，按照龙的图形重修街道：设庙为首，掘井充目，曲径当须，胡同作爪，长街蜿蜒，龙形逼真。龙街建成后，又在此设立了逢五排十（农历逢五、逢十的日子）的大集。龙威没能震慑住洪水，却成就了一个繁忙的集市。

龙街北临吕汉码头，东南紧挨着香火旺盛的先春台，渔商小贩熙熙攘攘，行人香客络绎不绝。主要商品除衣食之外，网具、祭品等在市场中尤为显眼。交易过程中，人们用货币结算的同时，依然沿袭着古老的易货方式。比如鱼虾换粮食，鸡蛋换小葱，棉花换粗布，干草换鸭梨、烂头发、猪骨头换钢针，等等。原始的交换让人们分享着不同的劳动成果，体现了各自的劳动价值，留下了一些幽默风趣的段子。

据传，一个卖面片汤的老者手艺极佳。白面做出的面片薄如蝉翼，用猪油配汤，葱花调味，出锅后点两滴香油，确是一道美食。但卖主精明，做出的面片汤总是汤多面少。他口齿伶俐，善于宣扬，一声"面片汤——"贯满全街。有一次，一位渔客喝了大半碗汤还没尝到面，便冲他高喊："老先生，有草纸吗？来一张。"老者不解："要草纸何用？"渔客笑答："用草纸堵上鼻孔，在汤里扎一个猛子，捞几个面片！"一听这是在嘲弄自己，老者回应："我主卖的是汤，你听我喊的那个'汤'字，比'面'字的声音长得多！"全场哄堂大笑。食客机灵，卖面片汤的老者幽默风趣，显露出当年乡俗民风的和谐。买卖双方挑剔讨论实属正常，且气氛自然，对话很有分寸，颇有几分亲切感。

也许是"龙脉"真的滋润了这片土地，龙街商贾云集，贸易日盛，先后出现了织行、杂货店、木匠铺等店铺。

这是一个高度自治的市场，没有"官倒"，没有保护费，没有欺行霸市，没有强取豪夺。人们推举出几个老者监督管理，老者根据当时情况，制定了民间集市管理的《街规》，并张贴在墙。在《街规》的约束下，买卖双方公平交易，市场井然有序。在这样繁荣的市场里，出现了好几位"土财主"。有的通过吕汉码头乘船入市，把买卖做到了天津卫；有的在村里盖起了楼房，因而也有了"东楼""西楼"之说……

历史的长河流到20世纪四五十年代，龙街集市销声匿迹。究其原因，现在活着的人里没人能给出答案。或是由于兵燹之灾，或是由于吕汉码头的衰落消失，或是由于先春台的坍塌，或许兼而有之。

然而，龙街并不寂寞。集体化后队办工商业唱起了主角，村里办起了轧花厂、肉铺、油坊、柳编厂、木器厂、合作社。工人都是本村的社员，挣工分，年底结算分红。虽然个体工商户被限制，但方便人们生产生活的摊点小贩，还不时活跃在街头。如小炉匠、卖针头线脑的、打铁的、烘炉的。每年春夏之交，来龙街支烘炉的是几位来自山东的父子。大队允许他们把火炉支在大队部的门洞里，并给他们提供住处。六十多岁的父亲是师父，使小锤；哥仨是徒弟，抡大锤。那叮叮当当的旋律，那通红的火炉，那精巧的农具，是街上一道亮丽的风景。山东打铁匠厚道实在，手艺又好，在龙街一干就是几十年，把龙街当作他们的第二故乡。

龙街不欺外村人，这是自古的村规。但有一年，出现了一个特殊情况。龙街来了一伙铸造犁铧的安徽人，被审查了。这事发生在一个特殊的历史时期，也是一个偶然事件。据说，他们以铸犁铧为名，搞地下活动，鬼鬼祟祟；还有人说夜间听到有发报的声音。一个民兵怀疑风箱里藏着发报机，于是村里报告了派出所，公安局把人带到县里，并派人奔赴安徽调查。后来，造犁铧的人被遣送回去。

虽说革命群众的警惕性并非多余，但现在看来，就是南方人思想开放，几个人合伙，偷着出来做买卖。但这是偶然的事件，却使这条街悄然冷清。

冷清归冷清，村东头那位光棍老汉的烧鸡生意却从未中断。每日天擦黑后烧鸡出锅，他手提食盒，装着或三只，或五只。当人们要吃晚饭的时候，一声"烧鸡呦，卤煮鸡"高亢悠扬，撩人味蕾，宛如在各家的饭桌上撒一把诱人的五香粉，引人遐思……

　　时光进入 20 世纪 80 年代，街心悄悄开了一个小卖部，后来又出现了超市、饭店。它们的门口挂起了小红旗，竖起了大喇叭，每天高声播报菜单和各色商品，时而播放流行歌曲。听着这时代的声音，人们偶尔也会想起那声遥远的叫卖："面片汤——"

坡上人家

滹沱河一路向东，进入华北平原的腹地，洪水不时地冲击着人们的家园。村民为了避水，想方设法筑土为基，加高坡院，形成土台民居的建筑特色。那散落的高坡以及坡上的土屋、篱笆墙、犬吠鸡鸣、炊烟雾霭，是多年来悬浮在滹沱河下游的朵朵浪花，形成一道独有的风景。

20世纪70年代，一个秋天的傍晚，我们全家正在院子里吃饭，胡同里突然传来一声沉闷的吆喝声："有垫房座的没有？管吃管住，一天五毛钱！"月光下，一个彪形大汉进入院内，穿着短裤短衫，手里拿着铁锨，锨把上系着一条毛巾，自称是河南人，靠给别人垫庄基谋生。他说他有三个同伴，住在村边闲置的房子里，傍晚分头出来揽点活。

正巧，邻村一个亲戚打算垫坡，父亲问明价格，留他简单吃了一顿饭，便领着他去了亲戚家。

这是当年盖房垫坡时的一种用工方式。由于当时政策不允许，这些人都是瞒着自己村里跑出来的。他们想着，出来干活既可以靠力气混饭吃，多少也能挣一点钱。他们往往一干就是十几天，甚至更长时间。和村里人混熟了，谁家明年准备垫坡，约个时间，他们就继续过来。

也有的家庭为省钱，不雇外工，自己推土——推上一辆平板车，或兄弟，或父子，或夫妻，一起完成这项工程。更为普遍的垫坡方式是助工，就是乡亲们相互帮忙，友爱互助。

舅舅家垫坡的那一年，我刚上初中。周末，来助工的乡邻足有四五十号人，妗子又回娘家叫来不少亲戚。

庄基是生产队划分的，位于村东的大坑，两人多深。虽然大舅、二舅已垫了很长时间，仍然需要很多土方。用土要到一百多米外更深的坑里去取，大家每人一辆平板车，自己装土，自己推车。在坑里，人可以顺着一条小道，慢慢往上爬。到坡顶后，把土卸下，换个姿势，拉空车下坡。如此干活，可以趁势缓一缓力气。

我也约来一些要好的同学过来帮忙。大人说："你们还在长身体，先别推车。"大人找来木钩子，让我们在高坡的一侧帮忙拉车，减轻他们爬坡的压力。我们乐此不疲。

按惯例，人们助工时主家要管饭。条件好些的，蒸白面馒头、大包子；差一点的，蒸混合面（玉米面和白面掺一起），熬绿豆汤，炒白菜（有少量的肉）。困难户垫坡时，大家自觉不吃饭，干完活各自回家。这是那个时代的风尚。

当年农村的住宅没有用钢筋混凝土的，一色的土木结构。屋子的门窗，顶上的檩条椽子，都是就地取材，用杨柳木或者榆木；箔子有的用秫秸，有的用芦苇，都靠自己编；村民自己制坯，自己烧窑。建起来的一般都是"戳斗房"，里面是土坯，外皮是砖。这样的房子墙厚，冬暖夏凉，住起来舒服。直到现在，不少人还向往这种房子，但按当时的情况，不如"卧板房"时髦。之后时兴在外墙做一些水刷石，显得房子热热闹闹的，挺好看，但这是进入80年代的事了。

五六十年代，砖窑是那种用砖垒起来的大肚子型建筑，烧劈柴，出蓝砖。70年代以后，开始流行岗楼型和地下碉堡型两种砖窑，烧烟煤，出红砖。红砖是蓝砖的替代品，它一出现，村里的老砖窑便被闲置废弃，荒草野蒿丛生。之后，围绕老砖窑而产生的故事，在村庄里流传开来。

我村东南角有个废弃的砖窑，西面是一片芦苇荡，东面与上方台（亦称先春台）的庙址相隔二三百米。幼时，我们偶尔到那去玩。或爬上高高的窑顶，或悄悄进入窑的肚子里窥探，总觉得这个庞然大物，有一种神秘感。

后来，有人说窑内住进了狐仙。村里一个光棍半夜玩完钱回家，路过这里，在此处撒尿，正赶上狐仙到上方台串门，被妖法迷住。他发现前面有一盏灯引路，便步步紧跟，却总也不能接近。鸡叫三遍，灯火消失了，他的头脑也清楚了。他一屁股坐在地上，才知道上了狐狸的当。原来，自己围着砖窑转了一夜。

现在，此窑早已被夷为平地，取而代之的是一方熠熠生辉的瓜菜大棚。现在让人流连忘返的不是狐仙，是飘香四溢的瓜果。

炽热的土地，遥远的传说，使村庄的历史更为丰满。尽管陈旧的观念和有限的资源围限着人们的生活方式，但人们相帮相协，世代同心，合力打造美好家园的梦想一刻也没有停止。

乡里乡亲，宛如这多年的枣树根根相连。他们也许会为一只鸡、一点事唇枪舌剑，一转眼又各自端着饭碗相互串门。

哪一家有了难事，大家一起承担。婚丧事、意外事，商量着办，没有过不去的火焰山。

谁家来了亲戚，赶上铁将军把门，邻居会把客人领到自己家里等候；或者从鸡窝里、门头上摸出邻居的钥匙，打开房门，摆出主人的姿态，沏上一杯热茶，殷勤地尽到地主之谊。

他们有着世代传袭的辈分，有着盘根错节的渊源……

坡上人家，住着村里的老少爷们儿，住着七大姑八大姨。大伙拉着拽着往前奔，过日子，混时光，这是一道终生不忘的风景！

柴草记

滹沱河边有句老话："拾柴火打草，一辈子好不了。"意思是拾柴火打草都是没出息的人干的活。但说归说，柴草之于农家必不可少。只要是从高粱地走出的娃娃，记忆深处总摇曳着柴草的影子。

儿时去姥姥家，临回家时总不空手，不是拿一根木棒，就是顺一根秫秸。姥姥总是笑着说："小子不吃十年闲饭，知道过日子啦！"

十四五岁时，二舅给我编制了一个柳条筐，不大，很精致。这是我人生中第一个属于自己的劳动工具。拾柴、打草、挑菜，都把它挎在肩上。那高低适度的筐系、粗细匀称的柳条、小巧玲珑的编花常常令小伙伴们羡慕不已。每次用完，我都小心地将它放在西屋的角落里。

出街口向西步行十分钟，是我村的三百亩柳林，再往西就是滹沱河，那里柴草丰盛，也很好玩，是我和小伙伴们经常逗留的地方。有风的夜晚，树上的干树枝被刮下来，满地都是。

天不亮，前邻的标兄就来敲窗户："走，拾干树枝去。"

我们背着筐，沿着紧挨树林的堤坡，边走边拾，将短小的干树枝放在筐内，长的放筐上，不一会儿就能捡高高的一筐。

当年，村里曾严禁拾柴火打草。看青的昼夜巡逻，堵着街口，谁往家里捎一点柴草都不行，铁面无私。一次，麦收过后，我和几个同伴到地里拾麦根，整整干了一下午，汗流浃背。当我们背着劳动成果走到一个叫"吴丑坟"的地方的附近，被看青的发现，夺了麦根，付之一炬。我们可怜巴巴地一步三回头，望向吓人的熊熊大火。庆幸的是，筐和背篓没被他们烧掉。

据说，曾经有人为此与看青的发生争执，背筐被看青的踹扁。还有一次，我和铁彪背着筐到村东的上方台附近打草，回来时，路过流班寨村的苜蓿地，被在树林蹲守的流班寨村看青的看到，非说我们揪了他们村的苜蓿。几人揪着我们的脖领子，要把我们带到他们村大队部去，我们坚决不去，让他们翻筐检查。结果，没有一根苜蓿。我们心里又委屈又气愤。

我嘟囔了一句："土匪。"

那人不干了，上前一步要出手打我，我们也不示弱。

他说："那你们打草也不行。"

我说："你流班寨管不着我们大齐村的事儿。"

正说着，过来两个我村的老人帮忙解围："别跟孩子们一般见识，你们还是亲戚呢。"看青的戴着个褪了色的绿帽子，正了正帽檐，凑近老头，悄声问了一句什么，然后扭过头来，面带愠色地说："滚蛋！"

这在我幼小的心灵里，留下了深刻的印象。心想，看青这活儿真是神气威风。

待我年龄稍长时，堂兄当了村支部书记。赶上放秋假，我和长达同学商量好，找到公安员要求看青。一是想体会一把堵街口的神气，二是看青可以不干力气活，还能挣工分，我们觉得是便宜事儿。

公安员说："你们得别怕得罪人，要抹下脸，六亲不认。"我们说："行！"大队批准了。

一个中午，我们在西街口执勤，远远望见第三生产队的一群社员收工回家，每人手里拎着一捆草。头儿让我去夺，我接受命令，飞步向前。走近才发现最前面的是我大嫂，我当机立断，首先把她的草收了，并大声说："支部书记的媳妇也不能搞特殊。"这样一来，其他人都自动把草扔在地上，我顺利地完成了任务。一扭脸，头儿冲我竖起了大拇指。原来头儿早看清了走在前面的是我大嫂，便动了心眼儿，故意让我去，这样好处理。真是个老油条！我们的工作完成得很好，公安员给我们开会，说："活干得不错，继续努力。"

会后，他悄悄跟我说："你也要灵活一点，见机行事，不然把人都得罪了，将来在村里怎么混？闹不好有人报复，给你家里放把火，就吃大亏了。"我感激地说："啊！明白了！"

过了几天，在南头的西街口，又有几个人提着草要进村。头儿说："你去追南边那个，我们去追北边那几个。"

我急急忙忙往南跑，走近一看，是一个同学的父亲。老人胳肢窝夹着一捆草，还有甜棒，粗布上衣被汗水湿透了，猫着腰艰难地藏在一个树墩子下。我看没有别人，就灵机一动，挥挥手说："大伯，从土坑里绕着走吧，小心别摔着。"老人变惊为喜，点点头走了。

之后，我们几个看青的一会合，头儿说："南边那人是谁？"我说："跑了，没看清。"他说："腿都这么快呀！北边那两个也跑了，也看不清是谁。"

柴草虽微，但在当时的情况下，农民离了它寸步难行。生产队分的柴火根本不够烧，人们有时烧羊粪、牛粪做饭。不让打草、揪菜，猪羊的饲料从哪里来？因此，这项禁令没有多久就取消了。

星期天，我们常常推着小推车打草。印象最深的是到河的对岸去打草，因为那里去的人少，青草茂盛。我们把小推车放到东岸船道口，带着镰刀和绳子蹚过河，打够一定数量，捆好后扛回东岸。回家以后把草摊到院里或大街上，晒干后粉碎成草面，用作猪饲料。

挑菜也属打草的范畴，区别在一个"挑"字。野菜可以用作新鲜猪食，有的菜猪喜欢吃，有的菜邪味太浓，猪不喜欢，比如臭蒿子，所以要挑拣。猪最喜欢的菜是扎角菜、燕子尾、猪耳朵棵、苍子棵、醋醋柳、圆葫芦苗、滚蛋棵等。人们一般早晨把野菜挑回家，中午煮完面条，把野菜剁碎，放到锅里用余火焖熟，连汤带菜倒入一个瓮里。喂猪时将菜舀到猪缸，再掺一把麸子或玉米皮。对猪来说，这是当时最好的伙食……

拾柴打草，是农民祖祖辈辈的生活方式。现在，这些粗放的劳动，慢慢淡出人们的视线。农民用上了天然气，养殖也走向了现代化。大型的养猪场、养牛场、养羊场，都是电脑操控，还有一流的生产线，能全自动饲养。不但生活方便了，生产效率提高了，农村环境也得到了改善。

然而，我们这一代人，对柴草还是有感情的。每当我走在田间小路上，看到路旁一片片水灵灵的青草，看到果园散落的干树枝，就萌生打草拾柴火的念头。真个是：拾柴火打草，一辈子忘不了。

石磨记

我家的石磨设在西配房。屋不大，平顶，坯墙，由于房门低，个高的人出入时，要低头弯腰，宛如向老石磨深施一礼。

磨盘安在屋子中央，两个磨扇酷似一对夫妻，依偎厮磨，不离不弃。磨道较窄，人工推磨稍显宽裕，毛驴拉磨时要贴墙而转。天长日久，坯墙被蹭出一道明亮的凹痕，那是岁月的年轮。

石磨一年四季忙忙碌碌，默默地为乡亲们助推着日子。对此，西邻的常工大娘曾有一评："驴拉着磨走，磨对着人口；磨房一闲，饥肠发言。"这话道出了人们对石磨的依赖。

这盘磨的使用率很高，人们磨米、磨面、磨玉米糁子都离不了它。此磨出活儿快，灵便，临过年时，用它的人常常需要排队。奶奶总是早早地把磨道磨盘清扫好，准备好磨棍、面箩和箩床。天气干燥时，就在地上轻轻地洒上一点水，避免推磨时起尘土，弄脏了粮食。

白天来磨房的老人多，晚上队里收了工，年轻的劳力们才能挤出工夫干点家务活。晚上来磨面的一般都是年轻的妇女，她们喜欢结伴，提着桄灯，有时两家，有时三家合作。尽管工夫费得多一点，但凑在一起干活轻松愉快，有说有笑，推起磨来感觉不到寂寞。

在磨道里，孩子们总喜欢跟在大人的屁股后头转悠。有时爬上磨盘，好奇地往磨孔里添粮食，有时夺了大人的箩帚在盘上乱扫。那时没有儿童乐园，也没有游戏厅，小孩喜欢黏在磨房凑热闹，时常调皮捣乱搞一些恶作剧。

一次，村东头一位奶奶磨面，我和标兄在门口玩。本来她家的毛驴就喜欢偷懒，每转到门口，我们就轻轻地喊一声："吁住！"驴听到吁声，错以为主人发了善心，让自己歇会儿，便停下脚步，喷个响鼻，立定休息。奶奶生气地抽打驴屁股。一圈转过来，我们又偷着喊："吁住！"驴又停步不前，奶奶又生气地抽打驴屁股。奶奶耳朵不好使，只看驴停步，不闻有吁声，把气都发在驴身上。三番五次之后，扭头发现我俩正在门口捂着嘴发笑才悟出究竟，气得她拿着笤帚疙瘩追得我们满街跑。

我村有五百多户人家，当年都靠石磨或石碾生活。村里有不少磨，有的祖传而来，有的是后来置办的，都在村里不同的位置，除了自用，还为乡亲们提供着方便。因而，拥有一盘石磨也是一件快乐的事情。但有的兄弟分家时，为一盘石磨争得面红耳赤，最后只能各分一扇，如此情形则另当别论。

石磨需要定时打磨。我们这一带没有人会打磨，打磨师傅均来自本县的西南。据传，他们都是从太行山学成而归。师傅肩背褡裢，内装斧凿等专业工具，走街串巷，远近闻名。为保护眼睛不被溅起的石渣损伤，都戴一副墨镜，但墨镜颜色不太深，怕打磨时找不准磨线。打磨师傅均为有磨的人家的老关系甚至隔代的交情，石磨什么时候该打修，不用去叫，师傅有时间表，会"不请自来"。

石磨是生活的必需品，也是民间祈祷丰收的信物。每逢过年，奶奶总不忘把两个磨孔里装满粮食，并给石磨披上红布，给磨房的门贴上吉祥的对联。我记得其中一副是：瑞雪纷飞梅花笑，东风浩荡战旗红。

我以为就是图吉利，奶奶说："不光是，有说法。"

她说："咱这磨盘下面是地道，日本人'五一扫荡'那一年，日本人一来，村干部就藏在里面。有一次，村西响起了枪声，民兵刘启明说，'你们进地道，我来应付'。当时我是区妇救会主任，在滹沱河边的村子发展党员，工作的进展很快。自1937年到'五一扫荡'，这一带只要化名里带'芳'字的党员，都是我介绍入党的（我奶奶名景云，为保密将名字改为'云芳'。由于汉奸告密，日本人到村里来抓我，我们在地道藏了一天。当时，你风爷是儿童团长，又给我在脸上抹了锅灰，让我女扮男装，才混出人群，趁机逃脱。启明同志后来牺牲了。"

如此一说，磨盘当然应为红色，怪不得奶奶给它披红。

前些天回村，问及那盘磨，知道的人已经不多了，下面的地道也早已夯实多年。人世间的事许许多多，不强求都留下美丽的传说。释放了善意，就收获了美。

追忆老物件

自行车

家里曾经有一辆自行车，是飞鸽牌的。购于天津，时间是 20 世纪 70 年代。

当时，家里原有一辆永久牌自行车，绿色的，非常旧，各个零件被改修得面目全非。前轮外带被换成红色，后轮是黑色的。一上路，就如相声里说的，除了铃铛不响，别处都响，还不走直线，多次在路上"抛锚"。我出村上学，确实需要一辆自行车，但总也凑不够钱。

那年秋后，家里的母猪下了崽，父母便有了买车的底气。

买自行车对农民来说不是小事，没钱是一方面，自行车票也很难得，还要托关系，找后门。于是，父亲给在天津劝业场工作的老乡写信，请求帮忙。半月后老乡回信了，答应办理。全家洋溢在一片感激和兴奋之中。

第二天，父亲买车票去了天津。

等待漫长而幸福，我脑子里不停地幻想着崭新的自行车，幻想着骑着它飞驰在上学的路上，幻想着同学羡慕的目光。

晚饭后，一家人坐在院子里，牵挂着远方。月光如水，晚风习习，忽然，一阵铃声打破村街的宁静，又一阵铃声，父亲将自行车直接骑到院子里。我来不及和父亲打招呼，起身向前一把抓住了车把。

第二天，母亲找出一块花手绢，小心地系在自行车前面的商标处，又用黑绒布将车的大梁等处包好。经过精心打扮，自行车更加光彩漂亮。

这辆车是个功臣，我和弟弟妹妹都曾依仗这两个轮子，来往于学校和村庄。

这辆车还执行过一次卖猪崽的任务。有一年，本地仔猪的行情不好，听说香河县仔猪卖得比较贵，父亲便叫来西关的大表哥，将小猪装在两个铁笼里，决定去香河县卖猪。二人头一天下午出发，第二天中午到，猪确实卖了好价。

回来的路上，由于父亲过度疲劳，下堤时不小心骑到路旁的大沟里，自行车的前叉被撞断了。二人到附近村里求助，遇到村支书，正巧这个村就生产自行车的零件，真是天助遇难人。支书把他们领到村工厂，工人立刻停下手里的活，很快把自行车修好了，而且分文没收。父亲很感激。

那个年代，农村过日子有四个追求的目标，也可以叫四个幸福标志：红砖屋，房上站；戴手表，抬手腕；缝纫机，身上看；自行车，村外转。有了崭新的自行车，家人心里着实高兴了一阵子。

现在，家里有了电动车、摩托车、汽车，这辆自行车早已经退役了。由于年代久远，自行车变得破烂不堪，被挂在闲房的墙上，我们却舍不得将它丢弃，因为在自行车身上，总有一份情缘让人难以忘怀！

油葫芦

1987 年，《衡水日报》开辟了一个"经营迷取经"的栏目，反映改革开放以后农村发展商品经济的情况。我采写了大齐村刘伏友的香油坊，题为"经营迷油坊探宝，刘伏友笑露真经"。这是我首次报道刘伏友老人的油葫芦。

刘伏友，小名蛤蟆，与我是本家，我们唤他"蛤蟆爷"。我小时候经常到他的香油坊闻香油味。油坊里有他的宝物，一个油葫芦。油晃晃、亮闪闪的宝物足有一人高，葫芦脑袋比篮球还大。长长的葫芦把儿吊在房梁上，葫芦头探在油锅里，正如儿时在水边常玩的"蛤蟆担水"，颤颤巍巍地不停地在油锅里浮动，制出的香油漂漂在表面，很是诱人。老人就是靠这葫芦养活着一家子。

他的香油名气很大，滹沱河两岸一提"蛤蟆香油"，大人孩子都咂巴嘴。尤其是那些老太太，在街上提着空瓶子等着他的梆子声，就认这一口儿。在吕汉大堤上，曾经有一个外地的卖油郎冒名顶替，称自己是刘伏友的儿子，说老爹身体不好，让自己出村代卖。正巧被一个叫刘爱石的人碰上，爱石和刘伏友是亲戚，对油郎说："我舅有四个闺女，没听说有儿子呀！"油郎自知露了馅儿，忙说是干儿子。

我曾向蛤蟆爷讨问"葫芦经"，他笑着说："哪有什么经！记住四句话，芝麻要淘净，炒要适火，磨要精细，沉要均匀。首先是货真价实，而后才说手艺。"

老人虽然去世多年，这句话在我脑子里飘来飘去：首先是货真价实，而后才是手艺。

——这就是"葫芦经"！

一件衬衣

这件衬衣是 1962 年爷爷在天津的一个朋友所送，丝绸材质，短袖，暗花，米黄色。当时，出于礼貌，爷爷从天津穿到饶阳，只在身上挂了一天。爷爷说："庄稼人穿这么好的衣服怎么下地？"于是，这衣服放到柜子里再没人动过。

有一年，父亲陪奶奶去天津看病，从柜子里找出这件衬衣来，又穿了一次，从天津回来就放了回去。父亲穿着它还留下了一张珍贵的照片。

我上初中那一年，学校组织编排文艺节目，到县城会演那天，要求都穿白衬衣、蓝裤子。母亲从柜子里请出这件"传家宝"，我一试，又肥又大。母亲说："衣服下摆装到裤子里，就看不出来了。"

我穿着它走上了舞台，尽管不太合身，靓丽的款式还是令同学们羡慕不已。

会演结束，我舍不得脱，虽然穿着长裤有些热，我还是"全副武装"地到学校转了一圈。

回家后，母亲让我脱下来，将衬衣认真地叠好，慢慢放回柜子里。她笑着说，等你考上高中，出村上学时再穿。

1976 年，大地震给唐山人民带来了灾难，大家争先恐后地捐款捐物捐课本。下课后我跑回家，打开柜子，找出那件衬衣，激动得连柜门都忘了盖，就跑到教室，将衣服交到老师手里。一晃，这事已经过去了四十多年。2018 年初春，一个阳光明媚的早晨，儿子开着车从衡水回来，一进门把三个精美的服装盒放在我面前。我诧异地望着他，儿子说："昨晚奶奶讲了那件老衬衣的事，对我触动很大。现在条件好了，你们想穿什么，尽管买。我按照爷爷照片上衬衣的款式和颜色，买了三件，一件存档，教育我的儿子别忘本，另两件你换着穿。"

这时，孙子捧着我父亲的老照片跑过来说："我爸还写了一首诗。"我接过照片，看到背面儿子规规矩矩的钢笔字：

> 三辈共此衣，
> 家国系情深。
> 举步新时代，
> 光辉照后人。

酒壶

家有一把酒壶，是爷爷的遗物，铜质，古雅，虽绿锈斑斑，却很精致。壶上镌刻着"褙壽堂"三字，据传是一个百年老店的名号，不知其详。平时，它摆在家里显要位置，是装饰，更是纪念。

小时候，家里一来客人，爷爷就塞给我几毛钱说："打酒去！"

我提着小铜壶，边走边唱来到街北的合作社买酒。合作社相当于现在的小卖部，是村里唯一的售货点。负责卖货的增欣爷是个小老头，人长得白净。我进门将钱拍在柜台上，把酒壶举给他，他捡起钱，点清之后，就扔到木盘子里，开始提酒。三毛钱半壶，五毛钱灌满。如果我很礼貌地喊一声："爷爷，打酒！"他会随手抓起一块糖扔给我。有时我忘了喊，糖自然也就免了。

爷爷下酒的菜很简单，一般用那种牛眼小盘，装一碟花生米、炒鸡蛋，或者生腌萝卜片。滹沱河来水的季节，也能见到新鲜的鱼虾，但必不可少的是那盘"辣椒爆"，爷爷称之为"送糠王"。这道菜他往往自己动手——将一块老砖支在灶膛口，架起小铁锅，烧麦秸，爆炒切成碎末的红辣椒，佐以大葱花、大盐粒、大火力，最后撒上少许芝麻粒，辣味出来呛得人流泪打喷嚏，闻着却很香。

方桌，土炕，一壶老酒，几位老人盘腿而坐，就像一幅画。

爷爷几十年风雨兼程的革命经历，练就了他豁达幽默的人格魅力。经常来往的老人，多是他过去的战友，大家抚今追昔，借酒抒怀。他们有忆不完的往事，发不尽的感慨，使我童年的记忆增加了一份厚重。

我喜欢坐在炕下，为他们热酒。把铜壶坐在火炉上，两眼盯着壶嘴，一冒热气就马上端下来。有时沉浸在他们的故事里，忘了炉上的酒壶，酒嗞嗞地顶开壶盖溢到壶外，顺壶而下，在炉盘上燃起蓝色火苗，惹得我一阵惊慌。

那一年，村里来了个买古董的商人，出十五元要买此壶。当时的十五元不是小数目，奶奶动了心，恋恋不舍地找来一块布包好，刚要递给人家，爷爷回来了，避免了这次"历史性错误"。

我自幼就喜欢此壶，常常摆弄着玩儿。一次，我看到壶老旧了，便拿到院子里，认真地用沙土打磨。爷爷制止我说："老壶就要有个老壶的样儿，还是本色好。"此话滋味浓厚，多年来一直在我脑子里回旋，挥之不去。

本人喜酒，与此壶有关。

儿时给爷爷打酒，出于好奇，路上每每品尝，熟而成趣。长大后我更是一发不可收，喝出了性情，喝出了诗意。如此说来，壶君功不可没。

爷爷的酒壶　刘善民／摄

对门老曹也喜酒。他说，这个爱好源于姥爷的空酒瓶。小时候捉迷藏，他藏在姥姥家西厢房的角落里，守着一堆空酒瓶子，顺手拿一个，打开瓶盖，将余液倒入嘴里，咂一咂，香乎乎辣乎乎，感觉很好喝，便挨个喝干瓶里的酒根儿。小伙伴们怎么也找不到他，他早已枕着酒瓶子进入梦乡了。

我们两个惺惺相惜。某次我谈及此壶，老曹一定要跟我回老家一饱眼福。看着他手持酒壶爱不释手的样子，我窃喜：宝物就是宝物！

风箱

朋友给我发了一个风箱的图片，这祖传的家什已经老旧，黑黢黢的，一侧刻有"大齐村某某氏造"，其制造者的姓氏看不清了。

当年我村木匠不少，真正打木活出售的只有两家，孙家和张家，主要卖风箱、门窗、衣柜、食盒、纺车、小推车、板凳桌椅等。从锛、锯到凿卯、画线、打磨、油漆，手艺代代相承。老人们传说，在大尹村集的木货市场，一群木匠比试谁的风箱风大，找一个老青砖立在地上，谁的风箱能把砖吹倒，谁的风箱就好。结果，大齐村获胜。

过去，庄稼人做饭，都是用那种砖垒的灶台，连通隔墙里屋的土炕。灶台烧柴火，因此每家每户必备风箱。

我家的风箱是祖传的，外表黄色，风杆是枣木的，箱料记不清是什么了，但绝不是杨柳木。箱内的鸡毛扎得非常瓷实，拉动起来回风口的木帘响动大，风力足，有一种厚重感。

小时候贪玩，不愿干拉风箱的活，我总会一边吧嗒吧嗒地拉风杆，一边想着到街上玩，不情愿地嘟囔："差不多了吧？"大人说："再拉50下……"

夏天，人们常常把灶台垒在院里，或在树下的阴凉处，或在凉棚（称饭棚子）里。我家有个小西屋，坯房，夏天就在那里做饭，烧大嘴炉子，烧煤渣，总把风箱搬过去。风箱和大嘴炉子之间有一个吹风筒，白铁的，一头大，一头小，人需要用它将风吹到炉子里。一顿饭下来，人和风箱紧忙活，真是不容易。

风箱，这个不大不小的家什，在当年人们的生活中起着至关重要的作用。

朋友把自家的风箱发到网上，引起了大家的共鸣，众人抚今追昔，感慨颇多。

大船

过去，村里有不少船，我们称最大的那一只为"大船"。20世纪70年代初，天大旱，滹沱河常常无水，这只船被停扣在渡口的东岸。

本在水上行，搁浅到岸边。叹息声中，它见证着滹沱河的沧桑。

大船长十几米，滹沱河有水时载人、载马车、载庄稼，往返于滹沱河两岸。县城与我村一河之隔，人少时，渡河用小船。赶上"一六"大集，过往的人多，大船便派上用场。人们有的推车、挑担；有的拎着包裹，带着孩子；有的叼着烟袋，赶着牛羊，熙熙攘攘，好不热闹。船把式都是村上派的工，所以，本村人过河不收钱，但外村人过河要象征性地收一点。摆渡收入不多，都入村里财务账，账户名称叫"刘船"。

"刘船"不是一个具体的人，是我村船工的统称。

解放前，河对岸的吕汉村有日本人的炮楼，到码头坐船的有日本人，有汉奸，还有商人，社情复杂，摆渡变成了一个危险活。为了自我保护，船家都不说真姓名。唱戏的有艺名，诗人作家有笔名，地下工作者有化名，船家也就起了"船名"。大齐村刘姓多，所以，大家就共用一个名字——"刘船"。无论张王李赵，只要跑船，都用这个称谓，一直用到解放以后。

由于连年发大水，滹沱河改了道，从大齐村北改道大齐村西，村里的耕地有一部分被甩在河西，人们耕种收割都要过河，就有了这条大船，农具骡马、谷子高粱都要靠它运回村里。我们小时候到河边玩耍，总喜欢跑到船上，来来回回凑热闹，看骡马上船，听人们说笑，看老船工用力撑篙，也喜欢躺在船舱里，谛听水声。

后来，滹沱河干涸了，人们把大船拖上岸，垒起了一米多高的砖垛，将船反扣在上面。

船离开河流，犹如奔马离开草原，失去活力。风吹，日晒，雨淋，躯体开始变黑开裂。我们这些孩子们，跑到它的身上打跟斗，钻进它的腹内捉迷藏。

大船望着往日曾经碧波荡漾的滹沱河，望着连绵起伏的沙土包，望着一片片杂草、蒺藜、滚蛋棵，望着在河滩奔跑撒欢的野兔，它的世界开始荒凉。也许它在抱怨这条河的无情，埋怨人们对它的无视和遗忘，它在沉默，在思考……

拜把子

饶阳东关曾有一桥，木质，低栏，位于大堤东侧，宽 3 米，长亦不足 30 米，属沟桥，儿时到旧县城赶集必经过这里。我常在桥上游玩，也曾在此与发小盟誓，义结金兰。尝于网上聊发感慨：

> 年少不晓安济事，
> 总扶木桥唤李春。
> 曾攮耕夫唱果老，
> 也避栏下誓结盟。
> 五十余载逝者远，
> 每临故土念兹深。
> 人间多少真情感，
> 莫随名利化浮云。

"栏下誓结盟"即是指拜之事。小学时，我与景达、双喜、长来、铁彪、占彪几位发小兴趣相投，整天黏在一起，后相约结拜，并定好周末到县城国营饭店下馆子。于是，每人向家长申请两元钱的费用，外加两个白面馒头（如没白面馒头，白玉米面窝头也行，但绝不许带高粱面的）。大人们说："小小年纪，哪来的封建思想？"

说归说，那天早晨天一亮，就都落实了——现金每人两元，一色的白馒头，都用小手绢包着。景达兄馒头里虽掺了一些玉米面，也是白玉米，是白色的。当年，在吃的问题上，人人对白色都非常有好感。如吃白面汤，喝白粥，烙白饼，吃白面饺子等，都是令人羡慕的。

初春的滹沱河刚刚苏醒过来，河床里的水洼被风一吹，像青春少年的眼睛，清纯中波动着鲜活；满滩的茅草根开始返青，窝勒鸟抖着翅儿在沙土窝里跳舞。

我们如出笼的小鸟，抄近道走在河中湿漉漉的小道上，唱着跳着直奔县城。

国营饭店在县城十字街的西北角。还不到吃饭的时候，我们一起靠在饭店门口西侧等。忽然，我发现对面副食品公司门市部前挤满了人，靠前一望，墙上的小黑板上写着：有红糖，限量。我马上来了兴趣，因为前两天我曾去供销社给爷爷买红糖没买到，正巧今天碰上了，于是急忙跑过去排队。爷爷经常肚寒，听医生说，犯病时将生姜剁碎掺上红糖冲水，就能缓解症状。

买到已是过午，而几个好兄弟还饿着肚子苦苦地等着我，我心中掠过一丝愧疚。再看手中的钱，还剩一毛三，这顿饭怎么吃？

按照我们当初的计划，每人两元足可以在饭店吃一顿肉菜，而且还是先买木头牌，再凭木牌到小窗口对斗领的那种菜，非常高级。当时几个兄弟说，你就拿一毛三，剩下的我们兜。我不同意，心想让兄弟们等这么长时间，还要人家多花钱，于理不通。

我们坐在饭店门口商议，最后同意了我的建议：每人一毛三买熏肠，就白馒头。七毛八的熏肠一大包，拿到手沉甸甸的。在哪吃？总不能在大街上。我们边走边找地儿，手提熏肠四下看，来到东关小桥边。在桥下，我手托着熏肠寻找可以摆放的地方，忽然一阵风吹过来，刮过来一块旧塑料，正可以安放熏肠。我笑着说："老天爷给我们送来了'香案'。"

苍天最懂少年的心事，看来心中有真情便可呼风唤雨。我把切好的一包熏肠放在上面，哥几个围坐一圈，就着白馒头，边吃边笑边论生日时辰。景达兄最大，为大哥，我最小，是小弟。吃完熏肠，抱拳互敬，整个程序，规规矩矩，颇有古风，桥下成了我们结义的"桃园"。

我并不是在倡导封建礼仪，也并非褒奖组建团伙的行为，只是在追思一种朴实，感怀一份情感，留恋一丝童真。

岁月如歌，几十年的风风雨雨中，大家都经历了很多事情，但我们不改初衷，把儿时的感情珍藏在心底。在部队时，收到双喜兄的信，告诉我他妻子生了儿子，让我给起名字，我查字典、问战友，百般推敲，这是一份信任；铁彪兄在献县开工厂创业时，我们骑自行车前去看望，并帮他办理贷款，筹措资金，这是一份鼓励；我搬了新家，弟兄们从村里跑到县城，为我温锅，这是一份祝福；长来兄偶得一瓶好酒，舍不得喝，留到春节我们相聚时一起品尝，这是一份心愿；占彪兄远在黄骅，却经常通信问询，这是一份牵挂；景达兄作为大哥，每次见了我都要嘱咐少喝酒，注意身体，这是一份关切；有弟兄生病住院了，大家都跟着落泪，这是一份感情。虽都是生活琐事，彼此却相依相扶，共度人生。

忽而想起当下社会流行的现代结盟之风——高档饭店，豪华酒席，海誓山盟，酒杯碰得山响。我观其情，未必比这七毛八分钱的熏肠滋味浓厚。

那一年，滹沱河来了水，弟兄们打电话，说刚捞了一盆鱼，等我回去吃，并说这么多年没吃家乡河里的鱼了，是久违的味道。我理解这份心情，从县城跑回去，体会了一把儿时的快味。那天我们喝了不少酒，又一起跑到滹沱河游泳，说是要找当年的感觉。孩子们生气地说："都快六十的人了，太危险了！"当然此法不可取，但这份情却是真诚的、深远的。写到这里，眼睛又湿润了。还是用我曾经的一首藏头诗结尾吧：

丙申四十年聚

占彪兄十五岁时，随父迁居南大港，2016 年 4 月 17 日回乡省亲，故里相逢。慨叹：

四十年聚叹今生，

彪炳史册非功名。

达官贵胄咱不羡，

喜与布衣共始终。

民恋家乡黄泥土，

来世还是北齐童。

问君何为开心事，

最是人间唱晚情。

看场

　　高中毕业后，我即到生产队参加劳动。秋收期间，队长指派我晚上到打谷场看场，我欣然答应。一来晚上有工分作报酬，二是在打谷场睡觉，总有些新奇感，于是，当夜就搬上铺盖卷来到场屋。看场的共四个人，三个青壮劳力，另有一个守夜的老人恩元爷。

　　场屋在打谷场的东北角，坯房，开着西门，虽低矮却很宽敞。屋内除存有黄豆、黑豆等粮食之外，扫帚、木锨、木叉、麻袋、簸箕都堆在里面。靠窗户的地方是我们的地铺，两领草席下面铺着一层麦秸，周边用砖圈成土炕的形状。我们睡在上面，就如同躺在秋天的怀抱里，将收成揽入梦中。恩元爷告诉我们，场屋里有蛇，不吸烟的人，睡前应在脸上抹一把烟袋油子，蛇最怕烟油的味道。我听到后心里战战兢兢的。然而，我们没有发现蛇，老鼠倒是成群结队，一到晚上满屋爬，有时在我们被子上跑来跑去。恩元爷开玩笑说："留点心，别让老鼠咬破耳朵。"

　　守夜也称坐夜，有人负责放哨，观察场院的动静，一旦有情况，马上叫醒我们。生产队收获的庄稼都集中在这里，因此守夜的人责任重大，不能睡觉。

　　我们的任务是遇到盗窃分子便立刻出击，与坏人进行斗争。恩元爷穿一件大棉袍，戴一项旧毡帽，一会儿坐在场屋门口吸烟，一会儿围着打谷场转圈，不时放开喉咙大声咳嗽几声，意思是有执夜的，让偷窃分子不要靠近。他有一个放三节电池的手电筒，是队上配发的，隔一会儿他就打开手电筒的电源，像探照灯一样在场院里扫射一番。

　　一天晚上，已到后半夜，听到恩元爷在外面喊："你们出来解手要穿好衣服，别感冒了。"我摸了摸身边的两个伙计，都在梦乡，心想没人出去方便呀！莫非有事？我翻身起来，看到老人在场院里转悠。我说："爷爷有事吗？"他连说："没事，睡吧睡吧。"我顺便解了手，回屋又去睡觉。第二天早晨，他悄悄告诉我，昨晚谷堆旁有个人影，喊人的目的是把他吓跑。我急忙走到谷堆旁查看，发现谷堆上面的塑料布被掀开了一个角，好在没有丢粮食。我问："看清是谁了吗？"老人说："小孩子别打听那么多事，没丢东西就得了。"他显然已经看清那人的面孔，只是不说。后来，我又问过他一次，老人说："你这孩子太认真！"我便从此打住，不再追问……

农村与工厂不同，工人上班有严格的时间规定，农民就不一样，办事靠估摸，时间讲大概。我们看场的具体时间没有被明确规定，队长只说晚饭后就上岗，早晨起来就可以回家。如此一来，看场成了一件非常悠闲自在的事情。但有一项要求较严，就是不许看电影，尤其不准出村看，防止坏人趁机偷场。每逢公社放映队进村，我们只能在场里听电影，顺风时能听清只言片语，一般就是听个热闹，但如果是战斗片，只要听到冲锋号，听到八路军冲杀的声音，就知道是大部队来了，我们胜利了，影片接近尾声。

看场时间充足，我趁机到学校借来闲书，趴在场屋的桅灯下，如痴如醉地阅读。浩然的《金光大道》《艳阳天》等，我都是在那个时期通读的。秋天的夜晚，在村边幽静的场屋里，一盏孤灯，一部小说，令人陶醉。

我有时也喜欢一个人坐在干净的场院里，或坐在碌碡上，独享秋色。每每欣赏着满场的庄稼，历数着从耕种、锄草、施肥到打轧中庄稼人洒下的心血和汗水，就想起那首著名的《悯农》：锄禾日当午，汗滴禾下土。谁知盘中餐，粒粒皆辛苦。那时背诵这首诗，远比在课堂上的感触要深刻得多。

通过看场和参加劳动，我开始接触社会，了解人生，思考现实生活。这是一段难忘的时光。

晒墙根

20世纪六七十年代，街北的合作社，是我村唯一的商品集散地，也是乡亲们最爱逗留的地方。三间低矮的门店正对着胡同口，街南房屋不高，也没有树木遮掩，入冬后阳光照射过来，形成一片温暖的地带。

冬日，人们扔下镰刀锄头，常常来这里释放疲劳，尽享悠闲。直到今日，我脑海里依然闪烁着人们晒墙根的情景——穿着粗布棉袄、掩腰大棉裤、家里做的翁鞋，头戴毡帽，在北墙根贴成一串儿，挤来挤去。有的把粪叉粪筐放在旁边，蹲在地上，吧嗒吧嗒地嘬烟杆；喜欢高谈阔论的人打开话匣子，仿佛天下没有他不知道的事儿，时常逗得乡亲们哈哈大笑；还有人习惯盯着太阳的光线，取一根泊头火柴棍捅入鼻孔，轻轻一捻，打几声响亮的喷嚏，惊天动地，满街人跟着舒坦；孩子们在空地画一个方格，找几根小木棍，围在一起玩按方、走龙的游戏；莽撞的小伙子则凑在一块抛砖头，看谁砸得准；还有人掰腕、拉胳膊、拧手指头比试力气；卖糖葫芦、泥人、口哨的喜欢泡在这里，这儿是做生意的黄金地带。其中"葫芦张"最受欢迎，他一到，立马就被围个水泄不通。人们的眼睛聚焦在那个竹筒上，二十四根签子在"葫芦张"手上，上下攒动。大天、金平、红八、虎头，任凭他抖搂。"二五的签子，一六的鬼，鞭打红娘掩瘸腿""一五靠红八，神仙也没法儿"……古老的抽签游戏撩拨着人们的味蕾。

一有空闲，男人们宁愿在大街扯闲篇，拼手气，赌输赢，也不愿在家里，怕别人说离不开老婆。

墙根下乡亲们不但晒身体，也晒经历、晒感情。许歧和年爷是一对老战友，抗日战争爆发后，一起参加八路军，1940年又共同参加了百团大战。年爷腿部负伤，回村挂起了双拐；许歧留在部队，在炊事班，新中国成立后转业到省政府大院的小食堂，从保定到了石家庄，在领导身边服务了几十年，退休后回村。两位老战友珍惜晚年时光，晒墙根，谈过去，形影不离。许歧隔三岔五就买两条钻石烟和一些糖块散发给老头们，他的口音一半保定味，一半饶阳味，讲起当年打日本兵滔滔不绝，一脸的荣光。人们说他专门给领导炒菜，见过大世面。有人问他保定"文革"武斗的事，他哈哈大笑，避而不谈。看来，这晒墙根也有学问，该晒的晒，不该晒的不晒。

王计是个瘦干巴老头，几乎天天来这里，先喝酒后晒墙根。他每次一进合作社门口，屁股一歪就坐在内墙根旁装大盐粒的麻袋上。负责卖货的增欣爷立马把那个粉红色的小瓷碗儿放在柜台上，提酒倒酒。那碗有一条裂缝，看起来不雅观，但不影响盛酒。两角钱，小碗就盛得满满的。王计喝酒不讲究吃菜，一个臭鸡蛋打开一个洞洞，将席篾伸进去，掏一点鸡蛋，品一口烧酒，醇香浓烈，回味悠长；有时从衣兜掏出几颗花生做下酒菜；也常"就地取材"，悄悄抠开屁股下的麻袋，顺一两颗公家的大盐粒，趁增欣爷不注意含在嘴里。我和铁彪、占彪几个小哥们儿喜欢欣赏他的饮酒过程。他举杯细品，长吁短叹，不厌其烦地讲述自己的过去，把我们带入滹沱河滚滚的激流中。

他从吕汉码头到北齐渡口，在滹沱河颠簸了几十年，见证了滹沱河的风风雨雨，也经历过与其他人不同的人生际遇。吕汉码头兴盛时他正年轻，由于水性好人也机灵，深得船老大赏识，跟着大船往返于天津和饶阳之间，跑船、盘货、上岸融商，吃香的喝辣的，很是风光。他说自己穿过绸缎，喝过玻璃瓶装的酒，曾经阔气过。后来，滹沱河流到北齐村西，日本人又枪炮不断，断了通往天津的水路。他回到家后，弄了一条小木船，摆渡、逮鱼、喝酒、打大雁，看起来潇洒，却失去了往日的风采。哥哥死得早，他带着嫂子和一个傻侄儿过日子，从此，吊儿郎当，借酒浇愁。

他有两个酒友。一个是村里的大车把式老刘，高个，红脸，膀大腰圆，走路带风，典型的北方大汉。老刘赶了半辈子马车，鞭子上的功夫了得，多烈性的牲口到他手里也会服服帖帖，大队经常派他赶车到山西拉煤，山路弯曲遥远，每次都能平安完成任务。另一个是从新疆退休回来的老军垦，瘦长脸，络腮胡子，酒量大，作风硬，满嘴都是军人语气，比如干杯，他说"消灭了这一碗"，或者"三口结束战斗"，保持了军人的气势。三个人凑到一起就是一场戏，他们边品酒边晒各自的人生经历，让人顿生感慨。

如果生活是舞台，墙根就是道具，"演员"们从不同角度表演着人生的活剧，展现着那个时代人们的生存状态。

前些天回村，广场上人头攒动。一群老太太饶有兴致地跳着健身操，老头们有的敲鼓，有的在健身器械上锻炼。我忽然想起儿时晒墙根的事，便放下自行车加入人群里。很多长辈主动凑过来，脸上堆满笑容，热情地和我打招呼。他们的衣着打扮时兴入流，两位七十多岁的大伯竟然穿着大红色的运动服，白球鞋一尘不染，这在过去的墙根下是不可想象的。老人告诉我，大家每天在广场活动，而且有微信群，早晚在群里一招呼，差不多人就到齐了。

回到家，母亲早包好了饺子。我挂好衣服，扭头从窗户里望着滹沱河那一弯流水，似乎有一只木船顺流而下，船头有一个瘦小的身影，望着小镇的高楼大厦，举起怀里的酒葫芦。我想起了王计，想起了老军垦，想起了合作社的墙根。

饺子下锅了，我顺手拧开桌上那瓶老白干，拿定主意：三杯结束战斗！

山药窖

山药又名红薯、地瓜，虽为舶来品，但由于易种植、产量高，长期以来，很受人们青睐。滹沱河畔以白沙土居多，非常适合山药生长，因此，多年以来它被当作主要农作物，成畦连片地种植。人们利用火炕育苗，春季移栽，秋天收刨，分给社员们，放在窖内妥善保存。它是人们的重要口粮之一，人们要靠它挨到第二年的春天。

《说文解字》中讲"窖，地藏也"。放进山药窖里是储藏和保管山药最原始的方法。薯从窖里来，便是洞中仙。当冬雪飘飘或春暖花开的时候，人们从地窖里提出满带水气的山药，无论是生吃、火烤，还是水蒸，都是一道错季的美味，尤其在当年粮食短缺的困难时期，更是农民保命的食物。

我家的山药窖在后院。那是一个被闲置的破旧院子，非常窄小，有三间青砖北房和一道土坯院墙，木栅门没有锁，用铁丝钩着，进门摘，出门挂，倒也方便。山药窖在西北角，紧挨着羊圈，窖口扣一个旧铁锅，锅一侧有一破洞，独眼朝天，正好做窖的出气口。有一次，我拿山药忘了将铁锅扣好，一只羊掉到窖里，在里面叫了一天一夜。羊倒没有摔伤，山药却被它糟蹋了不少，给家里造成了严重的损失。

挖窖是个技术活，其情景让我记忆犹新。由于前院的老窖年代太久又进了水，不能再用，父亲决定在后院挖一个新窖。首先要选址，竖洞为井，不能随便动土，应避开门户设在偏僻处，还须向阳，又要远离水道。权衡再三，最后选在院子西北侧。

父亲用木棍在地上画了一个圆，然后，用铁锨沿着土线破土开挖，由外向里，由高向低，层层递进。堆在外面的土在一点点增高，窖也在慢慢成形。按事前设计，窖深在三四米，越往下越阔。在浅层挖掘时运土比较方便，到深处就需用绳子将小铁桶送下去后向上提土。尤其是到窖底向侧面掏洞时，就更加困难。父亲把大舅喊来帮忙，大舅身材稍矮一些，在窖底干活比较灵便。

挖窖不能着急，需要几天甚至更长的时间，而且又脏又累。父亲和大舅满身是土，只好每人头上系一块毛巾，就像《地道战》里的高老忠。那日上午，爷爷望着洞口感慨万千，他联想起抗日战争时期诱敌深入，利用地道与日本兵周旋的日子。

窖挖成了，山药入窖是关键。我们从河滩拉来粗沙，用筛子筛去杂质，一桶一桶地运到窖里，铺到窖底，而后开始挑选山药，仔细把有伤疤的和有斑块的山药拣出去，将好的用筐送到窖内，小心码放，码一层撒一层沙土，确保干燥透气。

我喜欢在洞中抛撒沙土的感觉。借蜡烛的微光，捧起备好的沙土，撒在山药堆上，细碎的沙粒从山药的缝隙间迅速漏下，再撒再漏，可以随着性子来，我觉得很好玩。

过去的冬季非常寒冷，地表常常被冻出明显的裂缝，屋内的水缸有时一夜成冰，但入窖的山药却能独享温情。它们平时相拥在地下，似乎远离尘世，躲避喧嚣，主人需要时便被慢慢请出，告别隐居窖藏的日子，看似走向光明，其实供人享用。

我家山药窖长期放着一个木梯子，只有一条腿拄地，缺乏稳定性，上下梯子时需一人在井口扶住，不然左右转动恐有闪失。有的家庭在山药窖两侧挖些脚窝，劈腿一踩就能下窖，这种情况适宜那些窄浅的窖。如果隔几天没人下窖，再下去时要格外小心，避免因窖内缺氧而闹出人命。有时下窖前先用绳子放下一盏点燃的油灯或蜡烛，看是否有氧气供其燃烧；或者用绳子吊一个草帽，上下拉动一番，使窖内与地面空气产生流通后，人们才敢下去。从某种程度上说，吃窖藏山药也有一定的危险。

采用窖藏方式储存的农产品不仅仅是山药，越冬的大白菜、萝卜、红萝卜、土豆等，各有其藏法。大白菜的窖是四方形，没有山药窖那么深，过冬前需在表面盖一些玉米秸秆、树叶之类的东西；萝卜则更浅，只需在地上掘半米的坑，将萝卜用土埋好，竖一个秫秸在那里作为气眼，便可安然过冬。当然，根据气候和地质条件，各地窖型也不尽相同。

写到这里，我忽然想起田野的鼠类、野兔以及树上的飞禽，为了生存，都争相施展各自的筑巢技能。人有人法，兽有兽道，这就是世界。

糕糕在上

人有人的活法，吃有吃的学问。一个"糕"字，让普通的五谷杂粮拥有了文化高度。糕既丰富了人们的味蕾，也增加了历史的厚重。滹沱河畔的庄稼人用勤劳和智慧，将一粒粒种子涂上了幸福的色彩。

摊炉糕

小时候，炉糕是一种奢侈品，只有过年才能吃。虽然家家都有摊炉糕的手艺，但一是当时米面紧缺，舍不得做；二是炉糕锅非常少，人们一到腊月就开始排队，借锅摊炉糕。此锅是用生铁所铸，圆形，边缘为浅槽，中间凸出，一组一般为2至3个，可同时使用。

摊炉糕的过程就是一次艺术表演。我们常常围在母亲身边，欣赏着她摊炉糕的手艺。母亲将小米面或玉米面用水搅拌成糊状并配好佐料，放在瓦盆里充分发酵，用三块砖分别支上三个锅，点着火（柴要用去了粒的高粱穗子，这东西烧起来火力均匀）。先将油倒入锅中，用刷子抹匀，再用长把的勺子将面糊轻轻舀起，然后慢慢移到锅的上方，对准锅底的最高点，缓缓倒下。涓涓细流从天而降，由锅底的高峰向周围漫延，顷刻充满整个锅底。为让炉糕厚度一致，再用一个特制的刮子轻轻一转，就要迅速盖好锅盖。此时的母亲就像一位高明的沙画师，精心创作着那幅美丽的山水画。时间虽短，对我们来说却是漫长的等待。我们两眼死死盯着圆圆的铁物，不断咽着口水催促着，锅底小火慢慢燃烧，偶尔发出啪啪的响声。母亲一边劝慰我们不要心急，一边又画好了另外两幅"画"。当铁盖开启，我们笑对搓手的那一刻，母亲便用铲子将圆形的炉糕折成半圆轻轻地托出，一股清香弥漫在整个屋子。

买切糕

我喜欢吃切糕，更喜欢听卖切糕的叫卖声。仅那大街小巷的一声声吆喝，就足以使我心花怒放。

卖切糕，要先学会吆喝，不会吆喝，切糕便是街头的"死货"。因此，精明的卖主一进村就开始喊。买切糕要顺音儿追。一次，大人给了两毛钱，我顺着叫卖声追，好半天也没追上，总听着声音是在近处的胡同口，结果追到村南头才买到，可见其吆喝声的穿透力之强。但有的人通过叫卖声不仅能听出远近，还能辨别卖家是哪村的，品质如何，因而不出屋就能决定买还是不买。

同是叫卖，其声音千差万别。饶阳和献县相邻，有时献县的卖家也过界叫卖，人们一听就知道献县的切糕来了。献县的叫卖声有两个特点：一是声音拉得较长，先轻后重；二是因为那里是小枣之乡，会突出小枣的"小"字。而饶阳人吆喝的声音较急促，"小枣切糕"中"小"字的吐音会和京戏的吐音一样，而后再跟上一句"热乎的"，意思是爱买不买，不买凉了。这跟饶阳人的性格有关系，性急！另外，献县的吆喝绝没有"热乎的"这三个字，因为路远，切糕到饶阳就凉了。

吃血糕

血糕，亦称血豆腐，是名副其实的"杀猪食品"。

杀猪过年是这一带的风俗。当屠夫绑猪上案，妇女们总是将盛有秋面的瓦盆放到猪脖的下方，一刀子下去，猪就把满腔热血献给喂养它的主人。接着要经过搅拌、配料、成型、锅蒸、冷却、分解等六道程序。搅拌须趁热，要均匀；配料要精细，诸如肉渣、葱花、姜丝、五香粉、盐等一应俱全；成型则要耐心地把混合面灌注在锅中，掌握好厚度；锅蒸主要考验火候，大火烧开，小火维持；冷却是先扇走热气，然后翻面，去掉麻布，耐心等待；最后是分解，用刀将一体的血糕分成若干的菱形小块。

吃血糕是一门艺术，要小口咀嚼，才能慢慢体会个中滋味。哪儿是葱花，哪儿是姜丝，凭感觉辨别。一块肉渣最好在无意之中入口，求的是惊喜，追的是余香。如果有幸得到一块没有炸透的肥肉，那将是一次莫大的恩赐，往往在口中几经回味，不忍下咽。艰苦的岁月里，人们时常靠想象给生活增添滋味。

美味的食物需要分享，人们常常用血糕馈赠亲朋邻居，尤其是城里的亲戚。这是礼尚，也是对生活感受的分享。

幼时记忆中，一位城市的大男孩，面对丑陋的血糕，先是推辞不受，在大人反复推荐下，开始伸指触摸，低头闻，用舌舔，一旦尝到其味，便狼吞虎咽，一发而不可收。可见血糕之美，不在其表。

蘸扒糕

扒糕之妙在于纯粹和原始。荞麦花开，香飘滹沱河，给人们送来了天然的绿色果实。把荞麦磨成面，无需掺杂任何佐料，和好之后，按照传统做法上锅，即成扒糕。

扒糕做起来简单，吃起来悠闲。如果把饶阳的集市比作一条川流不息的河，扒糕摊就是河中一股轻泛的旋涡，一朵自在的浪花，虽不争流，却俏于闹市。一席之地，一块案板，几张低矮的旧式饭桌，马扎木凳随性散坐，悠然雅然，俗之乐之。卖家一般是夫妻，他们把黎明出锅的扒糕集存在盆里，食客买时便随量取出，切成小块儿，放到精致的瓷碟里，托给客人。桌上的调料也很丰富，陈醋、蒜泥、香油、芥末、精盐、辣椒油等等，由食客根据需要自行蘸食，男女老幼，口味众多。

喝酒有酒友，吃扒糕也有"扒友"。听一位卖主讲，一些老客常常在饶阳的"一六集"或尹村的"四九集"相约扒糕摊，边吃边聊家长里短。一人先到，另一人耐心等待，扒友到了，才可开蘸。

有的人喜欢摊边的氛围，一盘扒糕能消磨半天时光。在桌前一坐，山南海北，侃侃而谈，待卖主收摊，才肯起身。

人们蘸扒糕，不只赋闲求味，也是追求健康。民间常说荞麦有活血、平喘、抗炎等功效。可见，在这一蘸之中，有很多的学问和故事。

除以上几糕之外，饶阳农村还有瞧花糕、抢寿糕、油炸糕等等。在这古老的滹沱河边，糕糕传承，糕糕润心。搁笔之前，不免慨叹：饶阳之糕，高也！

荒唐事儿

玩是孩子的天性。

玩法五花八门，有文明的玩，粗俗的玩；有科学的玩，原始的玩；有理智的玩，疯狂的玩。本文不谈摔纸包、砸桃核、放风筝、拧柳笛、打陀螺、捉迷藏、弹玻璃球等游戏，只谈玩中那些荒唐事儿。

戏白龙

20世纪六七十年代，队里的小牲口是个自由的群体。这些牛犊、马驹因年龄小，不需要上岗，也未套上缰绳笼头，所以不受约束，到处乱跑。它们不仅在牲口棚上蹿下跳，有时还跑到街道、村边和场院串门，尤其在冬日的麦田里，经常看到它们的身影。社员们对待这些小家伙如同对待自家的孩子，异常宽容，而我们这些调皮的学生，却将其视为玩物或野性的伙伴，导演了一出出闹剧。

学校南面，是三队的牲口棚。有时我们把书包往校门口的槐树上一挂，便跑过去，挑逗那匹欢快的小白马。它和它母亲一样，浑身没有一点杂毛，机灵活泼，人们叫它小白龙。我们总想用绳子套住它，牵着游玩，但小家伙总会识破我们的计谋，百般周旋，若即若离。我们采取围追堵截的方法，它就从空隙逃脱；我们用鲜草引诱，那厮比人还聪明，远远地张望鸣叫，就是不靠前。也许接触多了，一打照面，它就欢蹦乱跳地故意调皮，有意挑战。我们几次趁其吃奶的机会，悄悄接近，突然袭击，刚触摸到它光滑的皮毛，小家伙便夺门而出，犹如窜天猴，逃到西面宽阔的麦场里，沿着场的边缘撒欢，惹得它母亲一阵吼叫。

其实，我们对小白龙并无恶意，只是喜欢，才百般接近。一次下课后，我们一群学生跑到牲口棚，正好把小白龙堵在存放麦糠的敞棚里，大伙格外激动，心想这回它肯定跑不掉了，便在棚门口站成一排，个个伸出手作逮捕状。小家伙一动不动，贴着墙壁冷静地观望。时间一分一秒地过去，我们都摆开架势面向它。忽然，上课钟响了，也许它能听懂钟声，也许是我们的悸动造成了队伍的松散，它瞅准时机，猛然冲出，正好和我撞个满怀。它飞快地逃脱了，而我的肋骨被狠狠地顶了一下，一屁股坐在地上，半天动弹不了，回到家也不敢说，好多天才恢复正常。

饲养员刘找是个老荣军，参加过抗美援朝，平时穿身旧军装，满脸胡子，光棍一个，平时没个笑模样。只要我们到牲口棚，他就扯着嗓子大吼。骂得最狠的那一次，是看到我们偷偷钻到饲养棚，在大马屁股下面拽马尾。他找到校长告了状，让我们挨了一顿骂。现在想起这种危险的行为，我十分后怕。

与牲口交锋也有成功的时候。一次，我们跑到麦苗地里捉牛犊。牛的行为比马笨拙，容易靠近。我们通过逐步缩小包围圈，终于用绳子套住它的脖子，一拥而上将其控制，并把棉袄脱下来给它披在身上，大伙有牵的，有骑的，有唱的，在牛身边前呼后拥。至于功课，早抛到九霄云外去了。

打村仗

或许受战争影片的影响，我们这一代人战斗情绪高昂，喜欢打仗，心里潜存着一股冲杀的力量。

我村与西万艾村的柳林相连，中间只隔着一条渠。该村不大，由于出了几个拳脚把式，在我县武术界小有名气。两村素有姻亲，往来友好，但孩子们不知从何时起，总喜欢拉开阵势打打闹闹，我们是积极的组织者和参与者。

周六下午，一群人背上柳筐，按照约定时间开始向村西的树林集结，名为打草挑菜，实为参加"战斗"。每个人的筐里都备好"弹药"，即砖头瓦块。最好的弹药是小坯头（村民拆土炕后留下的老炕坯，带着黑色的油烟，这些炕坯被推到大街，捣碎后准备送往农田作肥料，这些碎炕坯就叫小坯头），用此作武器有两个原因：一是黑色油烟本身就带着烟火味；二是已经捣碎，投起来方便。有人还悄悄备有特制的短兵器，如木棍、小匕首等。最先进的武器当数弹弓子和火药枪，偶尔有人也搞几挂小鞭炮、二踢脚，闹点动静壮壮军威。为了便于指挥，还瞒着老师，把学校的口哨、铜号拿到"战场"。"敌军"同样如此，用柳条帽作伪装，携带砖头、瓦块、木棍、弹弓等武器战斗，雄赳赳，气昂昂，总是先于我们到达树林，进入"阵地"。

我反复提到的这片柳树林，种于20世纪五六十年代，是滹沱河东岸的村庄统一种植的防护林，西临滹沱河，东靠土埝，东西宽近200米，北从秃尾巴堤开始一直向南，分别为大齐林、西万艾林、北师钦林、中师钦林、南师钦林。柳树排列整齐，依次相连，仅我村就有300多亩，各村加在一起，足有1000多亩。林中有一些季节性水渠和不规则的灌木丛、坟头，便于隐藏，为"战斗"提供了有利的地形。

"战斗"常常从喊话开始。大渠两侧，兵马相对，如同三八线。双方挑选嗓门大的人开始对骂，一声高过一声，粗俗的话语不堪入耳。不知从哪个树丛中飞出一镖，场面立马进入紧张状态。短暂的清静之后，"战斗"全面打响。流弹飞镖，箭发如雨，整个树林硝烟弥漫。参战兵力最多的时候，双方都能到一个加强排。我村人多，兵强马壮；西万艾村小，往往兵力明显不足。所以，打阵地战我方总能以绝对优势压倒对方，常常把"敌人"打得丢盔弃甲。

后来，他们避我村所长，采用攻其不备的战术，用精锐部队沿河岸绕到我方西侧的小树林，越过苜蓿地，突然袭击，侧击我军后方，连续打了两次漂亮仗，挽回了败局。因此，几经较量，未分胜败。

我们也曾迂回奔袭，直捣对方"老巢"。一个周六的下午，学校安排我们到东洼庄稼地支农，帮助一生产队捉虫。我们十几名男生把工具（装绿豆虫的脸盆）交给女生保管，然后徒步行军穿过先春台的土岗子，直达西万艾小学，破门进入教室，将桌椅板凳都翻个底朝天，并在黑板上写下挑战书。

祸闯大了，西万艾的校长气呼呼地找到我们学校。于是，这次参战的十六名"勇士"领受了老师的笤帚疙瘩。虽然挨了打，但老师们的一句悄悄话传到我们耳朵里："好好管管，说不定这群孩子中会出军事天才。"老师的幽默、宽容和期望着实令我们感动。

回忆"交战"，即便最激烈时，都不曾有人带过伤，也没有流过一滴血，说明大家混乱之中尚存理智，掌握着分寸。双方谈谈打打，打打谈谈。

随着年龄的增长，大家都成了非常要好的朋友。坐在一起喝酒时，回忆起这段经历，都觉得难以忘怀。

而今的孩子们也玩打仗，但是在电子游戏里，排兵布阵比我们严密得多，应该叫电子兵推。

冒险

直到现在，我也想不通当年蹦井的动机。学校东北侧有一眼土井，是村里龙街的"龙眼"（另一个"龙眼"在学校的东南侧），井口不小，也很深，是村民常用的甜水井。一群男生忽然玩起了蹦井的游戏：先是助跑，到离井口不远处纵身一跃，跨过水井。老师们隔着窗户发现后看傻了，担心出事，又不敢贸然叫停。井口都是用砖砌成的，并不牢固，老师们唯恐猛然制止，学生会因为恐惧掉下去。

儿时的经历不可思议，是因为孩子们看不懂生命的可贵。还有一些危险情景让我至今记忆犹新。

饶阳虽称鞭炮之乡，但20世纪70年代，并没有鞭炮厂，鞭炮生产完全靠家庭作坊，且数量寥寥，一般过年和出殡时才能听到鞭炮声。因为鞭炮是稀罕之物，孩子们总会不管不顾地争抢炮仗，时常出现事故。一次，和占彪一起到村南看出殡。忽然，一个在空中没响的哑炮落到我们不远处。他手疾眼快一把抓到手里，结果鞭炮在手中炸响，右手顿时血肉模糊，流血不止。还好有人立刻把他送到村卫生所，也好在不是那种带有铁皮的硬炮，不然后果不堪设想。现在遇有这种情况，大人孩子都不会靠前，这一方面标志着人们安全意识和社会文明程度的提高，另一方面也说明人们的物质生活丰富了，谁都不在意那几个小炮。

除了炮仗事件，一次野河横渡我也记忆深刻。滹沱河水断断续续，时急时缓，像公路一样，它也有事故多发地段。淹亡事故频发的河段叫"馋河"，事故的发生可能与河道的地形水势有关，但民间的说法很多。

人们说，"馋河"之处的淹死鬼猖獗。传说某某到河边打草，看到河边漂浮着一朵荷花，在他面前晃来晃去，他看透是淹死鬼在引诱自己，一刀子砍下去，花茎被砍断了，鲜血染红了河水。人们打鱼、过河都尽量绕开此地。

初生牛犊不怕虎，我和福存等几个小伙伴就曾在此偷渡一次。十几岁的我们刚刚学会游泳，还没有横渡的经历，不信鬼，不信邪。大家将衣服扔在草丛，四五个人同时下水施展着泳技，有的侧泳，有的蛙泳，奋力搏击，勇往直前。我们始终按照规矩，保持着很近的距离，一旦有情况便可相互搭救。尽管当天没有风浪，湍急的河流还是无情地把我们冲向下游。那白色的水沫、悬浮的杂物，偶尔从身边漂过，让人平添几分遐思。河边的孩子自有抗击激流的天分和勇气，我们到达彼岸时，已经筋疲力尽，一个个躺在沙滩上，直直地望着天空，谁也不说一句话。

历险让人担忧，也催人成熟。有了这次横渡，荒唐的孩子忽然成为大人，在生活的道路上，开始体验下一轮游戏……

红缨枪

红缨枪是一种原始的冷兵器，也是一种文化、一种精神。枪如银，缨似血，两军阵前，红缨可鼓舞士气，威慑敌胆。当年，身骑白马的赵子龙惯使长枪，在长坂坡七进七出；宋朝名将岳飞，手握长枪单挑小梁王；抗日战争时期，活跃在根据地的儿童团，手持红缨枪站岗、放哨、查路条，机智勇敢，被称为"小八路"。他们都体现了这种"红缨精神"。

上小学时，学校规定每个同学必须手持一杆红缨枪。当然，此红缨枪非彼红缨枪，属仿制品，专事训练。好在我村盛产柳木，资源丰富，一根柳杆子去掉树皮，长度略高于头顶，做枪头的一端系上染红的麻线，就是一杆红缨枪了。尽管做工粗糙，也不统一，但一枪在手，红缨飘飘，出操列队，甚是壮观。

出操训练是为了战斗。县武装部在滹沱河西岸修建了实弹靶台，离我村一河之隔。高高的土台耸立在河滩上，隔三岔五我们就能听到民兵射击的枪声，他们真枪实弹，备战备荒。在这种氛围下，学生自然不甘落伍，也加入轰轰烈烈的备战运动之中。遇有村里开大会或公社重大活动，民兵的军事训练都要安排手持红缨枪的学生们参加。

一个漆黑的夜晚，人们刚刚吃过晚饭，忽然，嘹亮的军号声刺破了夜空，这是民兵连集合的号令。几乎同时，学校紧急集合的钟声也响了起来，村庄的气氛骤然紧张。基干民兵荷枪实弹地在大队部集合，学生们也携红缨枪赶到学校，排队跑步与民兵集结——这是一场军事训练。民兵连长布置行动，拉起队伍围着村庄列队巡逻，他模仿着部队行军的样子，不断向队伍传达口令。

出征确有斩获。民兵小分队顺着砍树的声音，抓到一个偷盗集体树木的人，给我们上了生动的一课。

秋天的庄稼收完后，大量农田闲置出来，为民兵提供了广阔的训练场地。民兵连在野洼盖起了土窝棚，建起了民兵训练指挥部，组织民兵集训投弹、刺杀、战术、阵地救护等科目，搞得有声有色。村边的地道里，各民兵排都有自己的责任区，防空洞纵横相连，指挥所、火力点、储备库、瞭望哨样样俱全。整个建造过程，都有"红缨枪"参与，同学们抬土、搬砖，热情高涨。

记得是个冬季的一天，挖地道的工程正在进行，由于地面结了冻，有的地方要砸掉冻土，急需大铁锤。老师问："谁家有大锤？"我说："我家有。"老师让回去取。我飞似的跑回家，扛起大铁锤就来到工地。路上，我心情愉悦，有一种荣耀感。在使用时，由于高年级的学生们用力过猛，铁锤的木把子折了，老师感到很不好意思，傍晚，亲自把我和大铁锤一起送回家……其实，我很不情愿让老师送我。在我幼小的心灵里，为革命做一点贡献是应该的、光荣的。别说一根铁锤把子，再大的损失也不在乎。

我们这个年龄段的人，"生在红旗下，长在甜水里"，觉悟很高呢！大家心中最崇拜的是毛主席，最热爱的是中国共产党，觉得最至高无上的是高高飘扬的中国红。

村里的地道设在第三生产队的白菜地，四通八达，连成了地下网。下课之后，我们经常进去玩。有的扮成日本兵，有的扮成八路军，一起"开火打仗"，弄得满身都是土。

由于我村地道搞得好，县武装部把我村定为战备示范点，曾经派穿绿军装的来村指导，还组织其他公社的民兵前来观摩。这份荣耀有"红缨枪"的一份功劳。

我的红缨枪是爷爷奶奶一起给我制作的。两位都是 20 世纪 30 年代入党的老革命，对孩子们参与备战运动非常支持。他们将我家后院菜畦旁边的一棵小柳树锯下来，耐心剥掉树皮，用刀子削去疤痕，一点一点把柳杆做尖，将剥下来的麻皮晒干，染上红色，整个制作过程是那么认真专注。在两位抗日老兵的心中，一杆红缨所代表的是浓浓的爱国情怀。

我找来白胶布，在上面细心地写上自己的名字，贴在枪杆上。晚上将红缨枪放在脑袋那头的炕沿边，半夜醒来望一望，摸一摸，爱不释手。它也曾无数次出现在我的梦里——我手握着它，向着敌人呐喊、冲杀……

这杆红缨枪很珍贵，它凝结着老一代共产党人的心血和意志，饱含着红色的革命基因。

它又很普通，它是红色队伍中无数红缨枪中的一杆，担当着一样的使命和传承。

一个下午，我们正扛着红缨枪在学校操场列队，一辆绿色吉普车停在校门口，一位老者从车上下来，远远望着我们的队伍，站了好长时间。老师迎了过去，认出这是我村一位老八路，曾在村里当过儿童团长，后入伍参加了解放天津的战斗，后在天津某国营企业任职。老人说："想不到一踏上家乡的土地，就看到了红缨枪。"他一定想起了当年，想起了儿童团，想起了抗日的烽火。

老人回去之后，给学校写了一封信，饱蘸激情地抒发了当时的感慨。老师将信抄在黑板报上，我们读了老八路的感言，加深了对红缨的理解。

红缨是红色的火苗，燃烧在我们心中，生生不息。18 岁那年，我参了军，成为一名真正的解放军战士，扛起了冲锋枪。在嘹亮的军号声中，时常想起爷爷奶奶亲手给我制作的红缨枪，心中充满了力量。

借宿

借宿是民间常有的事。小说《平凡的世界》里，孙少平家的一口窑洞住着三代人，一到晚上，少平便栖身于好友金波家里；他的哥哥孙少安结婚没房，只能借用队上的旧窑做洞房。

现实生活中，借宿的例子比比皆是。这是民风的淳朴与善良，闪耀着人性的光辉。过去由于人们住宅条件差、孩子多，若无安身之所，便搬上铺盖卷，借住于亲朋乡友家中。我的本家兄弟安民，家里曾经只有两间房，居室逼仄，住着三个妹子，很不方便，所以他常在同学周藏家里。晚上，二人同睡一条炕。他俩经常约我过去，一起做作业，玩扑克，听收音机，到野外逮鸟，共同度过了许多美好的夜晚。

一个小兄弟，父亲在外地工作，随母亲长期住在我村的姥姥家。他脾气随和，善交往，很合群。在他的心目中朋友即是家，家便可吃住。因而，他在哪个小伙伴家里玩，晚上就睡在谁家，不分你我，真有"客居天下"之意。

更有意思的是，借宿期间，如果被褥少，要好的小伙伴就钻一个被窝里，或者打通腿儿（一人睡一头）。20世纪五六十年代以前出生的人，有此经历者不在少数。

还有一种情况是举家借宿。比如1963年滹沱河发大水，村里一些人家房屋倒塌，就搬到有闲房的乡亲家里。他们在一个水瓮里舀水做饭，有干柴火伙着烧，有时蒸上一大锅山药，两三家围着锅台吃饭。洪水退去，人们的主业就变成了捞鱼。男人们将窝棚扎在河边，昼夜守候渔网；女人们在家烧水做饭。出鱼了，大家兴高采烈，炖大鱼、煎小鱼，秋面饼烙了一摞又一摞，将高粱烧酒倒在大碗里，男人们敞开胸怀来回喝，把乡情装满胸膛。这就是滹沱河人的脾气。

我十四岁那一年，因东关村亲戚家盖房，父亲让我去帮忙，也有过一次借宿。周末，我来到河边，将衣服顶在头上，凫水游过滹沱河，到东关帮助表兄和泥制坯。由于是翻盖房子，旧的拆了，新的还没盖，晚上没有地方睡觉，表兄带着我到东邻去过夜。东邻兄弟四人加上我们，六个人一起滚大炕。那时没有电，微弱的煤油灯下，炕沿边六个小脑袋瓜，就像瓜园里的圆丝瓜，一溜摆在畦背上。大家轮流讲笑话，嘻嘻哈哈不睡觉。一个人撒尿，其他人都跟着往外跑。现在想来，倍感亲切。

有时，借宿有了投宿的性质。一位发小当年与家长闹别扭，赌气出走，一连三天不回家，全家着了慌，派出人马四处寻找。秋雨连绵，暮色阴沉，终于在滹沱河下游村庄的一个瓜园找到了他。在低矮的土坯房里，发小正与看瓜的老头围坐烤火。他在走投无路时投宿于瓜园，老人也热心地收留了他。那几天吃的是熬北瓜揪面片、烧玉米、煮花生，竟让他有些乐不思蜀。虽隐瞒了自己的村姓，老人还是猜透了他的境况，几天中一直进行着劝导工作。

因借宿，还产生了一件趣事。村里曾经有个宋翁，时年五十多岁，光棍一人，平时给生产队喂猪，属于那种没什么特点的庄稼老头。那一年，村里来了个刨笤帚的把式，由于揽的活计多了，当天干不完，需在村里住上一晚。宋翁一片好意，就让笤帚把式住在自己家，二人同住炕上。那人不但刨笤帚的活好，睡觉时呼噜也打得"好"，细长的音儿后面挂着钩，如同长笛吹着短调。宋翁独屋独炕睡了半辈子，又喝了几两二锅头，竟把那人的来由忘得一干二净。半夜醒来，听到这种怪音，诧异之中，宋翁一个鹞子翻身就骑在笤帚把式身上，一阵乱拳，怒斥道："你是谁？怎么进来的？"那人梦醒求饶："大哥，是我，刨笤帚的。"宋翁恍然大悟，一边连声道歉，一边点灯。那人脸花了，鼻子也出了血。第二天一早，老宋连忙烙白饼炒鸡蛋，并喊来邻居一起安慰那人，后来两人成了朋友。

龙眼

村街又叫龙街。

龙街的布局很有说道：街西头的大庙是龙头，东头的小庙是龙尾，弯曲的长街是龙身，胡同是龙爪，龙眼就是分别位于大庙两侧的老井。后来，大庙被翻盖成学校，朗朗的读书声取代了香火缭绕的祷告，但老井里泉水依旧。到20世纪70年代末，它逐渐干涸，之后塌陷，成为废墟。

我是吃老井的水长大的，每从那里经过，都会驻足观望，心存感激，在瓦砾中回味往日的甘甜。

老井是人工挖的土井，圆圆的井口用石板砌成，井壁是清一色的老砖，光滑且长满苔藓，水面安静透亮。儿时顽皮，在没大人担水的时候，我们曾趴在井口偷看老井的深处，探知井底的神秘。大人知道后，照着屁股就是一巴掌，严厉呵斥："不要弄脏了龙眼。"

老井是神圣的，何年所挖，没有记载。据老人说，它是龙街的配套工程。而龙街所建的具体时间，也无从考证，所以，很多事情只能归为传说。

老人们说，早年间村民祭庙，每次都不忘在井旁摆上一份供品，焚香祷告。或许，老井真沾了龙气，"龙水圣洁，十分灵验"。龙街出过布政使，出过军官、知识分子、艺术家等，尤其出了不少大财主。所谓大财主，是说这些人都不是那种"土财主"，他们在北京、天津、上海、山西等地都有商号，甚至在香港也有公司，所屯土地更不用说，可谓富甲一方。什么"东楼西楼""火磨""染坊"等，一家比一家富有。村里曾流传一段顺口溜，把财主家的名字串起来，编得既合辙押韵、诙谐幽默，又符合实际。小时候常听老人们念叨，前些日子我回村和乡亲们闲聊，曾有意问过，人们都记不全了，估计已经失传。

也有喝了龙眼的水而未能如愿者，比如街东头的刘二风。他自诩有

"皇封之运"，武艺高强，力大无比，尤擅"夜行术"。据传，村东上方台那两座石碑，就是他夹于腋下，从洞庭湖一夜飞奔运回来的。石碑在重修龙母庙时派上了用场。

刘二凤自恃功高，霸占龙眼。每天傍晚，他将老井用磨盘盖上，第二天，他不起床谁也不许动。他要汲头一担水，最先享用龙泉，以图"皇封"早日到来。然而，神龙有眼，老二空有一身武艺，最终也没能如愿。

民间传说往往掺杂着不少水分，但老井确是泉水旺盛，清澈甘冽，养育了一代又一代龙街人。

我家临街而住，每天清晨，早早就能听到过来挑水的声音——扁担颤颤巍巍，铁桶叮叮咚咚，人们有说有笑。那是一天生活的开始。

在乡亲们的观念中，水是命根子，至高无上。到老井汲一桶水，就如同向龙王讨一桶甘霖，有一种仪式感。扁担下井之后，摆桶汲水，然后提到井口，平稳放到地面。扁担上肩以后，颤巍有度，一路走来，充满节奏。街北的斗爷是挑水的好把式，他步伐匀称，走起来不紧不慢，水也很少晃出水桶。按他的话说，就是担水如偷水，路上不留水痕。从井口到家一共有多少步，需要几分几秒，他心里都有数。

井台旁边，是乡亲们经常碰面的地方。人们虽同住一个村，但平日里各自忙碌，难得有说话的空闲，井台邂逅，边打水边拉家常。女人们将衣服端到井边，洗涮嬉戏之间，传递着村里的新闻；乡邻偶有误会，井口相逢，点头微笑，一声问候，便让不快烟消云散。同吃一个井里的水，哪有解不开的井绳！

老井东侧是一条大道，为龙街的龙须。老柳低垂，炊烟氤氲，路通南北，人流不断。龙街有炊个多年的规矩，担水如遇路人，都应停而相让，不可怠慢。善于助难救困，不欺外乡人，这是村风，是老井的挽留，是古道热肠的纯厚与善良。

我们这一代在老井担水，是在 20 世纪 70 年代后期。那时，北边那眼老井已慢慢枯竭，南边一眼尚在，但其水位已经很低了，打水时要在扁担上面另接一根木钩子，不然够不到水面。如此摆起桶来很不方便，扁担常常脱钩，水桶被丢在井底，人们只好借来铁锚打捞。用粗铁丝弯成的铁锚有好几个爪子，上面系着长长的绳索，是捞桶的专门工具。打捞时，先把锚下放到井底，再慢慢寻找，凭感觉触碰桶系或桶边，一旦有沉重的感觉便缓缓上提，然后轻轻地把带有青泥的水桶提到井台。

岁月悠长，老井用浑浊的眼睛注视着过往。人们一次次淘井，无疑是给这昏花的老眼涂抹层层药膏。黑色的泥浆记录着村庄的历史，捞出的手榴弹、金首饰、银手镯等稀贵物品，展露出老井的包容与沉思。后来，老井干涸了……

一次，我路过老井，往日的大庙传来朗朗的读书声。在这读书声里，我听到了春的气息，听到了青山绿水，听到了村庄的希望。我想，那些坐在教室的孩子们是否知道，脚下的土地，曾经有一双深邃而明澈的眼睛？

雪后的早晨

雪后的村庄是一幅画。

公社的小喇叭开始广播了，一曲《东方红》亢奋而温暖。广播员是天津知青，她用津味的普通话开始了早晨的播报：瑞雪纷飞梅花笑，东风浩荡战旗红。这是一个雪花飞舞的早晨……

我从被窝里一骨碌爬起来，拉开门栓，果然发现了一个银色的世界。院子里、墙头上，到处是雪。那棵土桃被雪花装扮得晶莹透亮，枝枝杈杈泛着银光。屋檐下，几只麻雀抖着翅膀，叽叽喳喳，是抱怨昨夜的风雪，还是担心早饭的艰难？我拿起扫帚，来到胡同口，扫出一条小路。探头望望大街，它像一条银龙，蜿蜒在村的中央。长街没有行人，房上却隐约传来说话声，勤快的人家开始清扫屋顶的积雪了。

20世纪70年代，家家户户都是土房顶，雪后要及时清扫。我也急忙回到院里，和大人一起搬梯子上房顶。雪后的早晨，天寒地冻，但空气清新，大家大口大口地呼吸着，每人的嘴里哈出团团气体。各家的屋顶就是一个个小舞台，人们一边大声喊话，交流对雪的感慨，一边用木锨小心地清理积雪——先清后扫，不留一点雪痕。

西邻的文爷是从不扫雪的。他光棍一人，祖上留下的两间旧坯房从未修缮过。我清扫完自家的房顶，来到他的窗前，敲敲窗棂说："文爷，我帮你扫雪吧。"他似乎在梦中："不用，我自己会扫，好弄。"说完，他就回到梦中，我便料定这是一句假话。天一放晴，雪变成水，从屋顶流到院里，漏到屋里。他笑看流水，依旧满不在乎。

雪后的炊烟最动人，银装素裹烘托着青色的、黄色的烟雾，在村庄的上空翩翩起舞，清晰，浓厚，悠闲。这是五谷的升腾，是秋天的衣袖。舒卷之间，它轻抚了庄稼人的土墙农舍，轻抚了带雪的柳枝树梢，轻抚了人们的日子，带着无限希冀与遐想，悠然升空，到雪的故乡去寻觅遥远的童话。

我忘不了那个取暖的煤火炉，它用废旧的铁桶制成，是家里的"小太阳"。炉罐置在桶的中央，炉罐和铁桶之间塞满溥沱河底的红泥，炉底离地半尺，开一个风口，横插几根铁棍做炉条，既简单又实用。早晨，先将地上的雪扫净，然后，把煤炉拎到屋外，用三块青砖支起来，几块乏煤（没烧透的煤）垫底，玉米芯、小木柴做引火，点燃稍许时间，放入煤球，再用火筒拔烟，什么时候烟少了，炉内有了蓝火头，炉子就生着了。如果火头来得快，还可以在炉上炒一锅大白菜。那时的日子虽艰苦，却很温馨。

学校的炉子，是用红砖盘的那种"扫地风"，设在教室迎门的角落里。每天早晨，炉子要生一次火，烧的是煤坯子（就是将煤面掺少量红土和成泥，摊在地上，划成的若干个方块）。男生两个人一组，轮流值日，引火由值日生从家里带去，是木柴、豆棍、玉米芯之类的东西。一次，我和东坡值班，我们早早地起床，带上火柴和引火，穿上草鞋，踩着雪跑到学校，发现忘了带钥匙，又急急忙忙跑到老师家去取，来回耽搁了不少时间，很晚了才把炉子点燃。等大家到了学校，教室仍然烟雾缭绕，没办法上课，惹得老师一顿批评。

晨雪的趣味是丰富的，孩子们面对雪景惊奇、兴奋，打雪仗，堆雪人，天真烂漫。我们也喜欢跑到村外，在麦地里追赶那些散养的小牲畜。那欢蹦乱跳的牛犊、马驹，是生产队的，它们可以自由地奔跑，啃食麦苗。我们把书包挂在树上，对小牲畜围追堵截，将它们当做游戏的伙伴。有时累得满头大汗，鞋子让雪浸湿了，远远地听到上课的钟声，才喘着粗气，往学校赶。

大人有大人的乐趣。好玩的村民来到场院，扫出一块空地，洒上谷物，将筛子支起来，把绳子拴在支筛的木棍上，人藏在别处，待麻雀进入筛下啄食，刹那之间，迅速拽绳，鸟儿发现上当时，早已落网。有人则善于利用雪天逮兔子、逮黄鼬。冬季，野兽为了寻食，从野外跑到村边，在柴草垛、闲房子里落脚。内行人能在雪上观察到它们的踪迹，在其必经之处布下铁夹子。

记得上作文课时，老师曾经以"下雪了"为题，让学生们尽情抒发各自的感慨。检查作业后发现，孩子的世界除了雪后的游戏，也写到了瑞雪兆丰年，写到了爷爷捋着胡子笑，写到了给军烈属和孤寡老人扫院子，写到了《草原英雄小姐妹》，写到了《林海雪原》，写到了保卫边疆的解放军，更写到了"北国风光，千里冰封，万里雪飘……"

——雪后的村庄连着远方。

当年的雪，似乎来得格外勤，也来得悄无声息。晚上还是繁星点点，第二天就雪压枝头了。因此，早晨的雪往往让人惊艳，令人感叹。现在，雪依旧以其自然的风景，氤氲和延续着村庄的故事……

城里的亲戚

过去在农村，有城里亲戚是非常阔气的事。

农闲了，买张汽车票，到城里的亲戚家走一遭，逛逛公园，看看猴，看看电视或到剧院看场电影，感受一下大城市的繁华。回家时，给孩子带一些稀奇古怪的玩意儿，比如奶糖、大麻花，或者口琴、布娃娃、小手枪。有时拾回几件旧衣裳，便更觉满足。那衣裳款式自然是乡下人从未见过的，有背带的裤子、蓝条条背心、白色的运动鞋……都是"表哥表姐不穿了的"，新奇而实用。

那时，常常听到村里的大喇叭招呼："某某某，拿戳来！"

戳，手章的俗称。听到这声招呼，就知道是某户人家城里的亲戚捎钱来了。带上手戳到大队，在投递员指定的表格上盖个红印，取回邮单，第二天便可到县城邮政局支钱。

村里人叫这些人家"外援户"。庄稼人过日子，城里有人支援，按现在的话说就是"幸福满满的"。

哪个城市饶阳人最多？天津。

缘由自然很多，如当兵转业、上学留城等，但最主要的还是因为当年有滹沱河至天津卫这条水路。那川流不息的河水，载着木船，带着乡愁，把谋求生计的人们送到天津，从邵家园子上岸，然后到杨柳青经商、当学徒、耍手艺。很多人在那里不但站稳了脚跟，而且发了迹，最后落地生根，开花结果了。因此，饶阳人在天津的亲戚最多，仅我的左邻右舍，就有十几家和天津有关联。

当时农村的孩子没见过世面，看到邻居来了亲戚，听到人家说话的侉音儿也感到新鲜，隔着墙头看个没完。

前邻标兄的大姨在天津，姨父是个很有成就的买卖人，公私合营以后，就职于天津一家很有名气的国营公司。姨父个高，微胖，长方脸，有人们说的"官相"，很有派头。姨家的表弟叫小钢，常常春节回来看姥姥。

小钢，这名字和农村人的不一样，有工业气息，尤其名字前面加的一个"小"字，很洋气。农村人起名就不同，如猫蛋、狗剩、大车、绳套、大牛、二牛、大囤、二囤、大揪、二揪，总是围着庄稼地转，不是动物就是农具。还有的明明生个男孩儿，愣起个女人的名字，如黑妮、丑闺女等。

名字是人的记号，有时跟所处的环境、个人长相、大人意愿等因素有关系，或兼时间性、时代性和地方特色，在此不再赘言。

我和标兄是发小，整天形影不离。表弟来了，很快就和我们融到一起。小钢比我小一岁，人很好，性格活泼，善于交际，对村庄总有一种新奇感，对村里的任何事物都感兴趣。

年根底下，我们曾一起到县城赶集买鞭炮。小钢说："天津市的鞭炮不如农村的响，也不如农村的花样多。"

他说："每逢过年，都是在天津的土产门市部买一些'机器鞭'、小礼花之类的炮来放。"所以，一说赶集买炮，他兴趣盎然。

没有自行车，我们就步行。路过滹沱河时，冰足有一尺多厚。我们在冰上打滚、玩耍。我和标兄"打出溜滑"是站直身子，横着滑；他却是背着手，猫着腰，向前滑。由于脚力不够（没有冰鞋），他总也滑不成。我们笑他笨，他笑着说："这才是滑冰的正确姿势，你们是'老坦儿'，不懂。"开始，我和标兄不知道"老坦儿"是什么意思，后来听大人说，这是城里人笑话农村人土气时惯用的话。

我们刚走到东关大堤，就听到炮仗市的鞭炮声，于是，加快了脚步。

炮仗市在县城（旧县城）的新华书店以东至东城门的范围，街道两侧分别是县文化馆、银行、机关家属院，最东头是东城门小学和东北街，与东关村接壤。

站在东城门的老堤向西一望，卖炮的、买炮的、看热闹的，满街筒子人。空中烟雾缭绕，纸花像凌空飞舞的蝴蝶，满世界都是；鞭炮声、叫卖声、吵闹声震得人耳膜生疼。我们挤在人群里，互相听不到其他人的说话声，只能靠打手势、使眼色交流。那些卖家站在高台上或马车上，高挑着长鞭比画着、吹捧着。最显赫的当数苍刘庄的"刘旦炮"。卖家名字叫刘旦，"刘旦炮"是他自命名的产品品牌。他的鞭是白色的，个儿大，完全用书纸卷筒，炸得开、叫得响、纸花碎，在当时是"名牌产品"。

只见刘旦站在自己搭建的高台上，举一根两丈高的松木杆子，杆上挑着一挂长长的鞭炮，垂到地面，他高声地炫耀着，吸引着人群的眼球。

台下有人高喊："拉一挂，听听响！"

于是，他的伙计吹吹手里的香火，左手托起鞭头，右手点捻。顿时，鞭炮在空中炸开，纸屑飞舞，硝烟弥漫，人群一片赞叹。

其他卖家不甘示弱，也相继燃起各自的"顶手"货。

整个炮仗市哔哔剥剥，此起彼伏，连成一片……

小钢看傻了眼，他哪见过这样的阵势。面对这场面，他异常兴奋。在炮摊前，小钢见什么都想买，光鞭炮就买了好几种（闪光的、冒黄烟的、单头的、双头的），又买了礼花弹、"泥窝窝"、蝴蝶鞭。最后，在街口又买了一捆"大气火"，就是绑着长秫秸，能拉着长音钻天的那种。

我和标兄每人只买了两挂300头的"刘旦炮"。当时我就想，城市这些"吃商品粮的"真是有钱。

这段买鞭炮的经历，定格在我的脑海里。从此，我便开始羡慕吃商品粮的城里人。

小钢随和热情，同我们一起放鞭炮、捉迷藏，有时还拿出糖果给我们吃，大家相处得很开心。

但有些来串亲的城里人就不行，包括有的大人，非常傲慢，看农村人的眼神，就像《朝阳沟》中栓宝的丈母娘，没个正眼。有一个从某市来的亲戚，高挑的身材，卷发，穿着裙子、皮鞋，在街上一走，款步提裙，咔哒咔哒响，有满满的优越感，不爱搭理人，偶与人说话总习惯将手翘在鼻嘴之间，作扇风状。我们叫她"大洋马"，打心眼里不喜欢她。

农村人热情，朴实，念老理儿，祖祖辈辈生活在一个村子里，大家有着千丝万缕的关系，甚或骨肉相连。无论谁家来了亲戚，都看作是大伙儿的亲戚，左邻右舍，将来客托着敬着，高看一眼；即便说错了话，办错了事，村里人也会谅解，绝不计较。这是滹沱河边的乡俗。

有一段时间，不知什么原因，好多城里的孩子回老家上学。学校各个班级都有插班生，天津、北京、保定、石家庄、济南、兰州、乌鲁木齐等地都有孩子回来。他（她）们是清一色的"洋学生"，说话南腔北调，穿戴也不一样，在当时的学校是一道风景。

我班就有好几个外地来的插班生。从北京来的那个女生，脸白，眼睛大，文静，漂亮，和我同桌。记得她给过我一块橡皮，带香味的，我总喜欢拿出来闻一闻。她有个毛病，总是上课偷着吃零食，为此，老师没少批评她。从保定来的是个男生，他父亲是抗美援朝的英雄，和《奇袭白虎团》中的严伟才是战友。或许承袭了父亲敢打敢拼的精神，这位同学有一股倔劲，爱打闹，弹弓射得非常准。从济南回来的男生长得像个姑娘，又白又俊，性格温顺，爱唱歌，深得老师和同学的喜爱。

后来，他（她）们悄悄地来，又悄悄地走了，就像刮了一阵风，不知是否"带走了家乡的一片云彩"？

老人们总爱谈起这些事。一次，我路过村合作社门口，几个晒太阳的老头掰着手指头算，谁家的哪一支哪一脉，在哪个城市，怎么出去的，大多数都能回忆起来。也有一些出去后就"失联"的，在老人们心中，这些人就像风筝断了线。

老人们说，这和当时的形势有关，无论干什么事，先看成分，所以，很多出身不好的人，设法和家庭扯清关系，以免受影响。曾经就有人回老家开过证明，证明自己没有享受过上一辈的荣华富贵，或与家里断绝了关系。

其实，老家就是我们的"窝"，无论走出的子孙在外混得如何，或贫或富，或荣或辱，或功或过，河边这片黄土疙瘩一概收留着……

自改革开放之后，一些人才陆陆续续地和老家"接上头"。家乡的土，家乡的水，毕竟难以割舍。

"城里人""乡下人"，人们这么称呼着，似乎两者之间隔着一道鸿沟。那时，人们习惯给夫妻中一方在城里，另一方在农村的人叫"一头沉"。这部分人，后来都跟随城里的另一半进了城。他们似乎纠结了多年，总在等待一个机会。

无论走多远，有的人虽身处繁华却忘不了"那个遥远的小山村"；有的如泥牛入海；更多的却是"我深深地爱着你，却又不得不离开你"……

20世纪六七十年代，甚至到了80年代，人们削尖了脑袋往城市钻，托关系，找门路，争取吃个"商品粮"。我有两个同学不惜放弃学业，到城里亲戚家看孩子，通过亲戚把户口转出农村。一些农村的姑娘找婆家，眼睛只瞄着"商品粮"，无论对象的年龄、身体或其他情况。

大部分从农村到城里的人也确实会变得不一样，待上个三年两载，肉皮也细了，穿戴也洋气了。人们说"城里的水养人""命好，摊上了好亲戚"。

不过，我们这一代人见证了太多的变化，从20世纪80年代末开始，城里有了"下岗"这个词。再后来，有人托关系，找门路，把"商品粮"变回农村户口。人们发现，有的城里亲戚在农村一住就是好多天，无所事事；有的放下身价，帮助"表哥表姐"摘梨、种菜、倒秧；有的开始在农村找事干；有的城里亲戚买房跑回村里借钱……

农民穿衣打扮焕然一新，有吃不尽的"仙桃、鲜果和甜葡萄"。他们买了摩托，买了车；拆了祖传的老宅，盖上了新房。房屋外墙先是用水刷石，后是贴瓷砖，小洋楼、小别墅，雕梁画栋，让城里亲戚叹为观止。

现在，农民们又开始向城市"进军"，他们不但在城镇买了楼，有的甚至旅居海边、山城；而农村新民居的开发建设，又引起了不少城里亲戚归乡的冲动。

政府规划中有了"城乡一体化"这个词，城市和乡村逐步融合。去年春暖花开的季节，多年未归的亲戚回村，乘着电梯进入新农居的洋楼顶层，隔窗望到滹沱河那一湾清流，看到河边的红桃绿柳，闻到田园的瓜果飘香，顿生万千感慨，笑着向身边的妻子说："咱搬回来住吧！"妻子动情了："真好呀，现在农村有亲戚是多么阔气的事啊！"

◎ 第二辑

大河奔流

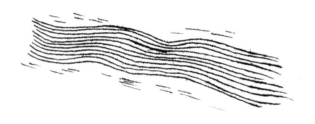

雾中芦苇，昔日荷花，
岸边杨柳，伊人少年，
一叶扁舟以及扬鞭的老汉，
宛如一幅优美的画卷。

亲历"96·8"抗洪斗争

一

1996年8月5日夜，电话铃声把我从梦中惊醒，乡政府通知开会。我一看手表，刚刚午夜12点，心想，肯定有急事，就连忙穿衣下床。当时县城的旧区没有路灯，我透过频频的闪电，看到小雨淅沥着。我穿好雨衣，迅速发动摩托车，赶往开会地点。

党委会在党委书记家中举行，会很短，内容是传达省防汛指挥部一号令：受8号台风影响，太行山区连降暴雨，滹沱河岗南、黄壁庄水库同时放水，汛情紧急，要求立即抗洪。

县委号召全县进入紧急状态，集中人力、物力、财力，迅速投入抗洪抢险的战役中。乡党委根据上级指示精神，决定按照平时划分的责任区，组织民工，分头行动，6点前把队伍拉到滹沱河北堤。

当时的官亭乡由合乡并镇前的官亭、张岗、寺岗三个乡组成。作为党委副书记，我负责张岗乡的工作。我想，如等天亮再进村发动，一是时间不够，二是现在农村不比过去的生产队，村民们自主经营，各有生计，不好组织，所以，必须连夜进村。

我和副乡长宏计存先给各村支部书记打电话，讲清形势任务，要求立刻入户落实人数，村委会的灯要亮起来，大喇叭要响起来；同时通知了乡包村干部马上进村。

回家向妻子简单说明情况时，儿子还在梦乡，我摸摸那稚嫩的脸蛋，算是打了招呼，便骑着摩托车上路了。

县城距张岗乡四十多里路，虽是公路，因年久失修，坑坑洼洼，摩托车一路颠簸。

一过京九铁路，就听到东张岗村的大喇叭响了起来，我便和计存先到东张岗村。村委会灯火通明，支书狄国州正在动员，几名村委拿着笔和纸在灯下核对人数。我看到民工的名字密密麻麻写了两大篇，但发现工具没有落实好。怎么运土？如何应急？于是，我想方设法落实运土车辆，要求党员干部带头，先把自家的车开出来；村委会负责准备好手电筒、大锤、钢镐、铁丝等抢险工具；将人员编成10个战斗分队，确定好负责人，尔后才骑摩托车离开。

到其他村后，乡包村干部都已到位，正在组织发动。我要求按照东张岗村的办法，将民工分成若干分队或小组，明确队长（组长），由村委会牵头。编排方式因村而定，可以按原来的生产队，也可以自由结组，形成乡、村、分队（组）梯次运行，包村干部上下协调的战斗序列。这样的安排便于指挥调动，避免民工成为一盘散沙。

与此同时，官亭、寺岗以及大尹村、城关两镇也已备齐人马，以待出征。

二

滔滔洪流，像千万个挣脱了铁缰的凶恶猛兽，露出了它们狰狞的面孔，咆哮着向沃野千里的平原大地狂泻……

按照《饶阳县抗洪预案》，全线分四个战区，北大堤首当其冲为第一战区，它关乎着华北油田的安全，关乎着京津地区……

"人在堤在！""誓与北堤共存亡！"勇士们举起了拳头。

天刚亮，红旗早已插遍长堤。数千名民工冲向了抗洪第一线，筑起了一道坚不可摧的钢铁长城。

首先对堤坡进行地毯式搜索，搜寻蜷穴、鼠洞、洼坑等可能钻水的地处，将这些地方垫土夯实，插上树枝，做明记号，不放过一点细小的环节。

运土的拖拉机、三马子①冒着浓烟嘶鸣，从大堤北坡爬到堤顶，加高土牛；民工们装袋备料，将应急所需的物资置于手下，时刻准备着；观察员、联络员密切关注堤坡险情。

当时没有手机，我只能骑着摩托车往返于各村的堤段，唯恐有一丝

---

① 三马子为方言，是当地对三轮机动车的叫法。

疏漏。所有人都瞪大了眼睛，绷紧了神经，严阵以待。

县水利技术人员随时测算水流和堤岸的冲刷状况，他们用第一手数据，为抗洪提供科学依据。

在吕汉、姚庄、王岗的三处险工，勇士们日夜守护在导流排前；有经验的老水利员密切关注堤脚、弯道、凹岸、深槽的水势变化，分析每一次漩流，随时准备赴险。

市委将近几年从饶阳调走的所有县级干部统统召回，充实到前沿阵地，分堤包段；战区指挥部预设了多种突发情况，将突击队和物资、工具集中到最敏感的堤段。

铁路旁、大桥边、洪峰涌起的地方，千万双眼睛怒视着滹沱河。铜墙铁壁，众志成城！

这是一场生死保卫战。漫漫长堤，展现着战士的风采；滚滚洪流，考验着每一个人的勇气。

上堤抗洪的主要是年轻人，也有不少主动请缨的老者。

套里村老支部书记翟孟阔患糖尿病多年，患病后体重由 200 多斤降到 150 斤。抗洪有时累到虚脱，他全然不顾，上堤后带领民工装土、运土、加固大堤缓坡，给年轻人树立了榜样。

王传海，退伍军人，东张岗村治保主任。他的左手曾被铡草机咬去 5 个手指，却有一股倔脾气，和那些壮小伙比着扛沙袋，被誉为"独臂将军"。当场有人为他编了几句顺口溜，至今我记忆犹新："洪水来势汹汹，大堤牵动人心。谁能单手沙袋，是我独臂将军。"我劝他回村做点后勤工作，他说："咱是解放军出身，不能当逃兵。"这是勇敢者的人生信条。

但面对洪水，却有另一种人。某村一名小伙子，干部动员他上堤，答应得挺干脆，集合时却不见踪影。他看准了这次发水的商机，藏在家中做驴肉火烧，偷偷卖钱。群众对此议论纷纷，村干部找到他家，制止了他的行为，并将其连夜带到北堤。我们对他进行了严厉的批评教育，让他当众做了检讨。

通过这件事，我想了很多。公与私、先进与落后之间的矛盾存在于人的本性之中，在突发状况面前，有人表现得摇摆不定，此时的政治思想工作尤为必要。作为基层工作者，不仅要完成某一项具体任务，还要不失时机地做好群众的思想转变工作，这既是现实的需要，也是农村工作长期性和整体性的需要。

三

傍晚，饭车来了，是一个小型客货车。乡里几名女同志负责送饭。大饼、熏肠、小包榨菜，保温桶里有煮熟的绿豆汤，大家领完饭菜各自蹲在地上狼吞虎咽。小客货按几声喇叭，又赶往下一个地点。

各村民工也开始吃饭，支起的大铁锅里，清一色的揪疙瘩，即揪面片，这是滹沱河上堤的传统饭。小时候常听老人们说："大锅的疙瘩，小锅的辣（红辣椒），多凶的浪头也不怕。"用小锅将辣椒过油炸酥，倒入盛疙瘩的大锅里，既省事又美味。

吃完饭，我和计存立即招呼村支书开会，安排巡夜。会上要求各村巡夜民工不能低于10人，必须有村干部或党员带队，并提醒大家注意河堤背水坡的情况（吕汉村南的背水坡附近有大坑冒水），巡夜中必须睁大眼睛，竖起耳朵，不能有丝毫马虎。

之后，我们又到各堤段了解落实情况。巡夜民工都配备了加长手电筒，他们在堤坡、堤脚仔细检查，非常认真。多数民工就地休息，或靠在树上，或躺在堤坡上，横七竖八；也有的几个人凑在一起吸烟聊天。包村干部都是"长明灯"，他们和巡夜民工一起，对洪水严防死守，谁也不肯休息。

从各堤段回来已到下半夜，我随手拉过一个破纸箱子，铺在土牛上，再躺在上面。滹沱河的水声，像风吼，像牛叫，又如年夜里鞭炮的轰鸣，不绝于耳，听着心里不踏实。躺在土牛上，我坐起又倒下，反反复复，心情正如这滹沱河的水，不得平静。

仰望夜空，几颗星星躲在云间，窥视着滹沱河。悠悠岁月，两岸百姓，多遭洪灾，正如明代饶阳人石经世所作的《滹沱河水患》所言："嗟我饶民苦，滹沱屡变更。频年遭陷溺，十载未平成。涨决漫空下，源分遍野盈。宛如黑海注，何啻雪山倾……"

饶阳县水文资料显示：自公元前 206 年至公元 1990 年，有记载的水灾达 254 年次。

　　身下的北堤，或称吕汉堤，"筑于明代。清光绪七年（1881 年）直隶总督派清河道官员史克宽在饶阳东部边界，向东开引河 33 里（献县境），使水入子牙河。次年，在新开河段筑堤。光绪十三年（1887 年），清河道征集诸县民夫向西延伸北堤……"（《饶阳县志》）。中华人民共和国成立后，历届地方政府又将北堤加宽、加高，广植杨柳，增建设施，加固修护，投入了巨大的人力、物力，为确保堤北广大区域不受水患作出了贡献。

　　眼前，是百年一遇的洪水，来势之猛远超 1963 年海河特大洪水。我们这些 60 年代出生的人，在襁褓之中，就经历过浪花穿街而过，房屋倒塌，庄稼被淹……母亲讲那时的故事时是一脸的惊恐和无奈。而今，命运为我们导演了这场与洪魔搏斗的活剧。这是责任，也有一份感情在里面。我坐起身，顺着滔滔洪水，向家的方向望了望……

四

　　驻守北堤这十几天里，我每天都在河边插一根木棍，隔几个小时就观察一下。8 月 7 日夜里，发现水位下降了一厘米。心想，可能是水库减少了流量。第二天早晨才得知，7 日下午 2 时左右，行洪道北埝多处决口，大齐分洪口过水分洪；下午 6 时许，故城村东的南堤透水决口。

　　这期间有一个传闻，说大齐村被水冲惨了，房子倒了不少，还死了人。听后，我脑袋顿时嗡的一下子，一屁股坐在草地上，半天没有说话。计存看出了我的情绪变化，马上凑过来，悄悄对我说："回家去看看吧。"他知道，我家住大齐村最北边，房子紧挨着分洪口，而且家人没来得及撤离，眼下情况难以预料。我尽力控制着自己强烈的焦躁与不安，片刻后，站起身说："县工作队乘快艇过去了，不会有事。"

　　说归说，却怎么也放心不下。我扭过脸，望着西边不远处的铁路桥，桥下洪水疯狂地咆哮，桥上三三两两的妇女孩子拎包提兜，从泛区的村子里跑过来……

翌日晨，我安排好堤段的事，就骑上摩托车沿北堤向东疾驶。此地离我村七八里路，几乎顷刻，我就到了吕汉村南。堤上多是逃难的人，我挨个寻找本村的乡亲，但都是陌生的面孔。我焦急地想获取有关大齐村的点滴信息，人们摇着头，谁也说不清。

站在北堤，向南瞭望，天空雾气蒙蒙，地上一片汪洋，我顿感失落和凄凉。去大齐村的路口早已被水淹没，两排白杨树在水中探出头来，委屈而无奈，好像有话要说。

我徘徊着，向东走50步，停住，望一望；再向西走50步，回到原处，继续瞭望，唯恐偏离了这条回家的路。

此时，我盼望着能有一个熟悉的面孔，哪怕是村上一个未曾说过话的人、老人或者随便谁家的孩子，即便遇到那个有智力障碍的小伙了，也算看到了家里的人，但我失望了。

由于有任务在身，不敢耽搁，我只能面朝那个水雾缭绕的地方，连连叩拜，默默地为家乡父老祈求平安。

赶回值守点的路上，我在姚庄正好碰上本村的刘松树，他在官亭学校任教，发水前也没能赶回村子，正急着打听村里的情形。灾难当头，乡情相融，一股难以言喻的感觉涌上心头，堂堂男儿，相对潸然。

在北堤坚守半个月，滹沱河水才慢慢稳定。从阵地撤下来，我再次来到吕汉村南的堤段，这里的人也已散去。我把摩托车放在堤上，决定凫水进村。河水流量虽然减少，但由于此处是分洪口，而且滹沱河的地势是西高东低，水流依然很急。仗着自幼玩水，自认有不俗的水性，我在水中搏击了40分钟，才接近村口那棵白杨树。我摸到了树的老根，死死抓到手里，顺势爬到树下，紧紧搂住它挺拔的躯干，任凭流水浮动着自己的身体。此时此刻，望着村庄的背影，百感交集。

到家只见到父亲和弟弟，他们说泄洪期间，让母亲去街里亲戚家避水，那里是老庄基，地势高一些。我看到屋后的树都倒了，挂柳①护坡，可见当时情势之紧急。院里的东西都被水冲走了，房前屋后都是水，差半尺水就进屋，家里6间房子裂了4间。洪水过后，一片惨状。

---

① 挂柳又称卧式沉树，不仅能减小岸边急流的流速，而且能起缓流落淤的作用，常用于堤岸的防护和抢险中。

灾后统计，全村 4800 多亩庄稼、果园被淹，无数农具和生活用品随水漂走，30 多间房屋倒塌，100 多面墙体断裂，20 眼机井及电力设施被毁，一名乡亲遇难，两人失踪。

五

县城东南角饶武路与滹沱河南堤的交叉口，有一个纪念亭，亭中有一座汉白玉石碑，石碑雕刻着红色的碑文："公元一九九六年八月初，滹沱河遭受百年一遇洪峰。七日六时许，饶阳县故城村东南堤段遇险，顷刻决口百余米，饶阳县城危在旦夕，万千百姓心急如焚，紧要关头神兵天降，中国人民解放军五一零零二部队六千官兵毅然勇作砥柱，军民团结，力挽狂澜，滹暑霖雨，眠食几废，奋战八昼夜，终降洪魔，堵复决口。人民群众转危为安，本县百姓感激涕零，高呼共产党好，社会主义好！特立此碑，以昭后世。"

这碑是中共饶阳县委、饶阳县人民政府为抗洪英雄们所立。碑亭向南不远，就是当年故城堤段的决口处。碑亭的工程虽然不大，但寓意深远。平台四周筑有花岗石台阶，宽 1996 厘米，8 步台阶每步高 14 厘米，以纪念解放军抢险部队在 1996 年 8 月 14 日堵复决口。8 根红色钢柱撑起 18 条边，象征"一方有难，八方支援"。碑亭顶部两层金黄色玻璃瓦，构成同心重檐，寓意"上下同心，共抗洪水"。

二十多年来，不断有人来此拍照留影，怀念英雄的壮举。我每从此过，不禁注目遥思，心存感激。当年身在北堤，总设法打听南堤战友们抢险的情况，作为一个老兵，听到对岸的呐喊和军号声，那份军人的情怀和赴战的冲动不停地撞击着我。

饶阳县是革命老区，在这块红色的土地上，有着很深的军民情结。"96·8"洪水期间，面对冒着生命危险在激流中打桩的勇士，面对疾步如飞扛运沙袋的稚嫩脸庞，面对泥沙和迷彩混成的风景，人们想起了当年的八路军，想起了军鞋，想起了独轮小车。

部队抗洪堵口期间，附近的故城、南关、东关、段道等村的老百姓以及县城居民自发组织起来，烙白饼，煮鸡蛋，送水送饭。有位老太太凑到队伍面前,抚摸着小战士的肩伤,噙着泪说:"还是十几岁的孩子啊。"

小学生把蛋糕、饮料送到叔叔手中,红领巾与五星交相辉映。此情此景,在孩子们幼小的心灵里埋下了不怕牺牲、忠诚为民的种子,印下了一道绿色的风景……

"96·8"对滹沱河流域的人们来说,是一组特殊的数字,是一个以洪流铸就的感叹号。它是一首歌,也像一本书,字里行间流淌着太多的故事……

"96·8"抗洪抢险纪念碑亭　刘善民／摄

去滹沱河看水

　　"村庄　从梦中醒来／枕边传来汩汩的流水／站在街口吆喝一声／转身　向河边眺望／水沫漂来太行山的野核桃／鱼　跳出水面　似曾相识／先春台木鱼声远／诗经村秦歌汉舞／

　　"河边　那块经年的老石头／刻满乡亲们苍老的期盼／清风奏乐　杨欢柳笑／小桥流水　芦花飘飘／用力　甩一把脸上的浊流／左脸是沙　右脸是洪／背起手回家／将生态这个词夯实在黄土里……"

　　这是在滹沱河生态补水时我写下的文字，抒发了两岸百姓对一河清流的热切期盼。我时常情不自禁地翻出来，重温这份感情。

　　那时，得知放水的消息，我和几位乡邻按捺不住迫切的心情，开车从饶阳县姚庄桥出发，沿北堤西行，欲先睹为快。

　　逾安平县境，只见两岸百姓等待在河边，却没看到河里有生态补水的迹象。我们继续西行，穿过深泽县、晋州市、无极县的河道，仍然没见到水。一路上，我们走走停停，不时下车瞭望河内的情况。

　　到了藁城，已过正午。我们几人在路边饭摊坐了下来，要了驴肉大饼，边吃边打听水的情况。摊主说："水到桥下了，不远。"于是，草草吃完，按照摊主指点的方向，向大桥奔去。

　　果然，桥上男女老幼，站了不少人。有的扶着栏杆，低头观察水流；有的拿着手机拍照录像；有的兴奋得欢呼雀跃；有的下到河底，准备撒网；很多老人时而观察桥下，时而望望远方，饱含深情。

　　桥下确有水流，因水量小，并不汹涌。水呈黄色，浮着白沫，避高就低，弯弯曲曲，缓缓流动。干透了的白沙土贪婪地吮吸着河水，散发出浓浓的土腥味，那饥渴的样子，让人想起吃奶的孩子。最前面那一股水流，顺着一条土沟，率先穿过桥下，灌满一个又一个土坑。侧耳，能听到它的低吟浅唱。几只飞鸟追逐着水流，飞上飞下，向人们讲述着一路的故事。

我脑子里瞬间闪过古琴曲《流水》的节奏声。古人创作此曲的意图是想从"高山流水"间收拢散乱的心境，此刻的我们，从当年洪峰咆哮的回想中回落到这缓流之上，多了几分浑浊，多了几分期待，多了几分展望和畅想。

河边长大的人，见了水就兴奋。眼前这点水流，大家瞧着总觉得不过瘾。辉兄突然说："干脆，我们奔黄壁庄吧？""好，去黄壁庄水库看看！"我们一边说，一边下桥、上车，向黄壁庄方向进发。

黄壁庄水库在鹿泉区黄壁庄镇，我们一路上关注路旁的标识，几次下车问路，竟走了两个多小时。

走近水库，有警察把守路口，并设置了隔离带不让靠近，我们只好绕道去桥头，从远处眺望闸门。当亲眼看到那喷发的激流时，顿然涌起一种舒畅感，且浮想联翩。

古老的滹沱河流域，曾经有过"长流水"，有过"洪流猛兽"，也有过"三年碌碡不翻身"的干旱，这些自然灾难在人们心中留下了难以磨灭的印记。翻开《饶阳县志》，从东汉永元六年始，所记旱灾、蝗灾密密麻麻，以致"野无青草，百姓流亡"。

中华人民共和国成立后，各级政府修建水库，治理江河，为水利工作打下了基础。近几年，随着国力的增强，国家科学决策，实施南水北调工程，长、黄、淮、海四大水系相连相通。为恢复生态、涵养水源，滹沱河实行规律性放水，滹沱故道的生态修复工程也开始实施。拿饶阳县来说，在加固原有堤埝的同时，下大力清障清淤，疏通河道；在大齐、北师钦等村庄密集处架桥修路，连接两岸交通，保障了村民的生产生活；为进一步加强水网建设，重新修复了同岳、故城、东关以及堤北的大小沟渠，引水灌田，服务"饶阳京南大菜园"农业科技项目；泛区村庄搬迁工作也逐步展开；结合新农村建设，在滹沱河沿岸建成方田林网、带状公园，有效地改善了人居环境。真是：引得活水来，一卷画自开；疑似江南景，正与春风裁。

姚庄桥 路进杰／摄

我家所住的沱阳小镇，在滹沱河的西岸，三年前由河东的老村拆迁至此。由一盘散沙式的祖居老宅到电梯洋房，这样的改变是一次非凡的超越。我时常隔窗眺望，看水从老河湾蜿蜒向南，穿过小桥，在美丽的梨园和葡萄园中间一路欢歌直奔诗经湖。老河湾过去是有名的渔场子，现在此处也有不少捕鱼的乡亲。那银色的白条、肥硕的鲤鱼、鲇鱼等甚是喜人，我看到所捕到的鱼中，最大的足有二十多斤，而且河水中生长的鱼和死水水坑中长成的鱼的味道截然不同，这是天然的美味，有一种诱人的清香。

老人们总喜欢搬个马扎、草墩，坐在河边，守望着欢腾的流水。随着生活条件的改善，农民的品位也在提高。他们常常用塑料壶提一些河水，拿回家浇花、养鱼。历数沉淀的岁月，老人们对这条河有着比年轻人更深的感情。

河对岸不远处就是先春台（又名上方先春台）的旧址，这是过去人们祈雨的地方。古籍载，明朝永乐年间，北齐村乡宦刘俊曾任湖广布政使，乘船上任途中，见一罕见大木漂浮水上，水涨水落而不沉，以为神木，便转运到故乡北齐村，捐资重修龙母庙，建先春台。大旱之年，人们在此焚香跪拜，祈求龙母赐雨。岁月如烟，求雨的锣鼓、香供已成遥远的传说，但老百姓祈盼旱涝保收的愿望却是永恒的。古老的愿景在改革开放的新时代成为现实。

诗经湖在大齐湾下游，与之一水相连，紧挨着师钦村。师钦村村名的由来与毛苌在此筑台讲经有关。当年秦始皇焚书坑儒，大儒毛苌为避乱护经，流落到赵国，又拔足北上到中山国停留了一段时间，后来到燕南赵北的饶邑。闲游间，在滹沱河畔发现了"莲花泊"——清静的水面上，莲花飘香，轻雾袅袅，宛若祥云。见此美景，他便在这里定居下来，娶当地侯姓女子为妻，在其岳父的帮助下，筑台讲经。

"莲花泊"就是现在的师钦村所在地。开始，该村为纪念毛苌取名"诗经村"，后演化为"师钦村"，意为对大师的钦敬。

先春台和诗经台分设在滹沱河的左右两岸。先春台称"北台"，诗经台称"南台"，曾经是古饶邑的两大景观，均已被载入史册。

如果说"先春台"的香火是人们对风调雨顺的期盼，那么，民间对"诗经湖"的态度则蕴含着一种对文化的追求和向往。

滹沱河生态供水之后，这里的环境发生了很大的改善。河畔曾一度因河流干涸，风沙翻滚，草不青，鸟不近。而今，宽阔的湖面碧波荡漾，站在湖畔就能看到鱼儿不停地跳出水面，阳光一照，闪着银光；多年不见的芦苇、水蓬花、蒲棒草映着湖水摇曳生姿；鹭鸶、天鹅、水鸭如约而至，它们伸着脖子，深情地叫上几声，慨叹这片久违的天空；乡亲们或荡舟湖上，或垂钓湖边，悠闲自得。此情此景，不由得让人想起了"莲花泊"，想起了《诗经》。纯朴的民风，深厚的文化底蕴，在这里绵延不断。师钦村一带不乏民间文人，他们将古老的歌谣与现代文明对接，赋诗、作画、放歌，编发美篇，转发朋友圈，期盼这一湖碧波重新绽放出静美的莲花。

饶阳县在北京之南，距雄安新区 50 公里，是著名的已故全国劳动模范耿常锁的故乡，也是中国蔬菜之乡、设施葡萄之乡，是传统农业向现代农业转型升级的范例，是华北平原一颗绿色的明珠。有了水，富起来的农民更有了精神头，正在打造的农业旅游观光事业也将会百尺竿头，更进一步。

前些天，我在桥头遛弯，一个老太太带着孙子也在河边玩耍。孙子将喝完的酸奶瓶随手抛到河里，奶奶冲孙子的屁股狠狠打了一巴掌，连声说："别在河里扔东西！"

我很感动，老百姓对这一湾河水，视如生命，爱惜着、守护着。它清澈透底，天然纯美，滋养着两岸的生灵，也映照着庄稼人的善良与纯真。

来滹沱河看水吧！

诗经台旧址　路进杰／摄

老臭儿的一天

老臭儿是其小名，大名周子威，30多岁，农民，确切地说，是新型农民。我与他父亲是发小、战友、拜把子兄弟。我在文章《拜把子》中有一首藏头诗，其中有句"喜与布衣共始终"，"喜"便指其父。我习惯了喊他的小名。

老臭儿住在县城，与我同一个小区，我们俩是前后楼。拂晓，他家窗户一亮灯，就有一束光照在我家的楼台上。银壁剪影，梦萦橘黄，让人联想到秋日的彩云，联想到金灿灿的玉米，联想到满地的庄稼……老伴说："臭儿又要回村了。"

晚上，他家窗口又亮灯，老伴说："臭儿他们回来了。"有时，夜很深了，窗口还没亮灯，老伴自言自语："臭儿他们怎么还没回来？"

滹沱河畔有句老话，"两眼一睁，忙到熄灯"，反映了农民的一种生存状态。臭儿是城里人，也是农村人，城乡之间，两头忙活着。

早晨是他最忙碌的时刻，习惯的养成，使他不再需要闹钟及手机铃声的提醒，到点就醒。他在村里经营着一家超市，从县城进货，所以每天要早早地赶到市场、批发街选购商品。一双儿女在县城读书，他也需要早起做饭，送孩子到学校，时间安排得紧锣密鼓。

今天是县城"三八大集"，他早早起床打开手机，盘算着该采购的商品。妻子照常忙着做饭，无论多忙，早餐马虎不得。牛奶、鸡蛋、点心或者提前蒸出的花卷、肉包子等等，有些"土洋结合"，是他们的家常饭。

饭后，他们几乎是小跑着下楼，妻子骑电动车送孩子们上学，臭儿开车到市场及批发街上货。

上货是一门艺术，要在琳琅满目的商品中采购到乡亲们最需要的东西，并在保证质量和实用价值的前提下，给自己留出一定的盈利空间。臭儿正具备这优秀的上货技能。

首先，脑里有货。他的手机上密密麻麻地记录着大家急缺的东西：张家蔬菜大棚被风刮了，需要塑料膜；刘家的儿子要结婚，需要灯笼、红纸、各种调料；正值蔬果的秋收季，人们忙得顾不上做饭，于是，馒头、烧鸡、猪肘子、油炸的鱼虾以及啤酒、饮料等卖得最快……

第二，眼能识货。老臭儿有一副好眼力，从市场东头走到西头，凭眼一瞧，就能对商货辨伪取真。他做买卖凭良心，何况下家都是老乡亲。他把货车停在路边，一样一样地选，然后，分门别类、小心地装到面包车里，将需要注明的商品都贴上小纸条，以免弄错。

第三，嘴可议货。跻身商贾之间，老臭儿脑子永远装着一副铁算盘，交易中，靠一张嘴谈斤论价，游刃有余。到了批发街，他是老客户，人气也旺。下车一溜达，商铺老板纷纷跟他打招呼。

货上全了，他开车返回小区接妻子。此时，妻子已把孩子送到学校，回家刷锅、洗碗、收拾完房间，正在楼下等候。

回村的路上，是一天最轻松、惬意的时刻。十几分钟车程的乡间小路上，阳光音乐、小桥流水、路边的美景，让小两口爽透了身心。此刻，没有语言，伴着歌声，他们将梦想和未来藏在心底。

他的超市在街北的一间大房子里，货架上满满当当。超市的西侧是一个空场，东南角的高杆子上飘扬着国旗，空场北面用彩钢搭建着一个棚子，是他经营的果品站。臭儿还兼着经纪人，常常帮着乡亲们卖梨。

老臭儿卸完货，掏出手机，找到"村民微信群"，冲着屏幕喊了一阵子，把新进的货物广播了出去。一系列的动作，让人想起当年村里的广播喇叭，想起生产队吊在树上的大铁钟。

老臭儿的父亲说："你娘在棚里剪葡萄，你赶紧去找她吧。"

"嗯。"臭儿一边答应着，一边发动车。

超市由妻子和父亲打理，其实并不轻松。他们既要招呼买货的乡亲，还要和面、调馅、蒸包子。他家的大包子谈不上多讲究，可是皮薄馅大，实惠，卖得很好。每天蒸出的那么几笼屉，去晚了吃不上。主顾除了街上的乡亲和瓜果商贩，还有来本村打零工的外村人。

臭儿他们娘俩在棚里同样忙得不可开交。7个大棚，分别种有葡萄、甜瓜、西红柿、茄子、豆角等，另有200棵梨树。过去种地靠力气，现在靠头脑、靠科学。臭儿从传统农业的模子里走出来，尝到了农业商品化的甜头，是现代版的庄稼把式。人虽然在庄稼地，眼睛却瞄着市场，从选择品种到育苗、施肥、用药、采摘，都采用现代化的管理方式。肥料药物都在网上选购；瓜果销售也在网上谈（自从有了微信，谈生意更加便利）；对待棚里的青苗嫩叶，就像对待自己的亲生孩子，检查棚内湿度，测量温度，百般呵护。生产讲高效，产品讲高质，"产供销"的全链条运转得自然顺畅。

九月初，正是蓝宝石葡萄下架的时候。那晶莹剔透的蓝色宝石，一嘟噜一嘟噜，果体饱满、肉厚、天然无核，散发着浓郁的香味。

今天，有人开来4辆保鲜车等着收购。这些商贩昨天晚上就赶到了葡萄基地，把葡萄筐分发到各家各户，他们在车上过夜，等候果农们的采摘，唯恐来晚了拿不到手。

摘葡萄就像送女儿出嫁。臭儿把水灵灵的葡萄从藤上剪下来，然后用精美的包装纸裹好，放到筐里，过秤，装车。抚摸着自己的劳动果实，他饱含深情。臭儿干活利落，也有耐心，从棚里搬出一箱又一箱，虽然浑身是汗，却是满脸的笑容。这是丰收的喜悦。

剪第二棚葡萄的时候，已是过午，两个亲戚过来帮忙。亲戚家的葡萄品种是红宝石，过些天才能成熟。他们一边干，一边交流着葡萄的行情和其他信息。臭儿的小姨说："卖这么多钱，晚上请我们吃什么？"臭儿说："烤羊腿，然后到歌厅唱卡拉OK。"说着，笑着，还讨论了秋后组团旅游的事……

装满4辆车已是下午，大家围拢过来，葡萄商用支付宝挨个结了账，约好了下次的采摘时间，买卖双方说笑逗趣，握手告别。

老臭儿的手机响了，他掏出一看，没接，急忙开车回家。按约定的时间，收梨的老板已经在家等候了。

进街口，远远地就望见超市门口停着一辆黑色越野车，他一踩油门将小面包车顶在越野车前面。收梨的老板早等急了，猛然跳下车，骂骂咧咧地讲着粗话，埋怨臭儿不守时。二人相互笑骂着进了屋，显然是老熟人了。

臭儿洗了手，抓起三个大包子，一屁股坐在沙发上说："我先喂脑袋①。"收梨的老板也是在超市吃的包子。臭儿的媳妇忙拿过茶壶和铁

———————————
① 喂脑袋，俗语，指吃饭。

观音，给他们沏茶。三下五除二填饱了肚子，臭儿拿出手机开始打电话，在微信群里招呼卖梨的乡亲。

昨天已经把梨箱分发下去，人们按要求都装好了箱，只等梨老板过来收。没过多长时间，拖拉机、三马子都上来了，老板的货车也赶了过来。臭儿开始过秤、数箱，梨老板抽查验货，雇人装车，到掌灯时分才装满了车。

村里的梨大都是黄冠品种，是在原来的鸭梨树上嫁接出来的。前些年，传统的鸭梨不好卖，被黄冠取代。黄冠皮色好，香软，独占市场十几年。但近两年，由于南方（包括台湾）水果流入，本地的老旧品种面临挑战，也自然影响了冷库的生意，梨又不易存放，容易烂，所以乡亲们都急于出手。臭儿从中可挣一点交易费。

晚饭是他母亲的手艺，烙白饼，炒鸡蛋（用香油炒），白饼抹酱裹素菜（小葱、生菜、油麦菜），柴锅乱炖（柴鸡、排骨、黑蘑菇、粉条），铁锅熬粥（新玉米糁）。母亲不忘给老臭儿弄一盘芝麻酱。热饼抹酱是他的最爱，这是从小被惯出来的毛病，当年，他姥爷开油坊。

吃完晚饭后，要回城接孩子了，答应小姨的烤羊腿并非虚情假意，只是今天太忙，只能下次再约了。车开得很快，此时两个孩子早已放学，孩子们都在托管班，吃完饭正做作业等候臭儿。两年多来都是如此，俩孩子已经习以为常。

车到托管班，接上儿女，回家上楼，已经九点。他开始检查孩子作业。这就是老臭儿的一天，累并快乐着。

臭儿作为新型农民，靠着自己的勤劳和智慧发家致富。他爷爷善耕作，最善"拿耧"，耩出的庄稼种粒均匀，呈一条直线。虽劳累终生，但爷爷一辈子住着祖传的老屋。父亲是退伍军人，回村后，赶上生产责任制改革，种了两年大棚菜，卖了几年香油，才盖上了五间红砖北屋。臭儿靠多种经营，从农村搬到县城，住上了高楼大厦，的确是个飞跃。

老伴提醒我："你别总是臭儿、臭儿的，臭儿也是体面人了，叫'子威'。"我连忙说："是，是。"

葡萄熟了

"饶阳的葡萄熟了，甜、甜、甜得多了！"这句纯正的饶阳话，虽然土得掉渣，却有着丰富的内涵和强大的感染力。它带着滹沱河的天然、质朴和纯真，飘向全国，甜遍了大江南北。作为土生土长的饶阳人，着实感到骄傲和自豪。

一

滹沱河曾经叫葡萄河。传说很早以前，滹沱河的源头有一个小村庄，住着爷孙两代人，爷爷和他的孙女珍珍，靠种葡萄为生。一个叫欢欢的小羊倌常到河边放牧，日久天长，珍珍和欢欢相爱了。一日，爷爷把他们叫到一起，让两个后生沿着河边撒葡萄籽，并说，等葡萄熟了，就让他俩结婚。其实，葡萄就是爷爷给孙女的嫁妆，是一种寄托，更是一份希望。三年后，河两岸的葡萄架连接起来，从山上连到平原，又从平原连到海边，从此这条河被称为"葡萄河"。正当珍珍和欢欢高高兴兴地准备结婚时，葡萄却被当地恶棍霸占了，恶棍又勾结县官，害死了一家人。欢欢生前牧的大公羊一怒之下，挺起羊角，把两岸的葡萄架都挑到河里，自此以后，两岸再没有葡萄，葡萄河改名为滹沱河……

故事从上游传到下游，传了一代又一代。多年以来，在人们的记忆里，葡萄便成为稀罕之物。

我小的时候，生产队的菜园紧挨着村边，菜园的土井旁有几棵葡萄，稀稀疏疏，用木棍支着。一次，小雨淅淅，我们扒开篱笆，钻进菜园，摘一粒葡萄放在嘴里，酸酸的。从此，埋在记忆深处的葡萄，永远是酸涩的。

葡萄熟了（一）　路进杰／摄

历史的指针指向 20 世纪末，随着农村改革的深入，种植结构随市场需求不断调整优化，饶阳农产品中，葡萄、蔬菜占据了主导地位。新时代的滹沱河两岸，瓜果飘香，生机盎然，于是，滹沱河又成了"葡萄河"。

河东岸有个西万艾村，与我村相邻。1996 年，村民张振轻到鹿泉县（今鹿泉区）办事，发现那里的露地葡萄效益不错，便萌发了将葡萄引入塑料大棚的想法。他联合本村张振宇、薛国丰建起了温室大棚，开始种植"乒乓球"葡萄，但由于"96·8"洪水，没能成功。几个人没有气馁，第二年，重新修建了大棚，吸纳张振武等 5 人加入了设施葡萄种植的行列。他们开动脑筋，精心管理，全身心地投入。县林业部门也选派技术人员，帮助他们解决一系列困难，终于在 1998 年成功产果。进入棚内，望着那水灵灵的葡萄，人们仿佛走进一个梦幻的世界。

为了打开市场销路，时任村党支部书记的薛金扣帮助他们四处联系，分别到北京、山东、山西等地建立销售点。为吸引客商，还在本地建起了葡萄交易市场，注册了"万爱"牌葡萄商标，形成了"产供销"一条龙。

葡萄熟了（二） 路进杰／摄

之后，河北省第一个葡萄生产合作社——"万爱葡萄专业合作社"成立了。合作社鼓励村民建棚，对果农购苗、定植、施肥、防病及修剪等环节进行跟踪指导，实行统一种植、统一管理、统一销售。在推广标准化生产的同时，为种植户带来了方便，有效地调动了大家的种植热情，种植葡萄的面积不断扩大。

与此同时，县农业技术员张铁兵的"红提"葡萄也在大棚试种成功，并开始推广；高村、北官庄、西沿湾、端午等十几个村的葡萄也相继推广开来。葡萄品种由单一的"乒乓球"发展到维多利亚、夏黑、金手指、阳光玫瑰等二十多个品种。滹沱两岸，一年四季，果蔬飘香。

2008年，设施葡萄开始在全县大面积推广。县委、县政府把该项目作为农村扶贫的重要抓手，县、乡、村三级联动，以点带面，全面组织发动。作为设施葡萄的主管部门，县林业局出台了一系列的优惠措施，在资金、技术、销售等多个方面开展综合性服务，一场轰轰烈烈的葡萄生产全面展开。农民兴趣高涨，设施葡萄成方连片，全县很快发展到13万亩，占全省设施葡萄面积的75%，全国的15%，全县因此年增收30多亿元。饶阳的设施葡萄种植项目被国家农学会葡萄分会权威人士誉为"全国面积最大，成熟最早，效益最高的葡萄种植项目"。

饶阳县被中国经济林协会命名为"中国设施葡萄之乡"；被科技部作为"科技星火"项目推广；从2013年起连续3年在饶阳召开"全国设施葡萄学术研讨会"；2014年12月，国家原质检总局批准对饶阳葡萄实施地理标志产品保护；中国葡萄协会、河北省林科院、衡水市林业局、饶阳县政府四方合作，共同成立了中国第一个设施葡萄研究所，地点设在饶阳县。这些举措表明了国家和省有关部门对饶阳葡萄发展的高度重视，也为葡萄产业搭建了强有力的技术支撑。饶阳葡萄具有了更大的发展动力，充满着生机与活力。

二

葡萄熟了，而且大红大紫，轰动了北京城。

2014年11月的一天，时任县林业局长的冀英武正在办公室筹划秋冬造林的事，"叮呤呤……"，电话响了。他拿起电话，是县农委书记打来的："老冀，这几年咱饶阳的葡萄全国闻名，你能否代表河北省参加第一届京津冀北京嘉年华农业展，进京把饶阳的葡萄展示一下？"

他一怔，心想，这是个科技含量很高的活：要在四个月时间里，离开肥沃的农田，在展厅、在人们的眼皮子底下长出晶莹剔透的葡萄，按庄稼人的话说，吹气儿也吹不出来呀！

但老冀是个葡萄迷，尤其听说是推展本县的产品，立刻来了兴趣，便一口应诺："行！"

第二天，他带领本县两个种葡萄的能手赶到北京，仔细考察展厅的情况。到那一看，厅内虽然宽敞，但哪是种葡萄的地儿？但老冀是个敢闯敢干的脾气，答应的事，就一竿子插到底，非弄出个名堂来。

他和助手小王一起，绞尽脑汁，把对葡萄的认知和想象发挥到极致，并到其他展厅了解别人的进展，掌握第一手资料，策划整体布局。他们结合葡萄架式特点，以打造文化亮点为主题，将展厅的布局分为三部分：葡萄种植区、葡萄展示区、葡萄文化互动区。迎门主体造型采用直径6

米的扁平大花篮，装满五颜六色的葡萄，正面贴上大红的"丰"字，吉庆大方，把大厅打扮得漂漂亮亮。因是代表河北省参展，定名为"燕赵葡园"。

"新房"布置好了，要寻找合适的"新人""入洞房"。他回饶阳联系了12个品种300余株三年生的葡萄树，又找来专业起苗队伍，连夜督战，起苗、标号、分装、启运，抵京的第一天就种在了展厅里。

老冀说，干什么事都得动脑子，不能怕麻烦。正当他们笑脸初绽时，突如其来的一场中雪使展厅内气温骤降。怎么办？他和两个师傅商量，用老家的土法上二套膜，温度果然升到28摄氏度，葡萄达到了最佳生长状态。到了元旦，新栽的葡萄全部结出饱满的花穗。

2015年3月14日，首届京津冀北京嘉年华农业展在北京昌平拉开帷幕。饶阳的葡萄树一亮相，便赢得一片喝彩。回忆起当时的情景，老冀眉飞色舞，满满的自豪。他曾以"难忘北京嘉年华"为题，记录了那难忘的瞬间，并在《衡水晚报》整版发表。

"当众人步入'燕赵葡园'展厅时，首先映入眼帘的是一个直径6米的巨型花篮，花篮上摆满五颜六色、玛瑙般鲜艳的葡萄，花篮两侧是两个1米多高的可爱吉祥物饶饶、阳阳；走廊四周，12株大葡萄树枝繁叶茂，硕果累累。大屏幕上播放着饶阳设施葡萄的专题片。人们望着琳琅满目、鲜艳欲滴的葡萄，无不感到震撼，连连称赞……

"饶阳展出的葡萄，成熟早，现场售卖供不应求，令当地种植户大为咋舌，纷纷通过组委会及当地政府和我们联系，要求传授技术。"

四个月的艰苦努力，终于成功地把饶阳的葡萄搬到了展厅，绽放在京城，真实生动地展现出饶阳葡萄的甜美和风采。

我想，他们应该是最早为饶阳葡萄代言的人。

三

葡萄熟了，葡萄产业也升级了。

饶阳葡萄遍地开花，作为一个农业项目，呈现出强大的吸引力：投资商闻香而来，纷纷打造高标准产业基地，带动了科技农业的全面发展。

2012年，河北兴地农业科技公司成立。该公司的果蔬日光温室占地1100亩，建有高标准半地下式节能型日光温室175栋，其中葡萄温室就有150栋，蔬菜甜瓜25栋。成排连片的日光温室内，葡萄、石榴、核桃、樱桃、瓜果蔬菜等设施农作物苗壮成长。

2013年，河北冠志农业科技公司成立。公司以生产绿色有机农产品为特色，通过改进栽培技术，对葡萄等农产品提质增效，并通过研究新型节水灌溉技术，开发微灌系列技术，杜绝农药，打造绿色无污染产品。

2014年，河北新饶农业科技股份有限公司成立。有设施葡萄316亩，高标准日光温室34栋，智能连栋棚4栋，避雨设施葡萄100亩，各种新品种优质苗木1100亩。目前，所注册的"新饶"商标，涵盖果、蔬、粮等300多个品种。在2016年第20届中国（廊坊）农产品交易会中，该公司选送的巨峰、红宝石葡萄分获金、银奖。2018年，成立了衡水市设施葡萄产业技术创新战略联盟。2019年，葡萄获得国家绿色食品认证。

……

目前，全县农业公司已发展到70多家，规模不等，形式各异。有的独资，有的合资，有的吸收农民以土地入股，产后分红。用工也主要以当地农民为主，实行工资制，工厂化管理。农业公司改变了经营模式，促进了设施农业品种优化，品质提升，品牌亮化。这些公司带动了产业提档升级，实现了农业绿色发展。

县政府以公司基地和果蔬市场为窗口，举办"葡萄节""蔬菜节"等活动；与央视《乡村大世界》节目组联合，举办大型文化节目；邀请农业专家来饶阳授课，培养科技人才；借助靠近雄安新区的地理优势，完善生态休闲旅游功能，构建起农业发展的新格局。

四

葡萄熟了，日子富了。

如果说，一个小村似乎在一夜之间，多了几十辆小轿车，你信不信？

这是事实，而且不光一个村。滹沱河边发了葡萄财的农民们，买车、买楼、置家、置业，蔚然成风。

农忙时，人们开着轿车下地；农闲了，开着轿车走亲访友，下馆子，逛商场。乡村街道，喇叭声声。

女儿出嫁，送楼、送车、送大棚已不是稀罕事。新时代的"珍珍"们真正实现了以大棚葡萄作彩礼，圆了珍珍爷爷那千年的梦想。

秋后，村里组团外出旅游，农民们转遍祖国的大好河山。他们也更加关爱脚下的土地，因为土可生金。

农民们不但物质生活富裕了，精神也富有了。他们体会到了国家制度的优越性，对未来的日子充满信心；学会了靠科学种田，靠技能致富，瞄准市场安排生计。

农民能富、敢富、敢于张扬，他们正以全新的观念、全新的姿态面向世界。

你看村里的锣鼓队、秧歌队、小戏班，载歌载舞，笑逐颜开。人们从心里喊出来，唱出来：饶阳的葡萄熟了，甜、甜、甜得多了……

走马观花踏青来

那天上午，我和几位朋友到乡下办事，事妥，驱车往回赶，刘兄突然一踩刹车，说："趁这大好春光，不如到野外转转。"大家欣然同意，于是，掉头向东。

前后两部车，我坐刘兄的灰色宝来在前面引路，后面是黑色的沃尔沃，车上载着四个人。众人轻松愉悦、悠然自得地穿行在乡间的小路上。

刘兄说："这是饶阳、献县、武强三县交界地带，南边那个村是我姥姥家，属武强县管辖，北边就是滹沱河。河北岸那村子属于献县，也有我的亲戚。我从小在姥姥家长大，姥姥去世后就很少来了。"

他看了看我，笑着说："要不随我故地重游，满足一把怀旧情愫？"

我说："嗯呢。"

车继续前行，他自言自语地嘟囔了一句："有一个渡口……"

这是一方开阔的乡野，村与村之间相隔二三十里，放眼远眺，远处的村庄恰似一座朦胧的城堡，红砖砌就的田间小路四通八达，将村与村、县与县之间的耕地串联在一起，宛若棋盘。

三月的大地，春意盎然，麦苗早已泛青，绿色向远处延伸，像漫无边际的地毯。麦田里有三三两两浇地的农民，一位挂着铁锹的姑娘，望着垄沟的水花仿佛深陷某种意境，她胸前的纱巾像燃烧的火苗，一只小狗在田里跑来跑去。野菜贴着地皮，一堆一堆的，我降下车窗玻璃，探出头，猜想它们的名字——荠菜、辣辣菜……真想下车揪一把。车缓缓前行，一群鸽子在路中央悠然漫步，车到跟前了，才抖抖翅膀，躲到路边；路南有一片杏林，花开得正盛，风一吹，在枝枝杈杈上卖弄风情。

刘兄一踩刹车在几棵老榆树旁停了下来。他说："过去，榆树东侧是一条斜道，从姥姥村口弯弯曲曲通向河边。小时候，姥姥常领我乘船过河走亲戚。

"姥姥是个要脸要面的老人，一说走亲，头一天就开始忙活着蒸馒头或者打火烧，有时炸一点馓子、麻糖（油条）作为走亲的礼品。

　　"第二天吃过早饭，姥姥给我换上干净衣裳，挎起盛有礼品、盖着花布的竹篮子，就领我上路了。当时我才六七岁。开始，我凭新鲜劲紧跑慢颠，不一会儿，感觉累了，就蹲在路边，一步也不愿迈。姥姥鼓励我说'到河边上了船，让你吃芝麻火烧'，我立马从地上爬起来，为着火烧向河边进发。

　　"记得有一片芦苇荡，小路从苇中穿过，芦荡幽深，连着水坑，蚂蚱飞，蛐蛐叫，没有一个人影。忽然窜出一只狐狸，吓得我们停下脚步不敢走了。姥姥'咻咻'了几声，狐狸看了我们两眼，扭头又钻回了芦荡。姥姥后来说，我吓得头发根子都立了起来。"

　　说到这里，后边的沃尔沃也赶了上来，刘兄踩动油门，开始寻找记忆中的渡口。他凭印象向北拐入麦田中间的一条土路，路边是刚栽种的柿子树，直如一条线；东面是一个养殖基地，看墙上的标语牌子，应是一个扶贫项目。透过车窗，我看到栏内牛羊饲养有序，空中国旗飘飘，一位农民在大门口收拾着什么。

　　我问："离渡口还有多远？"那人一边用铁锨撒着白灰线，一边笑着说："哪还有什么渡口，堤北那座桥，就是原来的老渡口。"

　　驱车上堤，眼前一派生机：清亮亮的河水欢快地唱着歌；岸边果树成林，有的树刚刚发芽，有的已经开了花；河边有不少垂钓的人，停着几辆轿车，红色的，白色的，黄色的。现在的人们开着车钓鱼，比过去的皇帝还滋润。

　　蓦然，我看到了那座桥，虽没有上游的京九铁路大桥那么高耸，也没有下游的献县大桥那么宽阔，作为一座乡村小桥，却也坚固、平坦、实用，足以连通两岸。桥上行人不断，桥下清流悠悠。我眼前顿时幻化出小木船、铁链、木桩和过河走亲的姥姥，她一手挎着竹篮，一手拎着孙子……此时此刻，那个曾经六七岁的男孩，正驾着宝来重走这条河。逝者如斯夫，岁月不饶人啊！

　　刘兄没有停车，也没有说话，只是长长地按了三声喇叭。

　　迎面，一位银发老太太开着一辆时兴的新电车从对岸驶来，车后坐着一位老者，穿戴时髦，干净利落，手扶着红色的食盒，戴着白色耳机，像是在收听什么逗趣的段子，正露出一脸幸福的微笑。根据当地风俗判断，显然他们两人是为喜事走亲戚过礼去。

我们过桥进村，驶入一条宽阔的水泥大街。村里不少新房都是深宅大院高门楼，门两侧镌刻着诗词对联，一家比一家气派。来往的轿车挂着沧州的牌照，街北卫生所的牌子上写有"沧州市"的字头。

我想，往东应是清朝皇帝钦定的"献县四十八村"了。这一带地势低，滹沱、滏阳、子牙三河在此相汇，并入海河。多年来村庄饱经水患，人们曾挂着枣木棍子到处讨饭，而今，眼前呈现出祥和美丽的新农村景象，当地人的日子过得舒服多了。

沿柏油路面出村，向西拐入饶阳地界。

不少油井架子矗立着，咔哒咔哒地点着头，"黑色的金子"通过地下管道流向远方。之前，这一带偷油犯罪的情况非常严重，近几年，政法部门开展专项打击和社会治安综合治理，农村社会稳定了，村民得以安居乐业。

一辆精致的工具车停在路边，电力工人戴着安全帽在高空紧张地忙碌，下面几个农民仰着脖子看，我感受到了他们期待的眼神。

前方的林子像是苗圃基地，里面的吊车正提起粗大的风景树，带着土墩小心地装车，可能要将它运往某个经济开发区或者某个新村。乡村振兴战略实施后，新农村建设如火如荼，我到一些村庄游走观看，那里的环境和城里比也毫不逊色。因为建设需要，当今的苗圃行业生意很火爆。

行走间，"冠志农业"的牌坊出现在眼前，这是留楚镇的科技农业项目。牌坊下一条水渠缓缓流淌，它来源于国家南水北调工程的庞大水网，滋润着附近的土地。

透过树的缝隙，我发现了善旺村"人工滑雪场"的大红字广告牌。本想驶到善旺村下车，看一看最美乡村和农家花园，由于时间关系，只好掉头返回县城。

上了饶武路，我担心这走马观花的，后车的朋友没有玩好。忽然手机响了，正是他们打来的，他们哈哈哈地笑个不停，情绪高涨地说：这次踏青，一会儿工夫逛了三个县，收获满满，回去每人写一首诗。

一样的行程，不一样的风景。听那兴奋的笑声，或许他们的视野里有更新、更美的发现。

滹沱河鸟瞰图　路进杰／摄

河对岸的村庄

如果不说清是滹沱河的新河道还是旧河道，与我村隔河相望的村庄很多。这些村有着各自的历史和风土人情，各自的故事传说，各自的发展变迁。比如吕汉村是闻名遐迩的码头，过去，人们由此上船，装货载客跑买卖，这里车水马龙，繁华一时。日本人入侵华北后，在该村盖了炮楼，滹沱河两岸便成了抗日的战场。滹沱儿女，与敌人斗智斗勇，顽强抗争，实在是可歌可泣。南刘庄号称"编筐刘庄"，村民利用本地柳树资源，编筐编篓，自产自销，个个是能工巧匠。邵家村专事屠宰和肉类加工，买卖做到全国各地。北关村有卤水点的豆腐，东关村有仇氏的金丝杂面……都是老祖宗留下的手艺活儿。我印象最深的是东草芦、西草芦和端午村。

东草芦、西草芦有很深的历史和文化积淀。据《后汉书·光武帝纪》载，更始二年，春二月，刘秀带兵过此，曾驻该村一草庐内，故得名。东草芦、西草芦原为一个村，后发展成大草芦、小草芦，即现在的东草芦、西草芦村。

汉时有芜蒌亭在两村之间偏北（清顺治三年，为防水患，移建西关。乾隆八年，又移建邵家村。今仿建于故城村），是汉室中兴的古迹。传说刘秀被王郎追赶，率兵到芜蒌亭，天气寒冷，又饿又累，主簿冯异熬了些豆粥给刘秀吃，刘秀铭记于心。《后汉书·冯异传》所记更详：刘秀称帝前，自蓟东南至饶阳芜蒌亭，众饥饿，冯异上粥……因此，后称粥或麦饭为"滹沱饭"或"滹沱麦饭"。

此事在明代史学家张岱的《夜航船》里亦有提及，可见，这滹沱河畔的小小村落，很早就已闻名于江南水乡游人的苦旅之中。

厚重的文化滋润着这块土地，尤其是西草芦，文风日盛，史上出过不少文人墨客，出过黄埔军校学员……

进入 20 世纪 80 年代，改革开放的春风吹到滹沱河畔，东草芦、西草芦的村民脑瓜子灵活，嗅出了中国社会的大变革即将来临。他们懂得与时俱进，率先发展个体经济，并形成了地方特色，两村双双成为改革开放初期饶阳县农村经济的样板村。

西草芦村主要以小麦等农作物育种为主。按当时政策，村里采取"统分结合"的经营模式，将全村 1000 多亩水浇地都建成育种基地，与大中专院校和科研部门挂钩，把农业专家请到田间地头进行技术指导，统一种植，统一管理，统一收割，统一销售。不但农民获益，也推动了农业科技的发展。这在改革开放之初，是率先发展高效农业的优秀范例。衡水地区、饶阳县里多次在该村召开现场会，新闻媒体广为宣传，西草芦向周边农村发射出强烈的致富信号。

夏收的日子　路进杰／摄

东草芦村则是以发展本村传统产业——鞭炮为突破口，引领农民走出一家一户的小作坊，实行规模化经营。村党支部、村委会牵头，组织成立了鞭炮总公司，对农户鞭炮生产实行产供销一条龙，提升了本村的鞭炮生产质量，增加了花炮品种，提高了村民的收入，对全县的鞭炮行业起到了龙头带动作用。在此基础上，村里扩大经营范围，投资兴建了玻璃厂等村办企业，村集体收入达到 100 多万元，农民年人均纯收入达到 730 元，出了十几个万元户。

东草芦村毗邻肃衡路，鞭炮总公司和玻璃厂建在路旁，有新盖的红砖瓦房和气派的大门，白底黑字的公司招牌在门口一挂，令南来北往的人们羡慕不已。这是改革开放之初刚刚起步的农村工商业的雏形。

之后，东草芦成为远近闻名的"鞭炮生产专业村"。1986 年，村党支部书记李文庄被评为"全区十五面红旗"之一。当时，《衡水日报》在头版设专栏宣传全区十五名农村党支部书记，县委领导派我到东草芦村采访李文庄。在座谈、走访过程中，我亲眼看见了该村的发展变化，亲身感受到了潜藏在农民心底发家致富的期待和力量，也了解到了实行生产责任制的过程中一个农村党支部书记的心路历程，使我对当时农村政策的认识更加深刻，思想有了新的飞跃。回到机关，连夜赶写了那篇通讯《一腔热血写春秋——记饶阳县东草芦村党支部书记李文庄》，在《衡水日报》头版刊登。家乡的对岸，红旗飘飘，我的心里也有几分欣慰和荣光。

我回老家途经东草芦鞭炮公司，时常停一停，站一站，和老李说上几句话。这老头儿高个健硕，鼻子头有点红，说话慢言细语，爱笑，见面时总喊我"乡亲"，让人有一种亲切感。我从他的笑容里，看到了农民对生活的信心。

还有一件小事儿，也是途经东草芦村时发生的，颇有几分巧趣。1988 年，滹沱河泄洪，南北堤之间都是水。农民日报社记者在北堤采访，打电话让我去送照相机的胶卷。我徒步从南堤下水沿肃衡路去北堤，开始河水没膝，越走水流越深越急，到东草芦村口忽遇一个旋涡，我在齐腰高的水中踉踉跄跄站不住脚，很难直行，心想，事先拄根木棍就好了。思虑间，腰部被什么东西撞了一下，扭头一看，正有一根柳木棍漂到身边，还是剥了皮的，白白的，头上还有一个歪把子，酷似拐杖，我顿感惊讶和感动。我顺手抓住它，暗自感叹，真是活脱脱一根"救命稻草"。草芦，是我的有缘之地啊！

再说端午村，该村是当代新农村建设的典范，村不大，也和我村相连，小时候去县城走亲戚常路过那里。过去，该村一部分村民居住在滹沱河南堤内侧；堤东有一些即将倒塌的土坯房，那是该村旧址；堤西新村虽留了较宽的街道，却没硬化，晴天土，雨天泥，车辙很深，步行都磕磕绊绊；靠近堤坡那一段，是篱笆围起的鸡窝、羊圈，杂乱不堪，从堤上一走，羊粪蛋遍地都是；与东关相连的地处，土坑连着土坑，荆棘丛生，村里的死猫死狗、破衣烂衫都扔坑里……

历史的脚步跨入 21 世纪。近几年，国家将新农村建设列入重要工作议事日程，县、乡党组织把握这个历史的转折关头，抓住农村党支部建设这个"牛鼻子"，调整了村班子，强化了基层干部的战斗力和政策的执行力，推动了新农村建设。

村两委班子从转变观念入手，组织村民到山东寿光参观学习，打破传统单一的蔬菜种植，在温室大棚中引进了维多利亚、火焰无核、红地球等优质葡萄品种，并联系有关部门进行技术培训，拓宽市场销路。大棚产品不但走入北京、天津、广州、深圳等大城市的商场和市民的餐桌，还有的漂洋过海出口泰国、新加坡等国家和地区，增加了农民的收入。

人们一旦"手里有两个钱儿"，就想着打理自己的家。于是，改变现实的居住环境成为村民的渴求。恰逢其时，国家开展新农村建设，部门包村，给钱、给物、给思想，村里一下子就活跃起来。大家齐心协力一起干，两年的时间，端午村"天也变了，地也变了"。就像老百姓唱的"昔日端午换新装"，大小街道都修成了公路，安上了路灯，街道两侧种上了景观树，还有花和草；土坑垫平了，硬化了；安上健身器械，女人们扭起了大秧歌；用上了天然气和高级炉具，做饭时用手一拧就是蓝火头；堤东的大土坑经过夯实硬化后引来了滹沱河的水，人们对其周边进行了美化。空闲了，大家扛着鱼竿，支上遮阳伞，坐在水塘边悠然垂钓；村民也文明了，不像过去，吃了西瓜随手一扔，现在连三岁的孩子都知道将花生、瓜子皮放在垃圾桶，不然，街坊邻居会笑话你。县长在一次大会上说："我真想在村里盖几间房，不走了。"他说的是心里话。

东草芦、西草芦和端午村变化的根本，就是抓住了不同时期社会变革的历史机遇，用足、用好了国家政策。有句老话叫"无农不稳，无商不活"，我想，还得加一句"无引不巧"。引，就是引用国家的政策资金，当然也包括民间投资，一个村的力量毕竟是有限的。当前，国家乡村振兴战略已经拉开大幕，这又是一次大机遇，就看你怎么干。

我们时常瞭望对岸的村庄，其实，对岸的村庄也在看着我们。

独钓莲花泊

出饶阳县城，顺东关和南关村之间的小公路一直向东，就到了莲花泊。

2000 多年前，莲花泊亦称"荷花坑"，现叫师钦村。村西的滹沱河水面宽阔，就像一个大肚子，常作蓄水之用。水的逗留，让北方人为少有的水韵惊叹不止，当地人称之为"湖"——诗经湖。这个民间称谓，饱含着当地百姓思古之幽情。那一年，秦始皇焚书坑儒，毛苌流落到此，肩负叔命。荷花有情，留住了这位落魄少年。从此，筑台设坛，桃李盛开，给思慕人才的刘德以求贤之机，这一方荷塘便芙蓉出水，绽放出诗意情怀。

而今，连通东西两岸的是一座民心桥，不足 200 米，混凝土结构，是 2018 年滹沱河生态补水时，县政府投资修建的。今年，滹沱河两次泄洪，诗经湖蓄水满满。桥南右岸杨柳依依，河岸舒缓，正适合垂钓。平日，钓者如云；今天，大雾缭绕，却不见钓客。我就冲着这一河幽静，甩竿钓出了这满湖诗情。

我手中的鱼竿虽然老旧，却有纪念意义，是表弟送我的。20 世纪 90 年代初期，十六岁的表弟独闯京城打工，说是在一个晾衣架厂上班。一天，突然给我打电话，说自己病了，让我去接他。说了两句话，就挂了电话。我听当时的口气，觉得表弟病得很厉害。由于电话没有来电显示，他也没说具体地址，不知从何找起。上午 10 点多，我们开着吉普车在北京城到处转悠，火急火燎。后来，打听到北京西北角有个"做晾衣架的"，顺一条乡间小路找到了。到那儿一看，废墟之上，一个用石棉瓦搭建的窝棚里躺着表弟。我泪如雨下，把弟弟抱起来，拉回了饶阳县医院。当时，他手里握着这个钓鱼竿，说："哥，给你个钓鱼竿。"那个厂子也做鱼竿，老板发不出工钱，他打工一年换来的就是这个鱼竿。

在我钓鱼之处的南侧有一小片芦苇。此时正是冬季，芦苇早已由绿

垂钓诗经湖　路进杰／摄

变黄，在风中摇动着雾里的芦花，为清晨的滹沱河增添画意。"蒹葭苍苍，白露为霜，所谓伊人，在水一方。"在陈忠实的笔下，曾再现了渭北高原那片芦苇荡，再现了芦苇中沐浴的美人，再现了那位"好逑"的君子。眼前的芦苇，在这滹沱水乡，正滋生蔓延……

　　雾，缭绕在清晨的水面上，如诗如画，引人遐思。今年夏天，我在桥上游玩，远处漂来两只橡皮艇，近了才看出是我初中的同学们。两个家庭，都手持望远镜、照相机，手机里放着音乐，六十岁的人了，如此优哉游哉，令人羡慕。他们说，棚里的葡萄卖完了，钱装进了口袋，没事了，就是玩。我看着眼前的情景，觉得真有点江南水乡的意味。

　　说起玩，就想起上学时的趣事。我村离师钦中学四里地，当年我是走读，每天往返于两村之间。有一年，河里来了水，我们一帮学生曾经"走水路"去上学。吃过午饭，几个男同学相约从我村船道口下水，顺流而下，穿过西万艾村的水域，从现在北师钦村的小桥上岸，一边玩水，一边背诵毛主席的"到中流击水，浪遏飞舟"，玩够了，再去上课。后来老师知道了，挨个叫我们谈话。李校长说："毛主席他老人家'到中流击水'是抒发革命豪情，忧国忧民。你们是冒险，是调皮捣蛋。"话毕，让我们到操场晒了半天太阳。

时间如流水，一晃四十多年过去了。前几年，滹沱河没有水，那些瘾头大的垂钓者到处找蓄水坑钓鱼，有时还出县去钓。现在，守着这一河碧波，真是各得其所。有的带好吃的、好喝的，整夜待在河边；有的为防止晚上打盹落水，用绳子将身体拴在树上，真是用心良苦。我喜欢幽静，选一幽处坐稳，不在乎钓多少，只为体会个中乐趣。甩竿之后，慢慢等待，寻思着水中的世界。我常想，河中从来就没有饿死的鱼儿，上钩者全因一个"欲"字。

大雾弥漫，看不到对岸。连续几声鞭子，像把雾气劈开了一条缝儿，将放羊老汉高歌的"弹起我心爱的土琵琶"送到我的耳朵里。他总是顺着河边走，不紧不慢，一副悠然自得的样子。据说，他怀里常揣着一把"小咂壶"，内装衡水老白干，随时"咂"上一口，每天喝半斤，得了个绰号"陈半斤"。真是幸福。

雾依然笼罩着河面，如梦如幻。忽然，不远处隐约有一条小船划过芦苇，转眼便消失在雾中。是去捕鱼？还是抓拍雾景？抑或是我的幻觉？

我就这样钓着、想着、忆着、看着、听着。鱼多鱼少是另一回事，在这古老的河道里，唯求一分恬淡和宁静。水流雾绕，天地悠悠，循着表弟给我的鱼竿，放眼"在水一方"——雾中芦苇，昔日荷花，岸边杨柳，伊人少年，一叶扁舟以及扬鞭的老汉，宛如一幅优美的画卷。而水中那个色彩斑斓的世界，也让"诗经湖"的景象多了几分美丽和富饶。

诗经湖　路进杰／摄

◎

第三辑 **真情回望**

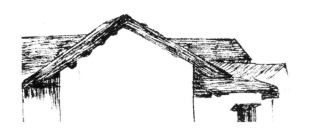

晚年，

他常常望着自己保存

完好的一摞摞备课本，

像欣赏优美的艺术品，

欣赏着自己的杰作。

父亲的心愿

一

父亲晚年有个愿望，他想给我母亲写一篇文章，因身体原因，未能如愿。父亲多次说："你母亲是咱家的功臣。"

母亲是一个普通的农村妇女，她本该是一名教师，为尽孝道，放弃学业，回村当了农民。

1960年，父母先后就读于两所地方师范。父亲考入献县师范，母亲由学校保送到安平县师范。饶阳距献县70多里，距安平县城40多里，由于没有代步工具，往返都是步行。学生们穿粗布，吃粗粮，啃老咸菜，睡大通铺。冬天，学校宿舍没有炉火，窗户走风漏气，冻得人瑟瑟发抖，条件非常艰苦。他们勤奋学习，积极向上，学习成绩都名列前茅。

正当他们为自己的理想努力奋斗的时候，奶奶患肺心病，情况十分严重，爷爷也犯胃病，吃不了东西，两个老人同时去天津看病，家里正常的生活秩序被打乱了。

姥爷是老中医，和爷爷交情甚笃。之前，他们早已为我父母定下了婚姻。爷爷、奶奶从天津回来后，爷爷的身体得以恢复，奶奶依然羸弱，需要人照顾。父亲说："家里有病人，再出县去奔个人的前程，村里人会笑话。"于是，他们选择了退学。

父母结婚后，父亲先是务农，后有机会，在本村当了民办教师，挣工分，外加每月5块钱补贴。母亲则担起了家务，既要下地劳动，还要照顾病人。

20世纪六七十年代，农村以生产队为一个结算单位，实行工分制。父亲每天能挣到1个工分，母亲在队上"跟大帮"。所谓"跟大帮"，就是听从队长的指派，锄地、开苗、收秋等等，在农业生产中打头阵。这些人是队上的主要劳动力，劳动强度最大，上午、下午各记4分工，如果早晨劳动，加记2分。农忙时，全天能挣到1个工（当时一个工分

3毛多钱），赶上包工活，还能挣得多一点。如此，年终结算时，我家不用给队上交钱，就可以正常分到粮食。

为补贴家用，父母喂养了一头母猪和几只羊，靠卖猪仔、卖羊羔赚几个零花钱，加上父亲那每月5块钱津贴（后来涨了一些），就是我们全家赖以生存的全部收入。

姑姑嫁到邻村，意外早亡，父母将表弟从小带到大，并看着结婚成家……日子虽艰难，一家人和和睦睦，平安度日。

二

作为教师，父亲的主要精力放在学校。他平时言语不多，低调、务实，做人的底线非常分明，凡事旨在对得起良心；对学生要求严格，治学严谨，倡导素质教育。

他担任校长，既负责学校的全面工作，还主动承担教学任务。他身先士卒，默默无闻地工作，和师生们一道，打造了一个环境优美、风气纯正、教学优良的校园。

当年提倡勤工俭学。学校利用本村柳林资源，组织学生周末打柳条，卖给柳编厂；麦假期间，让学生到麦田里拾麦穗，既增加了学校收入，学生也获得一定的奖品，培养了孩子们热爱劳动和爱惜粮食的好风尚。

学校共七个年级，二百来号学生，十几个教职人员，房子紧张。父亲在向村委会申请建房资金的同时，精打细算，请来烧窑师傅，打坯、建窑、烧砖，盖起了新校舍，为学校的发展打下了基础。

为提高学生素质，学校利用勤工俭学赚来的资金，购置了铜鼓、洋号及大量音乐器材，建起了灯光球场，这在当年大部分的农村学校是难以想象的。依托这些场地和器材，学校成立了大型乐队，文体活动搞得有声有色。

父亲兼任小学课程的教授工作，虽是轻车熟路，但也从不马虎和敷衍，总是认真备课，倾心施教，经常加班给功课不好的学生"吃偏饭"。晚上，把老师分成几个组，让老师们深入家庭，检查学生自习情况。他常说："不能误人子弟。"

1982 年，国家给曾经上过师范并在岗工作的民办教师转了正。这在父亲看来，是他的一个重要的人生节点，他更加努力地工作。

曾经有一段时间，教师队伍跳槽的不少。一次，爷爷在外地工作的老战友回饶阳，到家来看望爷爷时，主动提出给父亲"换个工作"，让父亲拿着他的信去找某领导。父亲把信装在衣兜里，经过深思熟虑，还是坚持留在学校当老师。父亲说："我熟悉了教学工作。"

晚年，他常常望着自己保存完好的一摞摞备课本，像欣赏优美的艺术品，欣赏着自己的杰作。他一生执教，虽不敢说桃李满天下，却也学生众多，这是父亲的骄傲。

三

在我们的人生选项上，父母总是尊重我们的个人意愿。他们对子女不过分溺爱，但也给了我们不小的自由。

1980 年，我高考落榜，不打算再复习了。秋季征兵时，我背着父母报了名，体检合格后，才向父母说出我的想法。父亲想了想说："既然你决定了，就要做好吃苦的准备，当兵就要当个好兵。"母亲说："只要走正道，我就支持。"

那是个秋天的夜晚，皎洁的月光下，我和父亲对坐在院子里，谈了很久。从个人的理想谈到眼下的日子，从家庭琐事谈到国家的政策、形势。他给我讲了很多，我也是第一次敞开心扉，吐露出自己对人生的理解。那天，我突然感到自己成了大人。

父亲的话令我记忆犹新："无论何时何地，都要爱国，爱家，爱你周围的人；要知道感恩，抢着吃亏。只要做到这几点，做人就差不到哪里去。"这也许就是父亲常说的做人的底线。他还说："人来到世上，就要干事。不干事的人如行尸走肉。干不了大事，干小事，小事干好了，也不容易。干事，要学会做好准备工作。比如耕地，要先准备好牲口和犁耙绳套，差一样工具都不成，准备工作做好了，事情就成了一半。人的一生，都在准备，今天为明天做准备，今年为明年做准备，前半生为后半生做准备，后半生为死亡做准备。"

他笑着说："这就是我总结的'准备学'。"

父亲说话时，我在一旁听得模模糊糊。那时以为他是老师，善于说教，说出这番话是职业使然。在后来的经历中，我慢慢体会，认为这些嘱咐很有道理。

第二天早晨，父亲把我送到县武装部门口。我匆匆忙忙地上了大巴车，坐定后一回头，父亲正从车窗往里塞苹果，果子用红色网兜装着，他说："路上和战友们分着吃。"

车开动了，再回头，见父亲站在人群中向我挥手，突然向前跑了两步，把手放在嘴边，用力喊了一声。送行的锣鼓催促着我们出发的脚步，在热闹的音潮中，我听不清父亲在说什么，那深情的目光，似叮咛，又似鼓励。我忽然想起了朱自清的《背影》，心中涌起一股热浪。

车缓缓前行，我又一次回头，锣鼓声远了，人群逐渐散去，父亲呆站在那里，望着渐行渐远的车，一动不动。我的眼睛湿润了……这一幕，永远定格在我的记忆里。

多年后，回忆当年的情景，我想父亲应该是很纠结的。一是他本人是教师，诲人无数，多想看到自己的孩子也能成为大学生啊！所以，让我继续复习，无疑是他的初衷。二是农村刚刚实行家庭联产承包责任制，十几亩地需要耕种，家里正需要人手，这是摆在众人面前的现实问题。然而，他同意了我的选择。

我当兵的第三年，妹妹以优异的成绩考上了大学。父亲忙于学校工作，虽然抽空也到田里劳动，但责任田主要由母亲管理，母亲的劳动强度可想而知。有一次种花生，后垄的还没种完，前面种的已经发了芽……后来，弟弟只好放弃学业，过早地担起了家庭的重担。

四

母亲是一部书，值得我们终生拜读。

她的朴实、善良和贤惠，她的宽厚和仁慈，她的坚强和隐忍，她的文雅和知性，时时感动、感染着我们。

20 世纪 50 年代初，母亲十几岁就跟随大人下地劳动，春天挖野菜，秋后拾干山药叶,过着"瓜菜代"的日子。姥姥身体不好,母亲在弟兄姐妹中年龄最大,早早地就承担起许多家务。推碾子、套磨、洗衣服、给姥姥煎药,边干活边学习。母亲聪慧,学习成绩特别优秀,由于家境困难,曾几次面临退学,教书先生感觉母亲天资聪颖,认为她不该荒废学业,就主动家访劝说,并帮她付学费,母亲才得以返校。后因德才兼优被学校保送到师范。如前文所述,最终,母亲还是为尽孝退了学。母亲常说,自己"没有上学的命"。但她知书达理,在当时的农村,也算是有文化的人。

结婚后,父母的炕头上,放着一个梳妆盒,红色,四方形,柳木做的,是她结婚时唯一的嫁妆,用了二十多年。在我幼年的记忆里,盒里只有两样东西,一把木梳和一个用贝壳装的护手霜(蛤蜊油)。母亲的手非常粗糙,尤其是冬季,多处皲裂,时而流血。所以,她的手上常常粘着胶布,护手霜是她唯一的"奢侈品",这双手,记录着她的劳动历程。

我没见过母亲穿新衣服,她身上永远是那件褪了色的蓝上衣和那副灰色的套袖。

当年,粗粮都不够吃,少得可怜的一点白面要留给患病的爷爷奶奶。一天晚上,母亲到生产队参加"熬战",奶奶心疼母亲,将白面饽饽放到明处,将粗粮藏起来,想让母亲换一下口味。母亲下工回家,黑灯瞎火的,随手摸起一块饽饽就吃,咬了一口,感觉不对味,连忙点燃煤油灯,放下白饽饽,寻找那高粱面的饼子。为这点事,奶奶唠叨了半辈子。

母亲非常善良,怜贫助弱,不图回报。一个下着冬雪的早晨,母亲把我叫醒说:"前面那个旧房子里有个乞丐,你去给他送碗粥。"我踩着雪,捧着一碗粥走进旧房子。乞丐蜷缩在屋角,是个五十来岁的男人,看到粥,他猛然起身。我把粥倒在他举过来的花瓷大碗里,他大口大口地喝起来,俄而抬起头,看着窗外感叹:"好大雪呵!"便又开始喝。一碗粥下肚,一趔趄又团在屋角,阖上了眼睛。

回到家,我说:"这人好不懂事,连个客气话都没有。"

母亲笑了笑,给我讲起了姥爷年轻时经历的三件事。

一个深夜,有人敲门,操着外地口音,是个问路的,说自己是某村人,在外地做生意,刚从吕汉码头下船,由于多年没回家迷了路。姥爷古道热肠，决定亲自送他回家。那时没手电，深一脚浅一脚，走了十几里路，把他送到了村口。到达后，那人不冷不热地说："你回去吧，我知道路了。"连一句客气话都没有。姥爷什么都没说，回到家，安心地睡了。

另一件事，发生在一个麦收的晚上。那天，有人偷姥爷家的小麦，被姥爷发现时，已把麦个子捆好，因太沉，蹲在地上起不来，很不好意思地说："他叔，你看这事多不好啊！"姥爷把她扶起来，说："没什么，你家人口多，背回去和孩子们吃吧。"

还有一次，一个乡亲去天津，姥爷将一些祖辈留下来的绸缎交给他，让帮忙卖掉。那人从天津回来后，好长时间不露面。姥爷找他问及此事，他说："老弟，真对不起，东西确实卖了好价，但我和孩子们用来过了歉年（歉年，就是收成不好的年头）了。"旧社会，大家日子都不好过，但钱已经花出，姥爷知道要不回来了，说："花就花了吧。"

母亲这是在给我们讲做人的道理。母亲的性格和姥爷相似，总是吃亏让人，从不计较。在我的记忆里，从没见过母亲与人吵过架。母亲以人格魅力赢得人们的尊敬。

五

母亲和父亲一辈子相敬如宾，没有红过脸。

1993年夏，父亲突然消瘦。到医院检查，空腹血糖19点多，血压、血脂、胆固醇等多项指标也不合格，确诊为糖尿病和高血压。尽管多方就医，百般治疗，病情终未得到控制，之后发展成糖尿病脑血栓并发症，逐步半身不遂，卧病在床12年。

12年里，父亲被病魔缠身，母亲受苦受累，以平和的心态，千方百计照顾好父亲，用真情演绎着人间的大爱。

母亲根据父亲的饮食习惯和营养需求，找来书籍学习有关知识，按时收看央视播出的专家讲座，并谨遵医嘱，科学合理地搭配膳食，给父亲制定了食谱。

12年，4300多天，父亲躺在床上，母亲盘腿坐在他身边，一勺一勺，一筷一筷，把饭菜送到父亲嘴里。那深情、耐心的姿态深深地镌刻在我的脑海里。

给父亲喂饭，母亲一般不让我们动手，她说："你们不知道暗号。"

比如喂汤，母亲总是先用勺子碰一下父亲的嘴唇，让父亲张开嘴，再把汤勺送到他嘴边，贴着舌尖，让汤从舌头上慢慢流入，不能直接往嗓子眼里灌，不然会呛着他。整个过程要掌握好节奏，快了，父亲没思想准备，也容易呛着；慢了，父亲就会着急，嘴里发出催促的响声。

给父亲按摩，母亲一般也不让我们动手。4300多天，母亲每天都要给父亲按摩身体，从头顶到脚底，按部就班，非常仔细。她了解全身的穴位，按哪个部位通什么经络，都一清二楚。父亲瘫痪之初，身体依然很胖，我们搬动起来很是吃力，但母亲靠顽强的毅力，重复着每一个动作。后来，弟弟每天晚上帮助母亲把父亲扶坐起来，按摩完背部后再放倒在床上。周末或是假期我们赶上了，也会帮助母亲完成按摩。因为母亲的长期坚持，父亲瘫痪十几年，身体基本没有形成大面积褥疮。

给父亲清洗，母亲更不让我们动手。母亲坚持每天给父亲刷牙洗脸，定期给他擦洗身体、擦粉。父亲便秘，母亲常常动手为他掏便。尿不湿用了一包又一包，枕巾、床单、被罩干干净净，室内没有一点异味。

父亲的药物，母亲也从不让我们动。母亲对用药格外小心，糖尿病患者不能吃甜的，有的药片裹着糖衣，母亲总是先把糖衣吃掉，再给父亲用。

长期伺候父亲，母亲成了半个医生。医生开的药，起什么作用，啥时候吃，有哪些注意事项，甚至药理是什么，她都清清楚楚。有时，和前来诊病的医生交流，医生们都惊奇地竖起大拇指。后来我们发现，母亲把所用药的说明书都完整地保存好，放在床头柜里。遇到有外国字母的药，她就把医生的嘱咐写在说明书的空白处，记住应该如何用。时间长了，床头柜里的说明书攒了一摞又一摞，像是厚重的档案资料。

回想这些年父亲的整个医疗过程，母亲是护理者，也是观察者。每一次父亲身体的细微变化，都是母亲最早发现；每次提出的就医方向，都科学、合理、及时。她观察得非常细致，且她的判断常常和医生的诊断吻合。

她重视对父亲的保健护理，懂得量变到质变的道理。几次用西医治疗效果不佳时，她及时提出转用中医，于是病情出现了拐点；她提出了用各种措施围堵病灶的观点，对延缓父亲病情的发展，起到了重要的作用。

父亲走的那一天，母亲考虑我们的感受，没有表现得特别悲伤，只与父亲作了最后的告别，又嘱咐了我们一些事情，就躲到了里屋。然而，这表面的平静怎能掩饰老人内心的波澜？

由于伺候父亲长时间熬夜，母亲眼部神经受损。在父亲去世不久，她的左眼开始闹毛病，眼皮下垂，看东西重影，几乎失明。我们带母亲多次跑衡水、北京等地的医院，由于治疗及时，才得以康复。

六

现在，年近80岁的母亲，对晚年生活非常满意。她的好心态来自在沧桑岁月中的艰苦和磨炼，来自她对社会和人生的深刻理解。

她曾经有着自己的理想，但在现实面前，却不得不接受命运给予的一切。

她主张顺其自然，却时刻不忘鼓励后代奋发有为。

命运给了她重负，也给了她一副好身体。包括我们兄妹三人，母亲养大了9个孩子，培养出了6个大学生（其中2个研究生），现在分别在不同的城市工作和学习。目前，母亲又有了6个重孙辈，家里已是四世同堂。老人高兴地说：“我还可以给你们抱大下一代。”当然，我们不能再拖累她老人家。

赶上了新时代，母亲每月享受着国家给的养老补贴，享受着医疗保险，享受着政策性遗属补助。靠家风传承，我们这个家庭充满正能量，孩子们知情达理，爱国爱家，而且一个比一个懂事，一个比一个孝顺，一个比一个优秀。

母亲是个闲不住的人。有一段时间，邮政公司把待派送的报纸、邮件寄放到我家，母亲义务登记管理。对那些腿脚不方便的人，她常常帮忙送到家。

她热情好客。只要我们的朋友或者同学、战友、同事到家来，她非常高兴，忙前忙后，把好东西拿出来给大家分享。她也非常仁义，从不多言多语，做事很有分寸，受人喜欢。

国家开展新农村建设，我村经过拆迁改造，搬进了新农居，住上了新楼房，日子更加舒坦；母亲每天在广场和老人们跳舞做操，其乐融融。最近，孙女又给她准备了手提电脑，女儿帮她安装了太极拳软件，让她在家学习太极。她头脑灵活，进步很快。

去年，外甥把她接到上海，转遍了华东五市。别看是农村老太太，到大城市后，不显土气。她在苏州碰到两名西方女子，外国人正指着树上的樱桃哇啦哇啦地说着什么。母亲问我妹妹她们在说什么，我妹妹翻译说："她们看着樱桃着急，在抱怨什么时候才能红。"母亲大声地回答："该红的时候就红了，不到季节，着急也没用。"我妹妹把母亲的话翻译过去，两个西方女子哈哈大笑，夸奖母亲很有哲学思想，并提出和母亲合影留念。母亲同意，分别同她们合了影。整个过程自然、大气，表现出新时代农村老太太的风采。母亲笑着说："不能在外国人面前露怯。"

作为一个农村妇女，母亲很平凡。她不是一个追求完美的人，却把所为之事做到了极致；也不是那种好高尚大的人，却是儿女心中的太阳……

至此，可以告慰父亲，您生前没有完成的文章，我们帮您完成了！

山爷

　　山爷这个名字在我脑子里存了 50 多年，虽年代久远，却挥之不去。

　　山爷是 20 世纪六七十年代我村一个普通的庄稼老头。人们喊他山爷，一是因为他的名字叫山（名字的全称大多数人都不知道）。二是他的辈分大，是村里所谓的"祖宗辈"。村民无论年龄一律呼其"山爷"，就连常来我村叫卖的商贩也不例外。一次，县里来了工作队，有事问他的名字，他回答"山爷"。干部怒问："你的大名？"他仍说："山爷。"工作队队长见旁边的村民都如此称呼，便认定了"山爷"这个称谓，从此县里和公社的下乡干部无论官职大小也都称他为"山爷"。三是他的办事风格像山。虽年逾七旬，行步伛偻，声音沙哑，他说话办事却有分量。

　　山爷光棍一人，住在村中心的街北。他家是两间低矮的土坯房，外墙用麦秸泥刷抹得光滑顺溜，屋内虽然窄小，却干净利落。进屋右侧紧挨门的地方是锅灶；迎门处的墙上，悬挂着一张发黄的武强年画《鲤鱼跳龙门》，彰显着他从未泯灭的梦想；东屋便是他的下榻处，有一个传统的土炕，屋内有一粗纹的条形木凳，另外放着的一面布满黑线的穿衣镜是他引以为豪的"传家宝"，镜框是黑色的硬木，确有几分宝气，只是 1963 年发大水后镜子受潮无法照人了；窗户是木方块的那种，罩着窗户纸，右下方的窗格挂着一块深蓝的布，像个小门帘，那是特意留的猫眼（或叫猫道），一是为了花猫的出入，二是夜间有事方便说话。坯房临街没有院墙，自然形成一块空地，是村里人闲暇聚集和商贩逗留的地方。山爷的屋也是人们闲谈的场所，几乎昼夜挤满了串门的乡亲。

　　走进山爷的世界，就等于穿越民间的历史。在我们刚记事的年龄，他已年过古稀，在他的嘴里永远有讲不完的故事，数不尽的传说，犹如一本厚重的百科全书。在我们这些孩子的眼里，他的每一个手势、眼神，每一句话语都是那么新奇和深奥。

一次，他问："你们知道咱村这条大街叫什么街吗？"我们茫然无知，于是他讲起了街的来历。他说我们村是从山西的大槐树底下搬来的，建村时是兄弟两个，本姓齐，弟弟住南面叫南齐，哥哥住北面叫北齐，龙街就是北齐的正街。由于这一带处于滹沱河的泛区，后来连年洪水泛滥，民不聊生，村里的有钱人请来了高人烧香作法，高人画了一张龙图，重新规划了街道，那条街正是现在的龙街。龙街整体呈龙的形状，西头建庙为龙头，龙头左右两侧各挖一眼土井为龙眼，村东头修建了一座小庙是龙尾，中间分别有长短不一的胡同是龙爪。他说自从建了龙街，虽然没能震慑水患，但村里风水好了，州官、府官出了不少，还出了很多财主。当时，听山爷讲这个故事，我们心情激荡，还真为村里的风水骄傲了一番。

山爷家前面的空地，乡亲们驻足较多，一些卖糖葫芦、爆米花的常常在此经营，孩子们顽皮捣乱是常有的事，还有的悄悄地"溜"人家的糖葫芦不给钱，山爷发现后总是揪住孩子的耳朵制止。按他的话说："别坏了咱村的名声。"

听山爷的故事是一种享受，他身上有某些东西，那就是一种乡土意识和乡村精神，而这种意识和精神在一些特定的环境下，会升华成更宝贵的个人气节。听老人们讲，当年日军"扫荡"我村，日本兵把刺刀顶住山爷的胸口，要他说出干部藏身的地方，他死活不说，并巧妙地转移了日本人的视线，保护了党员干部。后来提起这事，他说："死也不能出卖乡亲。"他没有将自己的壮举上升到某种高度，但这种行为彰显的却是一种正义和良知。

"文化大革命"是一个特殊的时期，随着政治浪潮的风起云涌，在当时的社会大舞台上，各色人等，粉墨登场。落井下石者有之，见利忘义者有之，谨小慎微者有之。很多村民闭门谢户，甚至好多亲戚朋友之间都断了来往，而山爷依然如故。他的那间小屋从来没有冷淡过谁，照样烟雾缭绕，宛如世外。当然也有人劝他注意影响，远离"敏感人物"，但他依旧恪守着自己的做人原则，不管政事，只论乡情。然而，人们发现他有时也会悄悄地给队长的孙女买一条红头绳。他说，我老了也要生存，重活干不了，总要挣几个便宜工分。说这话时，他脸上露出一丝羞涩的微笑。

山爷不懂政治，却是一个资深的"社会学家"。他曾说，当时是一个暂时的阶段，人们之间的关系也是不断变化的，"若干年后说不定谁家的儿子成了谁家的姑爷"。几十年后，山爷的话应验了。这个饱经沧桑的庄稼老头，用他的直觉成功地分析和推测了当时的情况与未来的走向。

　　山爷，一个农村普通的光棍，无儿无女，也没有任何的近亲，更没有什么丰功伟绩，但他死后多年，人们仍常常念起他，不约而同地给他很高的评价。

　　他原来是有媳妇的，是关外人，穿件蓝花袄，大鼻子，高挑的个儿，抽大烟袋（有人怀疑她有俄罗斯血统），是当年山爷下关东领来的。媳妇跟他时间不长，因为年景不好，山爷连饭都管不起，便劝人家回了老家。老人们说，那媳妇其实舍不得山爷，是哭着走的。山爷把她送到滹沱河边，看着她上了船才回家，没有回头。不过人们发现，多年后，山爷一看到穿蓝花衣裳的就驻足凝望，或许是在思念远方他曾经的女人。

黑哥

最近没见到黑哥。据说，村里拆迁，他暂时还没搬过来，仍然过着自己的光棍日子，并且很忙。

黑哥六十多岁，中等个儿，光头，脸膛黝黑，一笑就露出那颗耀眼的金牙。他说，这颗金牙是有来历的。据说，有一次他在河边拉土，挖出了一具棺材，里面藏着一块金元宝，他便找人将金子打磨定型，镶在了牙上。这虽然是玩笑话，但可以看得出，黑哥是个乐天派。

黑哥从没娶过媳妇。按他自己的话说，一是因为家里穷，二是浪荡，从没想过娶媳妇的事，等年龄大了，想有女人的时候，已经日头偏西。他几十年就住在两间低矮的小平房里，一人吃饱，全家不饿。

他为人随和乐观，与世无争，喜欢逮黄鼬、捉兔子、遛狗、打鱼、捞虾，常常弄一锅野味，招呼一干人等饮酒吃肉，自有一番乐趣。他生活很随便，早晨不起，夜里不睡，常常一群人在他的小屋里，谈天说地，烟雾缭绕，优哉游哉。

黑哥日子过得粗犷野性，他虽然没有文化，过年贴春联却从不含糊，总是自己蹦出几句新鲜词儿，让村里写得一手好字的刘老师帮忙书写。两间小屋破旧低矮，木门经烟熏火燎，毫无漆样，红对联却格外出色。我每从他处经过，都会驻足停留，认真观赏，因为每年都有新内容，每年都有新奇感。曾经一副对联让我记忆犹新：出有门进有门摘借无门，山好过水好过日子难过，好难家伙。这是几十年前的事。记得黑哥左手端着粗瓷大碗，右手用筷子指着门框，一个字一个字地给我宣读，边读边哈哈大笑，碗里的北瓜粥洒了一身。他这个年龄段的人，经历了艰难的岁月，却只在对联上道出了心声。黑哥弟兄多，一家人土里刨食，没有其他收入，为了多一个挣工分的人，他早早地就退了学，在生产队看青。他从小没穿过新衣服，几乎没吃过白面，对苦日子自然感受颇深。

还有一副对联让人心生酸楚：一年一年又一年，年年结婚没有咱，再等一年。这是他年龄奔四时的对联，从文字中可以明显感到黑哥着急了。年龄大了，同龄人的孩子都满街跑，自己却孤单寂寞，独守空房，他开始反思人生，但依然笑口常开，只是脸上多了些许的尴尬。村里另一个光棍看到这副对联后感叹："老黑这家伙野心不小，还想娶媳妇！"记得饶阳县委宣传部的何进岭同志曾写过一篇报道，题目是"光棍堂飞出金凤凰"，反映当时农村光棍的现实生活，文章与黑哥的叹息相吻合，一副对联道出了光棍的心酸。

另一副对联豁达而高深，想不透他是从哪里淘来的：出门迎来日月，闭门稳定乾坤，一统天下。很明显，他已经接受了光棍的命运。按他的话说，现在大局已定，不再考虑找媳妇的事。他是个乐天派，对很多事情看得很淡，说出的话诙谐幽默，大气自然。我认为这副对联的意思是：开了门就坦然面对生活，舒舒服服过好每一天；关上门就是自己的天下，锁定家的乾坤，不和自己过不去。此举不失为一种聪明的处世哲学。

今年回家过年时，我打听黑哥的情况，弟弟说，黑哥现在白天到滹沱河边的苗圃基地打工，晚上就回到河东睡觉，虽然老了，倒学会了修剪苗木。日子轻松，挣了钱，人也来了精神，总想喝两杯，因此黑哥变胖了。年前我特意准备了两瓶酒，让人给他送了过去。另外，国家对这种情况的人也"扶贫在行动"。弟弟是村支书，与他频繁接触，动之以情晓之以理，劝懒还勤，扶贫扶志，效果不错。

黑哥的对联，谈不上精妙绝伦，却别有一番滋味。对联诠释着人生，彰显着岁月，诉说着内心的感慨。眼下，这新时代的老光棍似乎年轻了许多，没准哪一天，黑哥能够枯木逢春也未可知。

真想知道他今年的对联是什么新词！

九锤

前几天，战友小聚，大家又谈起已故的老战友王九锤，怀念之情溢于言表。

八年前，他因意外事故英年早逝，终年四十岁。他曾是部队中的优秀战士，回乡后担任村党支部书记，由于工作出色，他所在的大王庄村被命名为"红旗村"，他本人也被破格提拔为国家干部。时值事业的黄金时期，他却走了，令人惋惜。

得此噩耗时，是个上午。刚到机关，隔壁的老许说大王庄村支书出车祸死了，我不敢相信，急忙给县医院打电话确认。

听到医院的回复后，我依然不相信，这是个打不倒的汉子啊！是在操场上吼声如雷的猛虎……

我不知自己怎么跑下楼，怎么骑自行车从单位赶往县医院。一路上，泪眼婆娑……

我们同年从滹沱河畔走出的战友百余人，九锤是唯一和我同车进入军营，又同车复员的战友。

我们这一代人对解放军有着很深的向往之情。从到部队的第一天起，大家就各自立志当一名好兵。在新兵连，我俩被分到同一个排。按部队规定，要集训一个月才能下连队，于是，我们投入紧张的训练中。

世事难料，正当新兵连准备考核验收时，他家人来电报："母亲病故，速回。"这如当头一棒，让他实在无法接受。尽管母亲身体不好，但入伍前，还为他打点行装，并亲手为他煮了五个鸡蛋，对他的叮嘱犹在耳畔……收到电报已是深夜11点多，根本没有公共汽车，战友们把他送到十几里地外的公路旁，帮他拦了一辆过路的货车。部队给了5天假，他回去后，匆忙料理完丧事，没等假期结束，就怀着悲痛提前回部队参加考核，令大家大为感动。一位首长竖起大拇指说："作为一名新兵，能做出这么感人的选择，难能可贵。"

新兵集训结束后，九锤被分到沧州市区值勤，我则被分到市区几十里之外的分区弹药库。分手前，他把我拉到一边，说："分到哪里都一样，我们一定好好干。"紧握的双手传递着一股力量。

和平年代，虽没有真正的战火硝烟，训练场却能折射出当代军人的风采。王九锤高大魁梧，勇猛顽强，有典型的军人气质。刺杀、投弹、擒拿格斗，科科优秀，很快在部队脱颖而出，被提拔为班长。他带的兵个个像小老虎。老排长曾说："听到杀声，不用看就知道是王九锤的班。"

一年后，我调到连部当文书，同年被选派到报社学习新闻采写，如此一来，和九锤见面的机会又多了。遇到疑难问题，我们共同探讨，相互勉励，很快双双加入了中国共产党。

他训练是标兵，实战更是英雄。我们部队由解放军改编为中国人民武装警察部队后，依然执行武装看押、看守和内卫值勤任务。1983年5月的一天，连队接到任务：劳改队一名罪犯越狱逃跑，立即实施追捕。首长命令在全城主要路口设岗，由王九锤带领一个班配合公安部门追捕。据监狱干警介绍，此名罪犯有重大报复心理，这次越狱很可能就是为了报复"仇家"，如不及时追捕归案，必然造成更大的社会伤害，任务刻不容缓。

九锤带领全班战士，按照追捕方案到沧县、任丘等地追踪搜索。晚上，他带领4名战士悄悄潜伏在逃犯一个亲戚家附近，饿了啃几口凉馒头，渴了拿出行军壶灌几口凉白开，表现出极大的耐力。一夜守候无果，他们悄悄离开，转移到村边麦田里蹲守。听一个村民反映，昨晚一个人在村边绕来绕去，形迹可疑，他和战士们按照村民指点的方向，顺着田间小路仔细搜索，发现有一处大便未干，便提高了警惕，后在麦地旁的土坑里发现了逃犯。九锤向前，用一个擒拿动作将其制服，和干警们一起将逃犯押回监狱。王九锤荣立了三等功。

我们当兵期间，正是改革开放初期，农村实行了新的生产责任制，一些人逐步脱离贫困，走上了致富路，很多村庄出现了"万元户"。面对农村的新形势、新变化，一些战士的思想开始产生波动，有人主动写申请书要求提前退伍。

九锤一个同学也来信劝他复员，邀他合伙办厂子。面对这种形势，他不是没动心，但他没有忘记军人的职责，认为走与留要服从组织安排。一次深夜，我俩悄悄来到操场的单杠下面，一边练习一边商量走与留的问题，最后决定："如果这样回到滹沱河边，等于在战场上开了小差，是丢人的事。所以，一定要站好最后一班岗，圆圆满满完成自己的任务，不干半途而废的活。"直到两年之后，接到复员的命令，我们才一起告别了让我们眷恋的军营，回到家乡的热土。

　　如果说他当兵前心怀一腔报国之志，复员带回的却是一身燃烧的激情。回来后，他主动向镇党委汇报了自己的思想，对村里的发展提出建议，不久被任命为村党支部书记。我受益于写作特长，在县委宣传部从事新闻报道工作。一次，他在县委大礼堂开会，到办公室找到我，有了一场难忘的长谈。谈到当时农村面临的一些实际问题时，他眉宇间透着淡淡的忧虑。我知道，他遇到难题了。我帮他找了许多有关农村政策方面的文件和书籍，为今后他的工作"充电加油"。

　　后来，我被调到乡镇工作，和九锤一起参加省委农工委在秦皇岛举办的农村小康建设干部培训班。听课期间，他非常专注，课间还主动找到授课的专家教授请教问题。休息时，我们几个学员一起来到海边，眺望惊涛骇浪，纵论古今英雄，感受祖国的大好河山，憧憬着农村小康的蓝图美景，心潮澎湃。九锤凝视着海上展翅的海鸥，陷入沉思。在返程的火车上，他向我透露了对村里的一些设想，恨不得能马上飞回大王庄村。

　　一年后，人们发现村里的街道铺平了，乡亲们吃水方便了……

　　7月5日，是九锤走的日子。每到这一天，我总是想起他，情不自禁地打开相册，抚摸着共同走过的岁月，历数往日的沧桑，默然凝视着老战友熟悉的身影，陷入沉沉的思念之中。于是，伏案执笔，以抒胸臆：

　　　　少图报国出荆扉，
　　　　从戎狮城铸军威。
　　　　摸爬滚打枪锋秀，
　　　　追捕擒拿功可垂。
　　　　回乡不失鸿鹄志，

小康路上树丰碑。
而今不幸英年逝，
我有疑难可问谁？

悼范建民

2021年3月2日晨，还未起床，在朋友圈看到刘雅林的文章，才得知范建民年前逝世的消息，心顿然一沉。眼睛望着天花板，悲痛兼有几多感慨。自觉把此消息转发到了朋友圈，意欲告知熟悉他的朋友们。

认识老范是在1985年秋后，在县委宣传部组织的一次通讯员培训班上。参加培训的有县直和乡村的通讯员20多人。当时，我刚到宣传部上班，对宣传口好多同志都不熟悉，问白克明："哪位是范建民？"克明兄爱咬文嚼字，咬着我的耳根子说："扎白毛巾者便是。"

我抬头一看，老范端坐在靠前的长条椅上，看上去五十有余，头上的白毛巾已经泛黄，旧军装上衣褪了色，满脸皱纹，目光专注，正聚精会神地聆听报社老师的讲课，不停地做着笔记。他对新闻报道的那份认真执着的神态，给我留下了深刻的印象。

中午在县招待所吃饭，我们在一个餐桌。老范很活跃，场内他的熟人多，话也多，嘻嘻哈哈地和人们开着玩笑，喊对方为"某某同志"，人们也喊他"老范同志"。

饭后，他掏出旱烟盒子，撕张纸条，拧了个喇叭筒，吧嗒吧嗒地喱旱烟，质朴憨实，不修边幅，又有几分滑稽。

听着他土里土气的"庄稼话"，看着他的一举一动，我对这位远近闻名的大记者产生了浓厚的兴趣。

他16岁起就从事新闻报道工作，宣传党的路线方针政策，反映农村生产生活，为农民鼓与呼，60年笔耕不辍，在《河北日报》《河北农民报》《河北法制报》《衡水日报》和地方广播电台、电视台发播稿件上千篇，年年被评为优秀通讯员。

认识了老范，我们俩的见面便多了起来。他常常到我单位要点稿纸、圆珠笔，打电话，或让我帮忙给报社捎稿子。接触中我发现他身上有一些难能可贵的东西。

他活得真实。正像前面说的，虽然他不修边幅，直来直去，做派土味十足，却活得真切充实。

作为农民，他信守着"日出而作，日落而息"的古训，不辞劳苦，勤奋耕作。他不追求富贵荣华，却不失积极向上的生活态度。他说过："咱不会挣大钱，也不羡慕有钱的人，咱有咱自己的过法。"

他搞新闻报道几十年，为农民写稿，为社会服务，歌颂真善美，批评不良的社会风气，为老百姓说话。20世纪80年代末的一天，他到某部门办事，发现服务人员态度生硬，"门难进，话难听，脸难看"，群众意见很大，便采访后写出一篇批评稿，力促该部门进行整顿，提高服务质量。那个单位的领导还专门找他道歉。群众说，这新闻监督真管事。

老范生活俭朴，反对浪费，从来不会因爱慕虚荣而失却人性的本真。一次，他参加市优秀通讯员表彰会，饭后，服务员收拾餐桌，他看着雪白的大馒头和没动筷的肉菜将被倒入垃圾桶，立刻急了眼，说："别扔，我要！"一位领导随口甩了一句："真丢人！"

老范说："咱庄稼人，看着糟蹋东西就心疼。"

那位领导翻翻白眼，走了……

老范对人真诚实在，人虽穷，却有里有面儿。宣传部的一位老同志曾对我谈及70年代的一件事。他到老范的村里"蹲点"（下乡），老范拉着他一定要到家吃顿饺子。临中午，老范早早就到大队部等候，带来了猪肉白菜馅的饺子，个大实惠，外加半瓶二锅头。由于阴天下雨柴火没干，灶膛生烟熏得人难受，老范就一边吃一边用大蒲扇向外煽风。那顿饭虽烟熏火燎，却是老范的一片真情。

他做事有恒。老范60多年业余写稿，"紧握手中笔，今生不言弃"。虽没有什么"惊人大作"，那些短消息、小通讯、小言论等"豆腐块"，累加起来数量已过千。这种坚持不懈的精神，是常人难以拥有的。

他的家庭条件不好，收入少，儿子有智力障碍，他本人又常常患病，但只要有新闻线索，便放下镰刀、锄头，骑上自行车就去采访。他跑遍了乡村田野，跑遍了村里的大小胡同……

1988年，滹沱河放水，县里组织在东关村打堤。天上下着蒙蒙细雨，我在堤上碰到他时，他正推着自行车，车把上挎着一个手提包，计划"在抗洪一线搂点柴火（新闻线索）"。当时堤上没铺油面，道路泥泞，他边走，边停下来猫腰清理车轱辘的泥土。这种对新闻事业的痴迷，实在难得。当时我跟随河北电视台摄制组采访，听我介绍后，一名省台记者给他拍了照片。

老范一般白天采访，晚上写作，那时既无电脑，更无微信，完全靠手工"爬格子"。我几次发现他在捡来的街头广告纸的背面打草稿，改好后才抄在稿纸上（稿纸下面铺上复写纸）。故而，他往往一见我，就吵着嚷着要稿纸，我也常用公家的笔墨纸张"送人情"。

稿子写完了，他有时投递寄稿，有时让我们捎去，有重要的稿件还需自费乘车送报社（或电台），有时还要打电话问询修改。一篇新闻稿的诞生凝结着诸多的心血和汗水。

他善于学习。作为一个基层通讯员，他时刻不忘"充电"，提高自己的政治、业务素质。每次来报道组，他总是如饥似渴地搜罗喜爱的报纸书刊。有时趴在桌子上，守着一张报纸一读就是个把小时。临走，就像"扫荡队"，把需要的书刊装在书包里。《共产党员》《衡水日报》《衡水日报通讯》等是他的必修教材，他总是边阅读边勾勾画画，掌握重点，认真领会，务使自己的文章不走样，不跑偏。

他生活乐观。在我的印象里，与老范一见面，他总是一副笑脸，哈哈哈哈地开着玩笑。尽管生活负担重，压力大，他却从未被困难吓倒，心里充满着阳光。他热爱自己的家庭，有一副柔肠。他没有给家庭带来很多的财富，可为家人赢得了荣耀，带来了人脉，增添了满满的正能量，树立了正确的人生坐标，给未来增加了希望。

有人看不起老范，说："写个三言两语，弄几个豆腐块有什么用？"老范从未理睬，依然凭一颗执着的心干着自己的事情。这是他的人生追求，是他的精神支柱。

一个农民，而且生活窘迫，认定的路却大胆地走下去。他凭着两条腿、一支笔，还有那辆破旧的自行车，完成着自己的一次次采访。在当今一些拜金主义、利欲熏心的人面前，他常常遭冷眼、吃闭门羹，但他从不灰心，凭良知，凭一个老共产党员的自觉和责任，乐观坚强地行走在自己的道路上，奋斗60多年，直至人生的尽头。

孩子们理解他，支持他的人生选择。记得在一次表彰会上，他说："每次报纸刊登了我的文章，女儿总是爱不释手，读了一遍又一遍，亲切地抚摸着报纸上'范建民'的名字，幸福的笑容荡漾在脸上……"我想，家庭的支持和鼓励也是他事业的助推器。

范建民，这位老共产党员、"土记者"，一生握紧笔杆子，给很多人很多单位"吹过喇叭"，却一次也没有"以稿谋私"，向任何人任何单位伸过手。这是党性和人性的体现，是文人的气节，是新闻战士的高贵品质。

老范走了，我们怀念他。愿以此文为他送行，望他一路走好！

外地来了女作家

　　傍晚，县作协秘书长来电话说，从保定来了个女作家，约我陪着吃顿饭。我不喜欢和生人一起吃饭，何况是女作家，所以打心里发怵。

　　秘书长说："近，就在你对门老曹家。"我只好过去。

　　一见女作家，短发，微胖，衣着朴素，咯咯咯地笑着，像个村姑，我顿时卸去了一半拘束。再听说话，地道的饶阳味，便拉近了距离。经介绍，得知"田新艳，是师钦村哩"，和我是同乡，就完全放松下来。老曹说："这就是小说《我们村的村主任》的作者。"我又陡然增加几分敬意。心想，怪不得写得那么真实生动，家乡人写家乡事，就像在瓜棚里摘甜瓜——手到擒来。

　　吃饭喝酒自然轻松愉快。伴着乡情酒兴，大家谈兴也浓，谈到《我们村的村主任》，田新艳依然感慨万千。

　　这是一部农村题材的文学作品。小说里，贫困村郭家营的郭宝林退伍回村担任村主任，利用8年时间带领村民致富，展现了新时代农村干部及村里各色人等的典型形象，反映了农村改革开放四十年发展历程的真实印记。

　　她说："灵感就来源于滹沱河边，来源于生我养我的这块土地。"看得出，她对家乡充满着深情，对家乡这些年的变化倍感欣慰，感悟颇深。

　　还是先介绍一下田新艳这个人吧。1968年，她出生在饶阳县的师钦村。滹沱河在她的村边流过，古老的诗经台下，有她祖祖辈辈耕耘的"一亩三分地"。或许，风雅颂的灵光滋润了这个姑娘，在她稚嫩的目光里，就透露出对文学的浓厚兴趣。漫长的冬夜，她在家里的土炕上，在昏暗的灯光下，听母亲一边纳鞋底一边给她讲《岳飞传》《十三妹》《聊斋》的故事。她常常痴迷于故事里的情节，跟随书中的人物飞到那些陌生的地带，去触摸民间文化的灿烂星河。父母识字，家里的书自然多，小学毕业前，像《林海雪原》《青春之歌》等书籍，她已经反反复复看了好多遍，甚至一些章节都能大段背诵。她的作文常常被老师推荐为班里的范文，老师的鼓励，同学的赞美，曾使她满脸荣光。从此，她心里埋下了文学的种子……梦虽然五彩斑斓，但因家庭贫困，初三没念完就辍学了。

之后，她开始了打工生涯。这既是生命的出走，也是一次精神的突围。命运之舟载着她来到保定打工。她没资本，没背景，靠微薄的工资支撑着生活。然而，她从未泯灭文学的梦想，一边打工，一边读书创作。2002年，她在《河北建设报》发表了第一篇散文《故乡的情》，从此，便一发不可收，先后在《保定晚报》《莲池周刊》《大众阅读报》《北京文学》等报刊连续刊登十多个短篇小说，并写出了第一个中篇小说《香草》。

小荷初露便赢得当地文学界的关注。一位老作家说，在这个浮躁的社会里，像田新艳这样物质条件不佳的人，还能在文学上这么努力、这么刻苦，太难能可贵了。

《我们村的村主任》是她的得意之作，是她用真情和汗水为滹沱河这块热土书写的赞歌，是时代的真实记录，是用凡人凡事表现改革开放大主题的杰作。全文共170集，18万字，在《保定晚报》、保定电台连载连播190天。北京电台也连续播出，还约她做了访谈。面对话筒，她吐露出了自己创作《我们村的村主任》的初衷。她讲了家乡的变化，讲了社会的发展，讲了自己的切身感受。从生命的出走，到观念的突围，再到转身的惊讶——她把村庄的故事讲给人们听。那带有滹沱河乡音的谈话，在社会上引起强烈的反响。

我是在《保定晚报》读到该小说的。那朴实的文字，厚重的生活底蕴，熟悉的农村场景和人物吸引了我，读着那些文字，就像看到了我的左邻右舍，就像与他们谈天说地。我由衷感叹作者的笔力。

今见其真容，很惊羡。心想，滹沱河就是滋养人才。

那天，田新艳和我们聊起了自己的创作经历，她说："有一次我回老家的时候，在村边的果园看到一个七八岁的男孩，他蹲在果实累累的树下，漫不经心地啃着苹果。当时我心里非常激动，和妹妹说：'现在的孩子真幸福，可不像咱们小时候。'妹妹说：'那当然，自家的果园，看哪个好就摘哪个。'想想当年离村时，我连一个苹果都没吃过。这件小事，触动了我的灵魂。回到家，立刻着手写了《回乡》。"

听她讲这些事，我有同感。20世纪六七十年代，我们附近的村子没有苹果、梨，所能见到的水果，就是自家院子里的土桃、土杏，咬一口酸酸的。记得上小学时，晚上到邻村看电影，亲戚给了一个苹果，我只咬了一口，就舍不得吃了——我想起了奶奶气管炎发病时痛苦的样子，奶奶当时说："要有个苹果、梨，吃一口该多好。"于是，我悄悄把苹果装在衣兜里，给奶奶拿回了家……那时候，我们常常是拿着一块生山药啃着吃。田新艳的小说撩拨起我心底积存已久的那份情感。

《我们村的村主任》的主人翁郭宝林，其身份由退伍兵变为村干部，极具代表性，滹沱河边很多村民都有他的影子。他们从高粱地里走出，带着农民的质朴到军营，经受了部队大熔炉的锻炼，回到村里撸起袖子带领乡亲们勤劳致富奔小康，种棚、修路、建市场，在农村成了中流砥柱。田新艳靠着对村庄的熟悉和感受，题材选得准，悟得透，用情深。

她写到了脱贫措施，因户制宜。故事里的老郭说，土地是可以长出金子的，而且像割韭菜，割了一茬又一茬。因此，郭主任带领人们建蔬菜大棚，搞农宿小院，养蜜蜂，弄采摘，种杂粮，卖早点，养牛，养羊，理发，制作盆景。适合什么就做什么，不搞一刀切，"八仙过海，各显神通"。村庄富了，村民乐了。

她写到了农家养老。这是一个崭新的养老模式，城里老人到农村去养老，成为保姆家庭的一员，既减轻了子女的住房压力，减少了赡养成本，又方便了保姆照顾家庭。同时，开放性的农村生活环境和良好的生态环境，让城里老人提高了生活质量。第139集《城里有个家》就是这种模式的翻版。

她写到了村里的公共造粪池。第98、99集《造肥东城》（上下）中，农民把垃圾进行分类，凡是可以堆肥的生活垃圾被运到公共造肥池沤成有机肥，塑料垃圾一律回收。这是一个带有启示性的作品——如果所有农村都能推行这一模式，能极大地减少垃圾带来的脏乱差。第49集《老郭的心病》讲的就是农村环境问题，尽管有些方法的可行性需经过专业的验证，但毕竟为新农村建设提供了方向性的探讨。当然，小说不可能对社会上一些事情提出多么成熟的具体措施，但能够把问题提出来引起社会的重视或共鸣，对农村发展也起到了积极的推动作用。

她写到了"节能炕"，一种高效能的取暖炕，经济实惠，操作简单，节约能源。这种炕前几年在我们这一带很普遍，读来温暖亲切，让人想起老家的热炕头。我想，把这种炕拿来搬进文学作品，田新艳确实是用了心。

她塑造了一群个性鲜明的农村妇女形象。如性格直爽的五月嫂（《馅饼》《再婚》），温柔深情的秀清（《再婚夫妻》），泼辣的香兰（《网络那些事》），能干的菊花（《农家养老》），个性的洪敏（《娶妻》），为了婚姻以命相搏的小玉（《破镜重圆》），出轨的老七媳妇翠兰（《网恋》），老实的梨花（《馅饼》），不嫌弃赌徒男人的玉玲（《赌徒》），爱占小便宜的王月兰（《地界》《长虫的豆子》）等。还有一批朝气蓬勃、努力上进的农民形象，如王小年、郭小美、小杰、郭达等等。如果不是从滹沱河边走出的人，不是曾和这些人在一起同吃同住，没进入过这些人的内心世界，了解他（她）们所思所想，笔下断写不出这些张三李四。

田新艳现在是河北省作家协会会员，保定市作家协会理事，文学创作正逢盛果期，硕果累累。从2009年开始，在《北京文学》《小说月刊》《青少年文学》《荷花淀》《渭干河文艺》等刊物发表了大量小说散文，并多次获奖。2013年，保定市作家协会召开研讨会，研讨其短篇小说《意外》。2019年，饶阳县电视台以"一个女农民工的文学梦"为题，为她制作了专题片。

目前，她本人正在尝试创作广播剧和电视剧。前些天，她在微信上说，刚卖了一个广播剧，"卖了1万多块"，高兴得不得了。

这次回饶阳，田新艳是应县作协之邀给业余作者们授课的。

从村姑到打工妹到作家，田新艳是一个成功者。这首先源于她那种追梦的精神。每个人都有自己的理想，而现实往往是残酷的，尤其在物欲横流的社会背景下，要横下心来做一件事情，做一件不赚钱的事情，谈何容易？田新艳做到了。这也许在好多人看来不可思议，而她却是一个乐观的奋斗者。在长期艰难的跋涉中，人们看不到她的忧伤和无奈，她总是一副笑脸——一个天真、坦然、纯粹的村姑。尽管内心积存着太多的故事、太多的酸甜苦辣，她始终笑对人生。她心中有一个梦，为着这个梦，她的手中攥满了汗水。

同时，她对家乡充满了深情。有人说，当今的文学创作很萧条，很多人热衷于写那些花花绿绿的"高效产品"来博取大众的眼球，田新艳不是，她恪守着那份真实和纯粹，那份对家乡的感情。从小在滹沱河边长大，她对河边的杨柳、水旁的芦花、鸟啼蝉鸣以及朴实憨厚的饶阳人充满着感情。她了解乡亲们的期待和愿景，她用手中的笔为这块土地鼓与呼。

《我们村的村主任》是一部小说，更是新时代中国特色社会主义新农村的美好画卷。书中很多地方也透视了农村社会的热点问题，比如养老、环保、创新等。一个打工妹，一个弱女子，在文章中表现出的这份故土情怀、这份社会责任感，是难能可贵的。

期待田新艳续写更多、更美的家乡故事。

◎ 第四辑

物语声声

人间大道，源于根本，
现于寻常。兰草有兰草的淡雅，
杜鹃有杜鹃的娇艳。但我们的骨子里
最不敢忘怀的是那一缕麦香，
因为我们的根已经深深地扎在泥土里。

白杨树下

　　记忆深处有一棵树，一棵普通的白杨树。粗壮茂盛，大气端庄，挺立在生产队打麦场北面的土埝上。

　　土埝是滹沱河边的护村埝，与北大堤平行。随着河水改道，它的作用消减了，人们开始在上面挖掘取土，埝几乎被夷为平地。这棵树就长在残存的土埝上，枝繁叶茂。老人们说，这是当年为防洪种下的，是仅存的一棵。虽然我们这一带不缺少杨树、柳树，但它长在老土上，自然被人们另眼相看。村里人喜欢在这里乘凉、吸烟、歇地头，这儿也是队上派工、开会的地方。

　　树北面的一方地是队上的"保命田"，近水好肥都用在这块地。钟声一响，大家都聚在树下，悉听队长吩咐。老杨树见证过"鼓足干劲，力争上游"，见证过劳动竞赛的火热场面，也洞察了生活的另一面。

　　20世纪70年代末，社员到队上参加劳动，出现了"混工"的情况。听到上工的钟声，社员们并不着急干活，先要在树荫下懒洋洋地抽一锅"地头烟"；有人随身带来了牛子牌（一种赌具）、扑克，开始玩"拱小牛""拱猪"；女人们有的纳鞋底儿，有的织毛衣，也有的闭上眼睛睡大觉。

　　我当年高考落榜后，曾到生产队混过几天工，但既不会"拱牛"，也不会"拱猪"，属于另类。有人从外地捎来一本刚出版的小说《生活的路》，反映知青生活的，我就靠在杨树上读小说。

　　记得一次有位老人从此路过，看不惯社员懒散的样子，扯开嗓子喊："太阳晒着啦！太阳晒着啦！"意思是时间不早了，该干活了。"拱牛"的人朝树荫处挪一挪，依然在玩，满不在乎。反正是工分制，来一天就能混上8分工。

　　树荫大，乘凉的人就多。生产队议事在这里，闲话谣传在这里，哄孩子的老太太也常常在这里一手领孙子，一手牵羊，孩子在树下玩土，羊在旁边啃草，"革命生产两不误"。

麦子上场的季节，社员们常在树下放一桶井拔凉水①，渴了就蹲下身子，吹掉扬场落进的麦糠，大口大口地喝一气。有些冒失的小伙子，只顾喝水，脸和鼻子都埋在水里，老人们就会在其屁股上打一巴掌，轮到老人自己，照喝不误。白杨树邻着大道，做小买卖的、过路的外村人，也时常在此逗留喝水、寻人问路。

傍晚，夕阳从远方照射过来，将老树染成金黄。晚风摇动着树梢，树叶子刷刷作响，像鼓掌，像大笑，像一位沧桑的老人居高临下，手捻胡须，聆听着村庄的故事。

麻雀在这里集结，它们晚上要宿在这儿。仨一群俩一伙，先在附近的庄稼上、草丛里逗留观望，等人慢慢散去，周边清静了，才试探性地落在树上，到了晚上，满树都是麻雀。这和相邻的打麦场有关，麻雀们也知道"近水楼台先得月"的道理。雀儿们选择在这棵树上落脚，虽占据了"风水宝地"，也经历过一次天灾。一个夏日的晚上，突如其来的狂风暴雨成为鸟群的灭顶之灾。次日晨，看场的老刘头足足捡了两大筛子麻雀。

冬天，北风刮走了树上的叶子，草也枯了，麦场也干净了，周边一片萧条，麻雀们搬家到村里。几个拾粪的老头常聚到树下，他们把粪筐、粪叉一放，靠在土台的阳坡上，点着烟袋锅子，有说不完的话。偶尔，有一群孩子跑到麦场打陀螺，鞭子甩得啪啪直响。老树不寂寞。

1985年10月，我当兵复员回家，到村口时第一眼就看到老白杨。它高高地挺立在土台上，风一吹，树枝不停地摇啊摇的，深情地和我打着招呼，像有好多话要说。弟弟告诉我，土地大包干以后，地分到了各家各户，队上的打麦场被分成若干个小块，有的起土垫了庄基，有的依然作打麦场。不吃"大锅饭"了，人们可勤快了，争强好胜地过日子，谁也没空在树下扯闲篇了。弟弟说，现在，这棵树分到了我们家的名下。

一天，我来到树下，抬脚登上土台。土台杂草丛生，不少破砖烂瓦

---

① 井拔凉水，当地方言，意思是刚从井里打出来的冰凉的水。

堆在那儿，显然好长时间没人来过了。我突然想起了生产队开会的情景，想起了当时的热闹场面，想起了"拱牛""拱猪"的社员们，想起了那本《生活的路》……

站在土台上，向东眺望，远处是南吕汉村的旧址。儿时的夜晚，那里总有几盏灯火。为了避水，多数村民搬到堤北，那里就剩下几户人家。依稀记得那散落的土坯房中的一间，住着位常年肩背粪筐身穿一身粗布的老人。老人屁股后面总跟着一个半大小子，智力低下，名"瓜"，穿着自家染的蓝布衣裳，常将手指含到嘴里，拼命地追赶被风刮跑的"滚蛋棵"。坯房西侧，有几棵垂杨柳，掩盖着一片坟地……像极了一幅俄罗斯油画。

时光荏苒，现在，这里是一望无际的蔬菜大棚，是"饶阳县百里绿色长廊"。棚内的葡萄一嘟噜一嘟噜，像翡翠，像珍珠；蔬菜瓜果，清香扑鼻。北面是"蔬菜育苗基地"，育种、发苗、管理，全程电脑操作；方田林网，修上了公路，四通八达。东边的瓜菜市场停满了拉菜的汽车，客商、菜农打箱装菜，忙得不亦乐乎；市场上空飘扬着五星红旗，喇叭里唱着《在希望的田野上》。真是新时代，新气象。

一个老奶奶问我，土台上的老树像什么？我说像酒杯，土台是杯座，树身是杯腿儿，上面盛满了葡萄酒。她摇摇头说："那是你们'酒人'的眼光。我看像个香炉'烧着高香'！"说完哈哈大笑。当然这是玩笑话。

玩笑归玩笑，几十年过去了，树下的"人事""鸟事"沉淀在我的记忆里，总也挥不去。

柳

20世纪90年代的一个秋天，随县里一个经济考察团到义乌参观学习时，我们在义乌小商品市场的一个货架上，发现了饶阳的柳编产品。那造型美观的花篮菜架，熟悉可亲的编制工艺，让我们非常感动。即便现在，我也惊叹在这个"义乌国际商贸城"的前身里，居然引动了我们在饶阳的柳条情结。

在我的记忆中，饶阳的柳编很有名气。拿我村来说，它曾是集体经济的主要产业之一。村里有六个生产队，每个队都有柳编组。柳编的车间很特别，就是在地下挖几个坑，用木头和秫秸搭顶，俗称地窨子（窝棚的一种）。选择在这种环境作业，一是暖和（编做一般在冬闲时），二是不干燥，便于操作。工人都是本队的社员，一律挣工分。河边的人们有的是技术，泡条、编花、整形等，样样拿手，编出的菜篮、花篮、饽饽篮子，犹如精美的艺术品，既耐用又乖巧。至于销路，一般都是交县外贸公司统一运往外地，据说有的还漂洋过海，卖给了外国人。所以，外贸的人来了，要特殊招待——到河里捞新鲜的鱼，找干净手巧的老太太做饭，炒洋鸡蛋，摊出的秫面饼薄的能照得见人。

饶阳之柳源远流长。在清朝乾隆年间的《饶阳县志》里，饶阳古代十景"柳堤环翠"便被载入其中。明朝陕西商州学正石经世有诗："沙堤烟柳势纵横，景印长河彻底清。四境红尘飞不到，分明翠水映金城。"

史称：嘉靖十五年，时任知县杨东山主持修建县城围埝，"周长八里，堤高一丈，阔一丈三尺，堤外木寨三道，品坑七层"。土埝栽了不少柳树。

明万历年间，山西李守真到饶阳任知县，为使县城免遭水患，组织种树3000余株。每到春季，河堤两岸，绿柳翠蔓，莺歌燕舞。明末饶阳文人胡纯曾赋诗《柳堤怀古》："清圆嘉树蔼融融，绿绕金城如画中。蔽日长条留戏马，干霄翠盖引飞鸿。何时饥馑容樵客，谁惜伶仃贷老翁。

158

遗爱讴吟犹未泯，春阴十万总成空。"

2007年，饶阳已故离休老干部徐夫也曾赋诗抒怀："饶城几经风雷烟，兵燹洪兽破翠环。凡事多是人作美，再现柳风桃花天。"可见饶阳古今文人贤士对柳树的欣赏和眷恋，也反映了这块土地与柳树的世代情缘。

本人系60后，土生土长的饶阳人。在我生命的轨迹中，浸泡着滹沱河的水，滚动着滹沱河的沙，也吹拂着依依不舍的绿柳青风。曾记得入学之初，美术启蒙的第一幅习作，就是《一棵树》。为增加对柳树的感性认识，老师领我们到河边游玩，手抚青条，细细讲述，令我印象深刻，在我们稚嫩的心田里，播撒下了绿色的种子。真可谓：涂鸦碧彩描乡土，笃情金岸染童心。

尽管我们笔下的作品歪歪扭扭，丑态百出，但每一片叶子都是那么真实，那么纯粹，天真的色彩里飘逸着村庄的影子。当年，我们的村庄遍地是柳树，它们栽在街道、路旁、房前屋后，有的"遗世独立"，有的排列成行，有的成方连片，枝叶繁茂，煞是喜人。尤其滹沱河边那300多亩柳林，从南到北蓊蓊郁郁，排列整齐。这是村上防洪抗沙的保护工程，是集体收入的主要来源，人们盖房和家具的木料都来自这里。学生的课桌也是用林中的木料作腿，桌面是用那种用锯末、洋灰混合而成的压缩板制作而成，一到阴雨天就泛潮出水，木腿也常常长出很高的芽子，但我们舍不得掰去这嫩绿的生命，待它长成粗壮的枝杈，老师就会强制我们用刀削去，以免影响学习。

柳林是我们的第二课堂。一到课外活动时间，老师就把我们带到这里，做我们喜欢的游戏。那时的游戏，革命色彩非常浓厚，有时是唱革命歌曲，有时也会模仿样板戏，来几段"折子戏"，或学着电影的情节，模仿一段台词。印象最深的是老师让我们每人用柳条做一个帽子，化装成志愿军，或扮成美军，演电影《奇袭》里面的"捉舌头"。这既是一种乐趣，也是爱国主义教育。

那个时代时兴勤工俭学，每周都有劳动课，因而每年柳树绿了的时候，学校就会组织学生"打柳条"。学生自由结组，分赴林场，将柳条带回学校，撸去柳皮，晒干后分成等级，有的成品卖给生产队副业组，有的卖给外村散商。换回的钱除学校留用之外，按劳动成果奖励学生买学习用具。那是一段快乐的时光，我们像笼中的鸟放飞到自由的树林，手舞足蹈，歌声飞扬，有时拧上一只柳笛，约飞来的鸟儿交流感情，与树上的蝉比试旋律。杨柳妩媚，花草含情，整个世界就是我们的。

与柳林的亲密接触，不单单是在里面游玩，年龄稍大时，便会借助林中资源，为家里赚一点收入。比如早起捅蝉皮，雨后采蘑菇，秋末扫树叶，冬天捡干树枝，等等。农家的娃娃从小就养成了勤劳持家的好习惯。

河边有句老话，"绿树成荫的村子就是好村子"，我村是当之无愧的好村子。而这片林子的保护神，是那几十名老革命，他们一边护林，一边管理。晚霞红似火，夕阳照滹沱。

柳树，并不名贵，滹沱河也是一条普普通通的河。但从古人的"柳堤环翠"到300亩林场，人们对柳树的爱恋不渝，历久弥坚，不正体现了滹沱百姓古朴淳厚、始终如一的品质吗？

香花

那年夏天，雨后的滹沱河边，生产队的柳树林里，悄悄长出一种花，花型如菊，香似茉莉，温婉可人。人们美其名曰"香花"。

香花最初的发现者，是小学的老师和学生们。

树林离学校很近，是课外活动的场所。一次老师带学生们到树林，忽而，微风拂面，花香氤氲，惹人陶醉。欣怡之间，老师让学生们散开，寻觅这花之仙子。大家按老师的要求，在堤岸柳荫间慢慢寻找。

随着一声惊呼，有位女生找到了，不是一株，是一片。她兴奋地半扑下身子，面对金灿灿的花瓣，贪婪地抚摸着。大家立刻围拢过来，争相欣赏。

眼前是一条水渠，西连滹沱河，东穿柳树林，直达河堤的扬水站。香花散长在渠两侧的杂草间，有的露出半个笑脸，俏皮地望着我们；有的羞涩地藏在草中，像个睡美人；有的独居树下，伸展孱弱的身姿，从树枝的缝隙窥视阳光。

老师蹲下身子，仔细观察。此花系草本植物，纤细柔软，叶如柳色，花似杏黄，香气撩人，老师难以辨认它是什么花。她轻轻拔了几株带回学校，路上向护林老人和几位乡亲请教，大家都说没见过。老师说，就叫它香花吧！

回学校后，老师找来玻璃瓶，灌上水，把花插在瓶子里，摆在教室的窗台上，顿时花香弥漫整个屋子，给大家带来了趣味和欢笑。其他班级的学生看到了，也争相效仿。一时间，香花走进了教室、宿舍和教务室，整个学校缭绕着迷人的花香。

学生们把香花带回家，交到爷爷奶奶手里；老人们兴趣盎然，用花香熏染着老屋旧炕，香花唤醒了他们对多彩世界的憧憬。有的主动赶到树林，把香花挖回家，种在瓦盆里，栽到门台下，装扮单调的生活。

此花生长的范围很小，只分布在渠畔和附近的树林里。或许因为人们的过度采挖，后来寻找起来非常困难，再后来，它竟然悄悄地消失了。

当年，由于岁数小，对花的理解非常浅，只凭嗅觉沾染一丝香味，任它悄悄地来，又悄悄地走。在幼小的记忆里，那花、那叶、那摇摆的身姿如一缕轻风，淡淡地飘去……

多年后，在一个多情的早晨，那股幽香偶然走进我的诗行，带着意外的惊喜和收获，我将蘸满浓郁情意的文字发到朋友圈，在同学中激起阵阵涟漪。有的深情地描绘着黄色的花瓣，回忆逝去的故事。一位同学说，那花不是黄色，分明是白色的呀！彼此追思当年的情景，阐述各自记忆中的细枝末节……这黄白之辩倒增加了尤物的神秘感。弹指五十年，滹沱悠悠，河边的花草黄了又绿，绿了又黄。然而，无论是黄色，还是白色，那袭人的香气始终缭绕在大家记忆的深处。

村里人从来就不曾放弃对美好事物的追求。不仅是香花，土井旁的水蓬花，屋门外的染指甲花，旧脸盆内的死不了（又名太阳花），破瓦罐的仙人掌，都被乡亲们呵护着；即便在农田锄草，也不忍伤害野生的桃树苗、杏树苗，人们把它们挖出来，攥一个土团带回家，种到自家的院子里……春风一吹，桃花、杏花，次第开放，撩得人心醉；果子熟了，那毛茸茸的土桃、土杏，酸中带甜，是一份难忘的乡愁。

这不单是一种朴实，也标示着农民对美的向往和不舍，是人性的闪光，是生命的真实。

进入 21 世纪，乡亲们在种养花卉上也提高了品位。在新农居的花园和各家各户的厅堂里，内容丰富着呢：君子兰、红杜鹃、蝴蝶兰、仙人草等名贵花卉争奇斗艳，让人眼花缭乱。

偶尔，人们会提起香花。它仅仅开了一年便悄然离去，甚至连名字都没有留下。一位老人笑着说，它被天宫选去了，正在天上看着我们，每年春风吹来，那散发在民间的缕缕馨香，就是它给我们新农居花园的点赞与祝福。

也有人悄悄告诉我，他曾梦到过香花……

茅草

春风吹过河滩，大地苏醒了。

于是，在布满荒草的沙土地上，悄悄钻出一点绿，就那么一丁点儿。风一吹，被沙土掩埋。次日，又钻出土皮。再掩埋，再破土。

它就这样与风沙抗争。

不经意间，茅草长高了。一阵细雨过后，河滩绿了。

茅草很单薄，不像水蓬花粗壮高大、花穗招摇，也不像蒲棒草贪恋那么多水分，更不像线子草把手伸出老长。它就那么两片叶子，窄而有锋，像矛的形状，叶子虽然柔软，边缘却长满了锯齿，用手一碰，稍不留意就会被它划伤。鲁班就是因为被它弄伤了手得到启发，发明了锯。

它不仅仅长在河滩、沟畔、树林、路旁，连庄稼地里都有它的身影。它惯于和庄稼捣乱，同庄稼争水肥，因此，庄稼人不大喜欢它，总是设法将它清除干净。只有在茫茫河滩上，茅草才得以成堆连片地生长。

阳春三月，万物复苏，茅草染绿了整个河滩。我们把羊群赶过滹沱河，演奏少年的牧曲。那时没有去过草原，也没看过电视，对草原的想象就是这块荒土地。这里是牛羊的乐园，也是我们认识大自然的初始。鞭子一甩，羊咩咩地叫，自由地啃食。我们躺在河滩上，看天上的白云，听潺潺的流水，随手揪一叶茅草含在嘴里，品尝这天然的绿色，丰富着人生的滋味。

茅草含苞的日子，它们齐刷刷鼓起肚子。剥开茅草，层层绿皮包裹的是没有分娩出的花，我们叫它"凉粉汤"。放到嘴里反复咀嚼，清香甘甜，就像现在的泡泡糖，有一股韧劲。

夏风吹开茅草的花朵，河滩变成白色世界。此花虽不娇艳，但开得随性，开得自信，开得飘逸，表达着茅草的意志，这是它们生命的旗帜。

是生命就要绽放，不一定像雪莲开在高山之巅，也不一定像荷花婀娜在水中，依自己的性情，开了，就是一种美丽。

记忆中有位姓张的老汉，六月天总在河滩割草，戴一顶蘑菇丁草帽，光着膀子，肩头搭一块粗布毛巾，身子像一座黑铁塔。他自己制造了一把加长镰刀，镰把足有两米，镰刀也大，像一弯月亮，我们叫它"扇镰"。割草时，他稍弯身子，双手抡镰，"嚓、嚓……"，一扫一大片。六月的中午，太阳正毒，选在这个时刻割草，就是为了边割边晒。成片的草割完以后，天上太阳晒，地上沙土烤，草很快就干了，再用木耙搂起来，装上加宽的平板车，送到县城的大车队。靠卖草，他盖起了三间大北屋。

秋后，草遵从大自然的指令，接纳风霜，顺应萧瑟，坦然枯萎了，又将河滩染成黄色。

此时，村里人纷纷拿着铁锹来到河滩挖茅草根。茅草根也叫甜棒根，是一种药材，可治热病烦渴、肺热喘息、水肿、吐血等病症，《本草经集注》等药典均有记载。当时，县药材公司在村卫生室建有收购点，放学后，我们背起背篓，拿着铁锹、铁镐，约上伙伴，一起在沙滩刨根倒草，挖完后将茅草根背回家洗净，去掉杂质，卖到卫生室，换来了不少的笔墨纸张。

我想起陈毅元帅的五言诗："幽兰在山谷，本自无人识。只为馨香重，求者遍山隅。"茅草没有幽兰名贵，作为草芥，只因有了一点益处，就被人们接受。人类之所以成为生物链的顶端，或许和其海纳百川的胸怀有很大的关系。

一株草的生存，在于它接地气，含韧性，懂时节；在于它根植于适合自己的土壤里。

又一年春天。风依然，沙依然，河滩的绿依然……

香椿树 · 咸菜缸

　　小时候，家里有棵老香椿，树身比碗口还粗，像个哨兵挺立在屋门东侧。每年椿树一发芽，人们就仰着头，在树下转来转去，欲取其枝叶，以飨味蕾。奶奶说："再让它长两天。"但说归说，左邻右舍还是耐不住椿香的诱惑，下手钩采。

　　家里有两个柳木杆子，一长一短，头上都绑着铁钩子，专门用来钩香椿用。从椿树发芽到叶子变老，人们掐尖、掠叶、钩枝儿，有时还攀到树上，把树冠弄得乱七八糟。或许椿树天生就是供人吃的，枝丫间很快就会又长出新芽。

　　国人从什么年代开始吃香椿，我不知道，但记得汪曾祺老先生在《人间至味》一书中提及了香椿，对其咂味品性，思之赞之，感慨颇多。

　　汪老是艺术家，又是美食家，对美味的理解，非常人可比。

　　寻常人家吃香椿，无外乎凉拌、生吃①、热水焯、热锅炒。西邻的常功大娘，总是拎着刚出锅的秠面饼来到树下，随手揪一把叶子裹进饼里，咔嚓一口咬下去，笑纹里都是香味。

　　单纯地生吃叶子似乎有些寡淡，人们往往用开水泼一下，放一点盐，让滋味更加浓重；也有人把香椿当作面条的卤，做起来既简单又提味，饭桌上也有了春天的气息。

　　最诱人的吃法是香椿炒鸡蛋。当年都是家养的笨鸡蛋，打在盘子里，蛋黄不散，倍儿黄，和香椿碎掺在一起，轻轻搅匀，用快火一炒，鸡蛋的香和香椿的香融到一块，特别美味。

　　我不知道这棵椿树的年龄，也没问过是何人所栽。它耸立在我家的院子里，那高大的身躯老远就能望得见。冬去春来，岁月如歌，它无私

---

① 编者注：大量生吃香椿有中毒风险。

地装扮着乡邻的日子。

有一年春天，杨柳吐翠，桃花李花都开了，连枣树都发了芽，唯独老香椿没有动静——它不明不白地死去了。

父亲挖开树的周围，挡了一圈土垄，担水浇灌，仍然没能挽回它的生命。

惋惜之余，有人说，是地震的原因，因为有一个老太太发现去年闹地震后椿树的树尖黄了。所以多年来，一提起那棵香椿树的死亡，家里人把它都跟那次地震联系在一起。对此，我依旧心存疑惑。

有一次，和母亲唠家常，母亲无意中说到家里过去的咸菜缸。那是个半截大瓮，因年久老化，瓮口脱落，瓮一边也裂了缝，前年村里拆迁改造，被丢在了河东的老村。

别看这半截瓮，当年一家人吃菜离不开它。秋后，新鲜的蔬菜没有了，母亲把大萝卜、雪里蕻、鬼子姜、白菜疙瘩等洗净后腌在里面，就是过冬的菜。大瓮就放那棵香椿树的旁边。

生产队时期，大萝卜也不是敞开供应，菜瓮常常腌不满。有一年洪水过后，我到河边逮鱼，发现河岸王家地的水洼里淤留了不少大萝卜，又大又新鲜。附近没种萝卜，肯定是从别处冲过来的。回家告诉父亲后，我们推着小平车到王家地去捡，装了满满一篓子（用柳条编的，四方形，放到独轮小平车上面，用来装东西的，现在农村看不到了）。那一年腌满了瓮，还有富余。

过去穷，吃菜不讲究。腌萝卜有的切成条，放一点花椒油；有的切成段，直接拿着吃。吃的是那一股子咸劲儿。

一般情况下，冬春两季一瓮菜就吃得差不多了。吃完后，开始倒掉咸水，把瓮刷出来。瓮是璃瓦缸的，挺沉，有时图省事，把咸水直接撒到当地儿。我想，或许那年咸水渗下去，腌到旁边的香椿树根，树被咸死了，与地震没半毛钱的关系。这是我的推断。

至于大地震与个别树种之间的关联，那是科学家的事。

钩香椿、腌咸菜，图的是个味道，前者取其鲜，后者取其咸。人这一辈子都是为了这张嘴。

大高粱

秋天，走进青纱帐，亮开嗓子吼一段梆子腔，呼唤着满地的庄稼。大高粱顶着秋阳，借着风，哗啦啦随声附和。它将"火炬"高高地举过头顶，点燃庄稼人的希望。老支书曾有句话，"大高粱就是咱大洼的旗杆"，足见它在农民心中的分量。

"盛夏千竿绿，当秋万穗红。"清朝文人张玉纶直书其美，把高粱的风姿勾勒得如此分明，从妙龄到成熟，着色鲜活，令人遐思。

一次到黑龙江旅游，导游小姐指着路旁挺拔的白杨问："你们知道这树的别名吗？"满车的游客都答不上来。她说："美女！"望望白杨那高挑的个头，细长的身材，果然像一位美人。一位老汉不服气，高声地嚷道："这算什么美人，我村的大高粱才是美人呢！"惹得一车人哈哈大笑。笑过之后，我慢慢寻思，论美，这滹沱河的大高粱与东北的小白杨确有一比。二者都有修长的身姿，白杨在于挺拔，亭亭玉立，而大高粱兼有几分柔美。论其柔性，高粱也可与芦荻相媲，如果芦荻是一位皓首老妇，高粱便是一位红发女郎。

然而，它并不柔弱。它粗犷、悍实、坚韧，虽为禾本科一年生草本植物，其根却生得壮，长得牢，扎得实。自古以来，滹沱河流域时涝时旱，大高粱是人们首选的庄稼。洪涝中，只要水不没尖，就能收获。它的抗旱能力也比其他农作物强。因此，灾荒之年，大高粱功不可没。俗语"八月十五云遮月，正月十五雪打灯。雪打灯，好收成，一棵高粱打九升"，代表了庄稼人对它的企望。

"96·8"洪水期间，我负责北堤原张岗乡的防护段，组织干部群众昼夜坚守半个多月，压力很大。待汛情稍缓，我问东张岗村的村支部书记狄国州："如果大堤决口，你敢下水吗？"他说："敢！"当时我们都30多岁，血气方刚。我说："咱现在就下水，试试深浅。"其实，我的提议也有让大家放松一下的意思。我们俩一同扑到河水里，向河中心游去。滹沱河一片汪洋，游到大河深处，扭头一望，北堤的人和树木是那么遥远。再看狄书记一边游，一边用眼睛死盯着我不说话，我心领神会，他毕竟都十几年没在滹沱河里游泳了，也会力有不济。忽然，我看到不远处几个高粱穗在水面摇晃，便冲他喊"奔那块高粱地"。我用三个手指头捏住一棵高粱，漂在水里，休息了几分钟，换用仰泳姿势游回北堤（仰泳相对省力）。事后他总说"那块高粱地救了我们一命"。我深以为然，也感受到了高粱的坚实。面对那么猛的洪水，大高粱的根死死抓住泥土，与之搏斗，宁死不离自己的土地。洪水退去，那一株株残留的秸秆，虽失去美人的光彩，但骨节不改，直至在原地腐烂。

我欣赏高粱这种倔强的性格，也赞赏它的奉献精神。它对生存条件没有过多的要求，成熟后便俯首奉献。它的叶子、秸秆或做燃料，或做牲口饲料，或供人们编做生活用品，比如箔、篓、席等。它的果实用途更加广泛，还是中国白酒的主要原料，茅台、五粮液、泸州老窖等名酒的酿造都离不开它。每次我从饶阳县东张岗酒厂旁边经过，空气中都弥漫着浓郁的酒香，总让人联想到一望无际的大高粱。这迷人的液体由红而白，蒸腾出大地母亲的温度，饱含着农民的血汗。

饶阳人擅长粗粮细作。饭桌上，高粱的味道不但浓厚，而且余韵悠长。不提那可口实惠的红米饭、做工精良的蒸丝糕、滑爽圆润的包皮汤，单那薄如羽翼的秫面饼就足以令人垂涎欲滴，难以忘怀。

烙秫面饼是个技术活。对此，衡水作家丁一冉曾有一段描述："把秫面用开水烫一下，后反复揉和，再做成饼剂子，擀成薄饼。入锅后，慢火烙面，半熟的一面朝上，将另一张生饼扣在上面，生饼被热气一嘘变得柔软，把生饼翻过来，再驮上一张，如此反复，越驮越多，一摞能烙七八张。用不了多长时间，一大摞散发着高粱醇香的秫面饼就烙好了。"这是奶奶的奶奶传下的技术活，是饶阳人的一绝。

秫面饼裹小鱼是饶阳餐饮业的一道风景。滹沱河边柴锅灶台上的玩意儿，现在登上了大雅之堂。到饶阳如果不吃这道菜等于白来，从饶阳走出的老干部、艺术家等，只要重回故土，都会首点这道菜。这道菜论套，点菜时你只需说"上一套秫面饼裹小鱼"，服务员就能明白。不过，它的吃法却有一定的讲究。往餐桌上一坐，看他对秫面饼的用法，就能断定他是不是饶阳人。这一套菜由好几盘组成：秫面饼、煎小鱼（麦穗鱼或小黄花鱼等）、黑酱、菜蔬组合（小葱、生菜、苣苣菜、苜蓿、尖椒等）、芝麻盐。随意放会乱了滋味，正宗的吃法分两套，秫面饼裹小鱼是一套，秫面饼抹黑酱裹蔬菜是一套。芝麻盐（或小麻）是搭配，两套都可以放上它，起个加重味道的作用。外地人来饶阳用餐时，必须有人教他食用方法，不然会糟蹋了这好东西。

这就是大高粱，多年以来，摇曳在滹沱河边，坚定，憨实，丰稔。说它是"大洼里的旗杆"，当之无愧。

榆树杂感

榆树为落叶乔木。椭圆的叶子有一些小花纹，虽不美丽，却朴实内敛，从不招摇。

春风一吹，榆树上结满了榆钱，一枝枝，一串串，厚重大方，让人想到果实累累，想到收获。榆钱呈圆形，有一点硬芯，是榆树的种子。趁鲜嫩，撸一把榆钱，掺在玉米面里，蒸窝窝头、贴饼子。这普通的面食里，便揉进了春天。

榆树皮呈褐色，看起来皱皱巴巴。扒下来，晒干，在石碾子上轧碎，筛成粉状（俗称榆皮面），搅在秫面里，用少量白面包起来，再擀，做出的面条称"包皮汤"，是早年充饥的主粮。

现在"包皮汤"成为稀罕物。饭店里，尤其是城里的饭店，往桌上一端，配上可口的卤汤，挑一箸，入口光滑，让人回味出从前的日子。

榆木家具是很讲究的。干透了的老榆木（多为拆房木），经木工打造雕磨，制成各种家具，大方、厚重、古色古香，既耐用，又可收藏。

我家过去的老炕沿是榆木，为半尺厚的扁方木，长2米许，被漆成了黑色，东西屋各一根，从外表看，应是同一棵大树所成。老屋拆了以后，我让木工改制成床，不但实惠，还藏有一份对老屋的眷恋。

前两年，邻居在河堤发现一个榆树墩子，便刨出来，运回了家。把墩子放到院子里，风吹日晒干透之后，邻居动手，一番锛凿斧锯，清洗着色，废弃的树墩变成了精美的茶台。

榆树墩从野外土中，到雅然的茶室，身价发生了巨大的变化。

昔日，堤埝两侧是一大片榆树林子，蓊蓊郁郁。后来，榆树越来越少，到20世纪80年代，堤上几乎看不到其踪影了，村里也非常少见。印象中，周家老宅有一棵，很粗，且虬枝飞舞，倒有一些艺术感；东街口的大坑边也有一棵，无主，属野生，似有火烧的痕迹；其他地方零零散散也有，但没人拿它们当回事。

近几年，县城街道两侧、公园种了不少金叶榆，黄黄的叶子，很引人注目。此品种我过去没见过，据说，是人工嫁接的新品种。

2019年秋，我到衡水迎宾馆参加党务培训班，发现西门口北侧长着一堆老榆树，同根，土皮以上分出三四棵。旁边木牌上作了介绍："此树为迎宾馆内的原栽树木，经历了迎宾馆的建设和发展，见证了迎宾馆从无到有，走向辉煌的成长历程。"

这么大的连根树，从旧馆移到新馆，并用精致的木牌标明树的来由，这其中自然凝结着管理者的感情。我想，那些宾馆的老员工，面对老树的枝枝权权，回忆当年的创业经历，必是感慨颇多。

一棵树，可以连接过去，也可以让人牵肠挂肚。

藏族作家阿来，曾跋山涉水，到千里之外去"看望一棵榆树"。他在纪实文学《大地的阶梯》中记录了这一行程。文中说，这棵树就长在阿坝州政协宿舍区的院子里，这个地方原来是一座寺庙。很早很早以前，有一位喇嘛去五台山朝圣，回来时就有了这棵树。

对于它的来历，有两种说法。

一种说："那位喇嘛在长途跋涉的路上，折下一段树枝作为拐杖，回来后，插在土里，来年春天便萌发了新枝与嫩芽。"

另一种说法是："那位喇嘛从五台山的佛殿前怀回来一颗种子，冬天回来，他把那粒种子置于枕边，便梦到一株大树，枝叶蓬勃；详梦之后，知道这是象征了无边佛法在嘉绒的繁盛。于是，春天大地解冻的时候，他在门前将这颗种子种下。"

阿来是从阿坝走出来的著名作家，对那里的一草一木感情深厚，对那榆树印象尤为深刻。

我不懂嘉绒的历史，只是喜欢阿来这本书。从书中推测，阿坝这个地方过去没有榆树。无论是拐杖的偶然成活，还是高僧有意种植，这棵来自异乡的榆树从此便有了一丝禅意，也彰显了高僧光大佛门、繁荣家乡的愿景。

在现实生活中，人们往往将自己的意志与自然界的某种事物联系起来，寻求一种寄托和对现实的注解。

榆树，把它拿到日常生活中，可餐可用，或者入口，或者成为家私；种在园林、路旁，就是一道风景；像衡水迎宾馆那样，用其见证一段历史，可以留作纪念，满足一种情怀；而置于寺庙，便又被罩上了佛光，成为一方人士的祈盼。

如此说来，这"榆木疙瘩"的内涵还挺丰富呢！

瑞荣走笔

　　秋末的一天，约几个好友，去河边闲游。从饶阳县城出发，沿饶武路向东，过抗洪纪念碑，行一公里至北留吾村地界，忽然听到一阵锣鼓声。驻足北望，一个硕大的温室大棚及"瑞荣花卉基地"的牌子映入眼帘。

　　"瑞荣"像一个姑娘的名字。瑞，吉祥之意，荣为草木之盛，有生机。这样想着，我们一起向基地走去。

　　刚近花棚，已染春色。门口摆放着两棵很大的盆景，枝叶间长满了红色果子，晶莹剔透，像一粒粒漂亮的珍珠。这种花我还是第一次见，顿时让我感到十分新奇。

　　棚内秋菊正盛，各色菊花一应俱全。游客们有的在金菊旁留影，染一身富贵；有的伫立在白菊旁，恋其洁净；有的指点碧菊，啧啧称奇。饶阳县书法家协会主席王玉恰先生，独步花海，揽怀群芳，饱蘸"菊情"，在花主备好的案前，挥毫难收，唯恐辜负了这一棚"美人"；满库老弟睹菊思菊，联想起家中的菊花，抚摸眼前的花蕊，甚是爱怜。

　　"一夜新霜著瓦轻，芭蕉新折败荷倾。耐寒唯有东篱菊，金粟初开晓更清。"白居易这首诗被藏在菊花丛里。上前一步，却见立柱之上吊一画轴，瓦舍、竹篱、芭蕉、残荷，点墨分明，与棚内春意形成鲜明的对照。再往前几步，拨叶一望，这菊花堆里居然藏了不少骚墨情趣。花中有诗，诗伴蕊香，令人遐思。

　　往左一走，进入左廊，便遇兰花。暂且不提陶渊明"前庭幽兰"的含熏待风，也不提陈老总"山谷幽兰"的馨香之重，眼前的兰花，虽居温室，却也托生在这平原大地上，让人看着就舒坦。那展翅欲飞的蝴蝶兰，大气华贵的君子兰，含蓄不耀的墨兰花，妖娆着各自的柔美身姿，撩拨着人们的眼球。

　　同来的书法家们争相泼墨，兴趣满满。有的置笔片刻，又有新意，反反复复，几次挥毫也不舍"兰"字。观赏的人群亦围而不散，爱兰，喜兰，赞兰，这上好的人缘，令近旁几位时髦女郎平添几分妒意。

3000平方米的智能温室，宽敞明亮，是名副其实的百花园。悬挂的吊兰、绿萝、常青藤、喜荫花、圆叶椒草等郁郁葱葱，装扮着空间；花架上的龟背竹、澳洲杉、小萝纹、绿公主等错落有致，争奇斗艳；一品红、凤尾竹、平安树等大小不一的花卉，分门别类、整齐地排放在甬道两侧，形成了花草的方阵。它们伴随着袅袅的音乐，以不同的姿态迎接着客人。

来这里观花旅游的既有城镇的居民，也有乡村的百姓；既有耄耋老人，也有少年儿童；既有西装革履的帅哥，也有装扮俏丽的靓妹。他们或手持相机，或高举手机，或录或拍，争相留下这美丽的瞬间。

随着时代的发展，人们由温饱向小康迈进，城乡的差距逐步缩小，人们的观念也越来越现代化。近几年，县政府为满足群众需要，投资建成了沱阳公园、饶邑广场等文化公益场地，大大满足了人们的精神文化需求。但随着旅游事业的发展，城乡依然有很大的开发空间。民间投资的大展拳脚，对旅游产业恰好起到一个有效的补充，对新农村建设同样也大有益处。

瑞荣，正应了这个景。

盆景

麦苗

瓷盆里的麦苗，像一盆翡翠，绿意盎然，带着灵气。本来，古色古香的瓷盆里，可以是兰草，也可以是杜鹃，或者是带有仙气儿的其他金枝玉叶。妻子独出心裁，把一捧麦粒洒在盆里，精心培育出这一盆的春天。

有了它，就嗅到了麦香，看到了田野，就有了遐思的空间。碧绿的麦田是农民的期望，从播种到收割，人们日夜奔忙，望眼欲穿。麦子熟了，他们挥动着镰刀，将金灿灿的麦子收入场院；孩子们手提竹篮，行走在阡陌之中，捡拾社员遗失的麦穗。渴了，俯身捧一把滹沱河的水，清澈甘甜，水中的花布衫、飘浮的云朵、天真的思绪随着流动的波纹漂向远方。

把故事讲给儿孙，儿子轻抚着绿色的麦苗，专注的微笑里凝结了对母亲的孺慕之情；孙子本欲破坏的小手停在麦苗的缝隙，童心中多了一份对根的遥望。

人间大道，源于根本，现于寻常。兰草有兰草的淡雅，杜鹃有杜鹃的娇艳，但我们的骨子里最不敢忘怀的是那一缕麦香，因为我们的根已经深深地扎在泥土里。

韭菜根

河边有一块菜地，主人毁菜种葡萄。那天，我正好经过，随手捡了几株韭菜根，又包了一些故园的老土，拿到楼上阳台栽到花盆里。时间不长，就长出了新芽。又过了一些时日，阳光雨露滋润之后，韭菜长了满盆，甚是喜人。然而，韭虽在花盆，毕竟是菜，透亮间散发出韭香，我几次有刈食的冲动，终不忍下手，任其慢慢老去，开花，结子，枯萎。

小时候，不喜欢吃韭菜。一是因为味太冲，二是吃后烧心。有一次吃面条，用韭菜打卤，饭后睡着了，醒来胃口难受，从此，再不吃韭菜。1981年秋，我在沧州市当兵，执行完任务后，饥肠辘辘。放好冲锋枪，快步到餐厅吃饭，发现只有韭菜猪肉包子，先是硬着头皮吃了一个，却很合口味，一连吃了四五个，从此一发而不可收，喜欢上了韭菜的味道。

韭菜的用途相当广泛。除了做饺子、包子的馅之外，还可以调味。比如饶阳的豆腐脑，其碗里若少了这绿色的韭菜沫，不但失去了口味的鲜活，菜色也会黯淡许多。当然，豆腐脑的菜码也有用芫荽的，有人不大喜欢。不过，这两样菜码卖家都会备齐，任人选食。饶阳有个"老太太豆腐脑店"，每次在桌前坐定，店主先问："用韭菜还是芫荽？"人的口味大不相同，作为店家，就要"看人下菜碟"，满足不同人的需要。

再说韭菜花，其用途不言而喻。曾作小诗：百花不争艳，素色顶上开；成泥调入口，滋味从中来。

从风景到口味，我联想的内容宽泛了些。那一盆韭菜不但具有观赏价值，也浓缩了一份乡情。

薯蔓

最早见红薯入盆成为风景，是从崔兄的微信里。

红薯，亦称地瓜、红山药。崔兄将其种在盆里，任其长叶、开花、舒蔓，让其进入自然的生长状态，而后赋诗、拍照、发朋友圈。

我理解，他是在彰显个性、随性和自由。他从繁忙的工作岗位上退下来，少了束缚和压力，倍觉轻松，聊以抒怀。受其感染，朋友们竞相赋诗咏叹。我也曾有感而发，赋一拙作：

> 一瓜得道见新绿，
> 田园移步入盆居。
> 巧蔓凌波姿色好，
> 纤枝飞翠笑容掬。
> 非贪风景骚情重，
> 未恋诗心韵有余。

不被花山遮望眼，

乐在寸土也生机。

红薯入盆，自由生长，虽无意成景，却巧伸叶蔓，绿意盎然，在寸土之地，焕发着生机。有一种自然之美，生态之美。

近日，山东书法家王惠正先生到饶阳。我向他求字，他笑着说："把你自己的作品拿出来，我给你书写一下。"我念出这几句顺口溜，王先生不嫌文丑，书后赠与我。我羞于以拙句赚了人家的墨宝。

我不会写诗，所作惯不合律，正如这红薯，百拙千丑，终不成型，贻笑大方。

我想，人亦如薯。在自己的生存空间里，撒一撒蔓，抖一抖叶，自娱自乐，也是一种活法。

老干葱

过日子离不开葱。别看它不值钱，少了，没滋味。

刚进县城那会儿，我在东关村租房住。东邻的老边是个老光棍，卖羊杂捎带着卖瓜籽，小日子过得挺滋润。他喜欢做羊油炝锅杂面汤。锅里羊油一冒烟，把切好的葱花往锅里一扔，刺啦一声，香味扑鼻，四邻八舍都能闻到，馋得小猫小狗在门外探头。后来，老边娶了个后老伴，爱吃他做的杂面汤，而且对葱花情有独钟。夏天，他们常在院里树荫下吃饭，老边总把碗里的葱花捡给她，她一边吧嗒嘴，一边笑，让我记忆犹新。

我喜欢吃葱，尤喜大葱蘸酱。小时候，柴火锅蒸窝窝头是家常便饭，每次食用，我在窝头眼里灌满黑酱，手里还拿着大葱，边走边吃，碰到心仪的女生也不回避，会和她比比谁家的酱好吃。

每年过冬的大葱，都是亲戚给一点，自己买一点。今年春天，剩了不少葱，我是穷孩子出身，舍不得扔，将其整捆墩在花盆里。"皮干叶烂心不死"，大葱一入土，便水灵灵，绿生生，非常新鲜。没葱吃的季节，倒成了稀罕之物，比那些花草来得实惠。有一次连续吃了两顿大葱猪肉馅的饺子，挺香。

好吃的不一定值钱，值钱的也不一定好吃。多余的东西别扔，放一放，或许有用。

鸡事鹅事

快过年了，我到街上购物，看到市场上那些待宰的鸡鹅，一个个被五花大绑，有的伸着脖子呱呱叫着，有的大眼瞪小眼，一副无可奈何的样子，有的扑棱着翅膀意欲挣脱。想着它们很快就要被押赴刑场，我忽然动了恻隐之心，想起了那些"鸡事""鹅事"。

鸡

伴随着"先有鸡还是先有蛋"的争议，人类和鸡共同生活在这个世界上。

农村的老太太喜欢养鸡。早晨起来第一件事，就是撒鸡窝①。轻轻打开鸡窝的门，挨个摸一遍母鸡的屁股，算是例行检查——看看哪个鸡有蛋，做到心中有数。然后，唰唰地撒上几把粮食粒，便站在院子里出神地观看鸡们争抢啄食。纯白的、黑的、杏黄的、芦花的、棉籽色的以及咕咕头、赤红脸的公鸡母鸡们抖着翅儿，撒着欢儿在院子里热闹起来。

早晨的大公鸡最威风。它是鸡头，刚刚亮开嗓门儿把黎明昭告天下，又率领家人共进早餐。它咕咕地叫着，引导大家寻觅地上的粮食，不时雄性大发，单腿点地，抖着翅膀踩在母鸡的身上，表达着爱情。这妻妾成群的日子不但风光、风流，而且霸道。公鸡之间常常为了女伴争风吃醋，展开决斗，甚至打得头破血流。

争强好胜是公鸡的性格，它们那种强势的脾气似乎与生俱来，对同类如此，对其他动物依然如此。村口一个亲戚家养过几只公鸡，经常追得人满院子跑。公鸡认人，也认死理儿。其中那只白色的公鸡专门针对我，而那只花公鸡专门追赶穿红衣服的人。它们架起翅膀，怒火冲天，有时

---

① 撒鸡窝，把鸡从窝里放出来的意思，冀鲁官话。

179

甚至落到人的肩膀上进行攻击，就连邻居那只强悍的狼狗都不敢和它们打照面。

母鸡是温顺的。它们与人和平相处，只要有口粮，便默然信守与人的约定，安然度日，安心产蛋。母鸡喜欢表功，下完蛋，站在墙头、窗台上，咕咕嘎嘎地叫几声，高调发布自己的成就，欲向主人讨一点犒赏。

个别"吃里扒外"的母鸡，时常趁主人不备，把蛋下到别人家鸡窝里。气盛的老太太发现后，把它捉回来，狠狠攥紧翅膀根子，骂着"没良心"。

此时，犯了错的母鸡扯开嗓子"咕嘎——咕嘎——"地喊叫，声嘶力竭，充斥着满满的反抗情绪。这种鸡，偶尔也给人带来意外和惊喜——先是玩失踪，突然有一天，领回一群小鸡崽。

守规矩的母鸡在正常孵化时，和主人配合是相当默契的。母鸡一般在气候转暖时开始恋窝，主人就开始准备受精蛋和孵化的器皿。有的用柳筐、纸箱，有的用漏筛（竹质，淘粮食的器皿），放上麦秸或棉絮，让母鸡有一个舒适的环境。主人为了保持温度，把孵化的器皿连同母鸡一同放到炕头上，盖上棉被并定时喂食，进行重点保护。母鸡把蛋搂在怀中，加温、倒蛋，释放爱意，20多天之后小鸡便可破壳而出。

母鸡带领孩子们四处觅食，遇到风雨，便将鸡崽们护在翅膀下，百般护佑。主人也会弄一些小米，让崽子们吃点偏饭，盼着它们慢慢长大。

闹鸡瘟时，公社发动社会力量进行防疫。学校领受的任务是负责给鸡注射疫苗。早晨，不等人们撒鸡窝，我们这些小学生三五人一组，包队入户，义务给鸡点药。用玻璃瓶装满药水，将蘸笔绑在小木棍或葶杆（秫秸最上面的一截）上，"不落一户一鸡"，圆满完成了"上级交派的政治任务"。

春天，滹沱河边有一种名叫"黑拨啷"的虫子，专吃柳树的嫩叶。放学后，我们拿着玻璃瓶子，跑到河边、柳树林，把逮到的黑拨啷装到瓶子里，盖好，第二天早晨，我们的战利品便是鸡群的一顿美餐。

鸡吃虫子，黄鼬吃鸡。夜深人静的时候，听到鸡发出的声声哀鸣，那是黄鼬来了，鸡在乞求救护。人们立刻从被窝里爬起来，使劲拍打着窗户棂子，一边呼喊着给鸡壮胆，一边点亮油灯，拿起棍棒，穿衣提鞋，驱赶黄鼬。

黄鼬有"缩身术"，只要鸡窝有很小的一个洞就能钻进去。它行动快，下嘴狠，对准鸡脖子下嘴，一口就能使其毙命。

有时，白天也有黄鼬在村边出没，人们一发现它们的影子，抄家伙就追。黄鼬自有对付人的妙招，它最擅长放屁，通过释放一股冲天的骚味，让人闻而却步。

鸡的回报是无私的，它将肉、蛋乃至粪便都奉献给了人类，只求在苍天赐予它们的岁月中，留下一声声啼鸣，在世间刷一个存在感。

记得有一阵子，曾有"规定"，一户养鸡不得超过5只。有人怀着忐忑的心情把鸡藏在地窖里，塞在床底下。

而今，你看那现代化的养殖流水线，那时兴的生态养殖场，那鸡群五光十色的羽毛，正绽放着它们的异彩。

鹅

在家禽家畜中，鹅是比较让人喜欢的动物。头戴红宝石，身着白羽衣，扁扁的嘴巴极具特色，长长的脖子伸向天空。一双红色的脚掌，遇水，拨摆从容；行走，不紧不慢，很有绅士风度。

我最早遇到鹅君是在儿时。那时，跟爷爷去赶集，路过张村，街上有个土井，井旁有户人家。那日，他家的几只鹅刚从篱笆里放出来，伸长脖子，呱呱叫着奔向井旁的水洼。我们正经过，一只白鹅将嘴巴贴着地面，直向我的脚袭来，吓得我急忙躲闪。一个老头跑过来，抡起手里的烟袋锅子把它赶跑了。

爷爷说："这是鹅，它的蛋比鸡鸭的蛋都大。河边那大雁，是它们的祖宗，它们是由大雁驯化而来的。"爷爷这么一说，我倒来了兴趣，说不清是喜欢鹅，还是喜欢蛋。一边赶路，他一边教我背诵骆宾王那首唐诗："鹅鹅鹅，曲项向天歌。白毛浮绿水，红掌拨清波。"这是我第一次听到这首诗，也是第一次看到鹅。

认识了鹅，就开始留意它。来到集市一看，不但有卖鸡、卖鸭、卖猪、卖羊的，卖鹅的也不少。卖鹅的将鹅装在柳罩子里，上面盖上网片，等人来收；有的把几只鹅的腿绑在一块，扔在路旁，鹅窝在一起，大眼瞪小眼；一个老太太干脆把鹅装在粪筐里，背到集上，就一只，用布条子拴了腿。

临散集，爷爷问："买点什么吃？"

我说："鹅蛋。"

爷爷笑了："你这孩子真是个死心眼儿。好，买鹅蛋。"

于是，爷爷买了两个鹅蛋，装在车兜子里。回家炒了一个，装了满满一盘，看似外焦里嫩，却不如鸡蛋好吃，粗粗拉拉，有点草腥味。

爷爷说："鹅蛋好，有药用价值。"

当时村里养鹅的，大都是住在村边的村民，尤其是毗邻河边、水坑的住户。按他们的话说："养鹅最合算，等于用青草换肥鹅。"

一般五六月份，白洋淀卖雏的师傅们就会过来。他们骑着自行车，三五成群，驮着雏鸭、雏鹅，分赴附近的村子。无需过多的吆喝，他们各自都有落脚点。把"雏篓子"卸下来，在关系户的梢门洞或大树底下一放，热心的主人便开始帮忙张罗。乡亲们有的抓个三五只，有的抓十几只、二十几只，先不给钱，第二年来了再算账。厚道的庄稼人从没赖过账。

村里养鹅一般都是散养。小鹅时精心呵护，稍大便随便一撒，树林、沟渠、小河边，满世界跑。相邻人家的鹅自然成群，一起遛弯，一起吃青，一起下水，傍晚各自回家。主家早晚喂一次，让它们记住吃饭的家什，记住自家的门，引导它们将蛋下到窝里。有的人可是拿着鹅的屁股当银行呢！也有圈在家里养的，鹅兼犬责，起看门的作用。

鹅是杂食动物，青草、菜叶、糠麸、小鱼、小虾等都是它的饲料。养鹅的家庭都有专门喂鹅的食槽子，有木头的、石头的、铁制的、璃瓦缸的、洋灰的等等，旁边备一块案板、一把菜刀和一只水盆。抓一把草放在案板子上，咔嚓咔嚓一剁，扔在食槽里，掺几把糠麸就是鹅的饲料。鹅不挑食，不讲究，填饱肚子就行。

丰子恺在《白鹅》中写道："我们的鹅是吃冷饭的。一日三餐需三样东西下饭：一样是水，一样是泥，一样是草。先吃一口冷饭，次吃一口水，然后到某个地方去吃一口泥和草。"

其实，它们自己外出觅的野食要鲜活得多。比如，水边的鲜草、河里的鱼虾……采食和主人喂食是两码事，前者要靠自己努力，而后者却有着一条感情的纽带。

河堤住着一对老人，无儿无女。房子是当年的扬水站，滹沱河水旺的时候，老汉是值班员，他日夜守护着这里的泵房、水簸箕和水渠。

后来河干涸了，机器水泵被搬走，他没有离开，随后老伴也来了。他们翻土种菜，养鸡养鹅，坚守着清贫和孤寂。他们用柳枝子圈起房北的空地，给鹅一个单独的空间。开始十几只，后来越养越多，白闪闪一大群。堤西是柳树林子，林西是滹沱河，河西是沙滩，这儿是天然的养殖场。

白天，老两口扛着竹竿放鹅，傍晚把鹅赶到圈里，过着简单悠闲的日子。他们把河堤柳林当作归宿，而白鹅就是他们的儿女。

村里有一个放鹅的小伙子，智力低下，说话吐字不清，逢人便笑。他总问别人一句话："你家那鹅多多？"意思是：你们家有多少鹅？

人们胡乱答道："100只！"

他的"鹅队伍"永远只有三五只，多了放不过来。

他每天拿着一根木棍将鹅赶到树林后，就坐在堤坡上编绳花。三股绳子编成长长的大辫子，编了拆，拆了还编，绳子被他捋得发亮，编绳的速度无人可比。

有人问他编绳作什么。

他说："拴鹅。"

"拴鹅作什么？"

"吃蛋"。

他生命的主题：鹅鹅鹅，蛋蛋蛋。

现在，这小伙子享受国家的扶贫政策，住进了县里的福利院，结束了放鹅的日子。

我也放过鹅，是在20世纪80年代，当时住在东关村的穆家庄车道（东关村是由东关和穆家庄并合而成）。车道东侧是一片闲散地，杂草丛生，少人耕种，我便买了两只鹅，下班后带着儿子把鹅赶到那里。两只大鹅仰着头，摆动着肥胖的身体呱呱叫着，让我想起那个土井，想起了一首诗，想起那只袭击我的大白鹅……

大雁情

四十年前的一天，长空雁叫，霜晨月下，我随母亲到滹沱河边去拾大雁粪。

秋后的北风萧瑟逼人，麦苗蜷缩在白色的霜花下，时令刚刚把它们带入梦境，却遭到群雁的袭扰。雁群所过之处，留下成片的粪便，经寒风凝固，宛如颗颗珍珠玛瑙，散落在田垄。这是喂猪的上好饲料。人们天不亮就跑到河边，争相捡拾。我因贪玩和好奇，在田埂之间穿梭跳跃。

忽然，一声雁叫吸引了我。

循声望去，晃动的蒲草间有一只大雁。我蹲下身子，一边向母亲招手，一边窥探。

它浮在水面上，不停地围着那片蒲草打转。隔一会儿，就从那褐色的羽毛里伸出长长的脖子，瞭望天空。它在焦急、悲鸣，又显出几分无奈。

母亲说："大雁离群不走，肯定有什么心事。"

我们悄悄走近水边，果然，在那片蒲草的边缘发现了另一只大雁。那只雁一双张开的翅膀插在泥水里，身上沾满了血迹，眼睁睁地望着天空，它已经死亡。

那个年代，村里常常有人划着船，船上支着长长的雁枪，在河中狩猎。夜里，河边有时会传来阵阵枪声。大雁肯定是被猎手射死的，它的翅膀扎在泥里，分明是曾想用力腾飞，两眼圆睁，死不瞑目，脖子伸出老长望着远方。

"真是一对忠贞的夫妻！"母亲说。

我们生活在滹沱河边，见到死去的大雁和水鸟不是什么稀罕事。母亲告诉我，大雁是有感情的，死了同伴，它们一般不会立刻飞走，要留恋一阵子。

果然，一连几天，都看到它在附近鸣叫、逗留。我将高粱粒和掰碎的玉米饼子抛洒给它，它颗粒不进，流连在爱人周边的水域，时而凝视长空，时而默然静思，时而发出声声哀鸣。

这是我第一次近距离接触大雁。

数日之后，我又来到河边，那只大雁不见了。我仰望蓝天，想象着它飞离时的无奈和悲伤……

它的爱人静静地安息在那里。风轻轻地梳理着褐色的羽毛；芦花漫卷为其招魂；两侧蒲草耷拉着脑袋默然肃立；云雀不停地在空中盘旋鸣叫，好像有话要说。或许是被爱情感动，或许是叹息生命的脆弱，也或许是慨叹自然界的随性和无常。

我家有一个大雁绒褥子，那是村东头保林爷送给我爷爷的。他是有名的船把式，也是打大雁、玩火药的高手。褥子绵软舒服，冬天，睡在上面暖意融融，有时半夜醒来，能热到上火流鼻血。自从见到那只死去的大雁，我就再没用过那个大雁绒的褥子。原因是睡在上面，做过一次梦，梦到大雁浑身是血，两眼直直地望着我，怨声不断，似求救，又似诉说，令人可怖。

这片水域的上游是我村的渡口，行云流水，蒲草芦花，鱼翔浅底，很美。我们时常来这里，听划船的老头唱给大雁的情歌："哎嗨嗨，南来的大雁，你听我说，你可认识我？可曾有人捎来信呀我的大雁哥……"歌声凄婉悲凉，表达着无尽的思念。

老头早年在南方做生意，带回一个江南媳妇，媳妇待了两年就回了南方。临走说："当你听到大雁的叫声我就回来。"然而，他一等就是半辈子。

人们说，别等了，回不来了。他说："她会回来的，肯定是在什么地方伤了翅，等伤好了就会回。"他站立船头，怀抱船篙，注视着空中的大雁，用歌声传递心底的情思。大雁是一种期待，也是一种情怀。我们躺在船板上，跟随漂泊摇曳的小舟，极目苍穹，遥思鸿雁飞过的风光，在划船人的歌声中体会着苍凉。

还有一个老汉是个荣军，抗日战场上被一个日军少佐砍下半只胳膊，回村后独身度日。那一年，人们在河边捡到一个逃荒的女人，外地口音，身姿灵巧，爱说爱笑，愿意留在村里。经村里人说和，嫁给了老荣军。

两人共同生活了20多年，女人虽没给老荣军留下儿女，对他却百般照顾，也与乡亲们打成一片。

后来，老荣军死了，她悄悄地离开了村庄。

据说，她去年曾回来过，在村里一户人家吃了饭，到坟上烧了纸，待了两天又走了。看到她的人说，她走路有些伛偻。不过算起来，她也80多岁了。这是一个善良而单纯的女人，有情有义。

她飞来了，又飞走了。她神秘地来到滹沱河边，似乎在完成一个苍天赋予的使命，我不知道她更多的情况。

当年，我们住得很近，她离开村子时，是80年代初期，我正当兵。后来听邻居说她回了村子，我便出门去找，想见一见她，问一些事情，从村的北头找到街里，没见到她的踪影。

有人说，早已经走了。

滹沱河时断时流。有水时，轻舟荡漾，有鱼有虾。大雁春来秋去，时常栖息河边，留下许多故事和传说，也留下许多牵挂。

河水断流了，只有望不尽的沙滩。每次路经这里，便会想起老汉的歌声，想起那片蒲草，想起空寂的天空中远行的诗行。那伊啊伊啊的雁鸣，那热情十足的领队，那"人"字和"一"字的交替变换。

它们飞越田野，领略稻谷散发的乡味；横跨森林，揽怀松涛挽留的盛景；吻别草原，谛听牛羊温柔的乐章。它们用雄姿和歌喉解读天下的故事。

一叶扁舟从小河的蒲草间驶出，演奏着生命的音符，镌刻着爱情的密码，装满心事，欸乃前行，驶向远方……

归燕

燕对人有一种依恋，人对燕有一种情怀，人燕相邻是天然的默契。

我喜欢这精灵不在于它的乖巧灵秀，也不在于它的灵动歌声，只在意那份对家的专注、眷恋和不舍的深情。

记忆深处，当杏花吐蕊、杨柳报春的时候，奶奶总把屋门上头的窗纸捅开，留出进门的通道，高兴地说："咱家的燕子快回来啦！"

不久，或在午后的不经意间，或在黎明的梦境里，便会传来燕子的歌声。此刻，我常常跑到屋外，在空中寻觅，寻找那久违的身影。它们有时立在房檐，眺望家门；有时爬上窗棂，呼唤乡邻；有时悄然立于电线上，顽皮地和我们打着招呼："嘿！我回来啦！我换了一身新衣裳！"我开心地望着那黑色的礼服、颈下的白领、尾端的剪刀和那个涂有黄色胭脂的喙，冲它们招招手。它们叽叽喳喳地讲述一路的风景，透露出回家的喜悦。

滹沱河岸边的村庄里，虽然大部分人世代农耕，却也不乏在外闯荡的人。他们正像这些燕子，无论飞到天南海北，总割舍不断那份家的情怀。

我母亲的爷爷是个能工巧匠。据说，年轻时在南方曾参与某个皇陵的修建工程。他有文化，识图纸，精于设计，被招工之后去了南方，多年却杳无音信。若干年后，有人捎回一个包裹，除几件衣物外，是一摞无法投递的书信，字里行间浸透了思乡的泪水。原来，工程方为了利用他的技术，扣押他多年，直至他客死他乡。

一个亡故之人的包裹，老乡几经辗转，为其寻找家人，不丢弃，不放弃，最终让它回归故里。此中所蕴含的乡情和那份对家的情愫，至今想来，仍让我们对老乡感激涕零！

在更久远的年代，交通不便，通信也不发达，"捎口信"是唯一的联络方式。那些受托捎口信的人，携带的是游子漂泊流浪中思归的心，因而，他们信守承诺，步行几十里甚至上百里的乡间土路，去替别人寻找一份心灵的归宿。有时就是报一声平安，传递一个信息："还活着。"然而，就这简单的三个字，足以让家人欢呼雀跃，让父母老泪纵横。

潺沱河有个传统，无论是出外经商或是做官，家里一定要留一处老宅子，或托人管护，或用砖把门封好，以备将来叶落归根。在封堵门户时，都会在门的上方留一个小洞，那是燕子回家的路。有的燕子归守故道，有的却离开房梁，在屋外的檐下重新筑巢。但无论把巢建在哪个位置，都不会离开老宅子。

我们时常慨叹世间的人走茶凉，抱怨生活中被遗忘冷落的细节。如果我们静下心来，在这老宅旧巢的寂寞里，听一曲归燕坚守的鸣唱，闻一把土墙老碱的淡定，便会在顿悟之中渐入一方禅境。

回家是一首歌，也是一部书，演绎着岁月的沧桑巨变，也囊括着人间的悲欢离合。

春节，人们从四面八方赶回村庄，只为吃一顿年夜的饺子。那归乡的心像离弦的箭，那匆匆的脚步如归燕扇动的羽翼。车站、码头、机场……风尘仆仆，携妻带子，大包小包，迫切的眼神里溢满了幸福。

清明，人们点燃思念的纸币，只求一点心底的慰藉。潺沱河的水断断续续，但河边祭祀的烟火却不曾断过。子孙满堂者当然香火旺盛，我每次上坟也不忘给那位光棍老汉一把纸钱，儿时的故事里，总有他的影子，给他一点钱吧，尽一份乡邻之情。

公墓里，时常出现陌生人的碑位，那是远在他乡的亡灵，圆了临终的遗嘱，魂归故里，安于热土。

20世纪90年代，我曾参加过一个朋友爷爷的葬礼，老人的骨灰是从台湾运回的。朋友给我们讲述了他爷爷的经历。

1949年，他爷爷登上了开往台湾的航船，在那里孤身生活了几十年，苍凉地死在岛上。爷爷生前在台湾认下一个干儿子，也是大陆人，他将自己的后事托付给干儿："如有机会，一定把我的骨灰运回大陆！"干儿履行诺言，千方百计打听寻找才联系上老人的家人，述说老人几十年希望回归的心愿。朋友去台湾把未曾见过面、流浪多年的爷爷接回了家。

"96·8"洪水期间，我曾接到一个电话，是一个在外地工作的八十多岁的老人打来的。他说，每天守着电视机，眼望受灾的村庄、被洪水围困的乡亲和坍塌冲走的房屋，心像刀剜一样，但他年纪大了，不能回村，一定要向乡亲们转达问候。言语之间，声音哽咽，令人感动。后来得之，他虽远在外地，却积极组织捐款捐物，默默地为家乡贡献着自己的余热。

写到这里，想起了蓝天野的一首诗："离家七十载，今日得还乡。天涯多芳草，最美是饶阳。"

这首诗是 1998 年 10 月，蓝天野回饶阳时赠予原饶阳县政协副主席何同桂先生的。

何同桂在一篇回忆文章中如是说："午餐安排在县宾馆。为体现故里特色，我嘱咐准备了熏肠、烙饼、炸小鱼、杂面汤，还上了衡水老白干和本县的胡萝卜汁……蓝老的诗是写给我的，也是写给饶阳的。这是一个远方游子对故乡的赞美，也是一个德艺双馨的文艺大家对桑梓的祝福。"

蓝老是滹沱河的燕子，从艺多年，漂泊天涯。回望故乡，他发现这滹沱河畔的稗子草和燕子窝鲜活依旧，秫面饼裹小鱼仍在散发着清香，于是，一挥手杖，感慨万千：离家七十多年，还是滹沱河的鱼香……

牧羊曲

初看电影《少林寺》是在部队。

那年我十八岁，正是心潮澎湃、激情奔放的年龄。在羡慕李连杰高强武艺的同时，郑绪岚的《牧羊曲》像田野的风，吹拂着我的心。野果、山花、潺潺的溪水以及牧羊姑娘扬鞭放歌的镜头撩拨着我，催发我对家乡的思念，使我联想起了滹沱河畔的青草、树林、沙滩及放牧河边的少年时光，想起了一起牧羊的伙伴。我的心底开始燃烧，竟然夜不成眠，于是，在日记中草就了首《牧羊曲》，表露出对家乡牧羊生活的眷恋：

> 丝丝岸上柳，汩汩河水流。
>
> 茫茫芳草碧，娇娇牧羊妞。
>
> 牧羊青沙滩，身着紫红衫。
>
> 胸前飘雪带，甩手秀长鞭。
>
> 长鞭连天响，白云卷波浪。
>
> 群羊随令走，咩咩列队长。
>
> 列队向清溪，饮顿河边戏。
>
> 紫衫出素手，撩波与之趣。
>
> 趣映夕阳红，挥师转向东。
>
> 小调归唱晚，一曲牧羊情。

"一曲牧羊情"把我带回家乡的田野，带回我的羊群、我的河！

这是一道美丽的风景，一种天然的纯真，一份难忘的乡愁。

当年，家庭不能搞副业，人们除了生产队分红，养猪、养羊是主要经济来源。我们除了上学，就是放羊。为方便起见，常常将几家的羊合在一起搭伙放养，邻居的孩子们，无论男生女生，都参与合作。早晨的太阳还没露脸，就打开羊圈的栅栏，人合一路，羊归一群。如果哪家有事了，只管把羊放出来，邻居可以帮你带到河滩。

邻里相帮是一种生存状态。在乡下的每一个生存规则里，往往活跃着人情的因子，闪现着浓浓的乡情。

河滩是我村的天然牧场，滩的表层是白沙土，底层是板实的红泥土。这样的土地，即便在天旱的年景，底部也非常保墒。因此，树木茂盛，野草丛生。

低洼处的稗子草、芦草等满带着水汽，叶子黝黑发亮。我们常用稗子草治疗破伤。有时不慎弄破手指，揪一片稗子草叶，放到嘴里嚼烂，按在伤口，消疼止血。

线子草满地爬，蔓伸得老长，无论身体爬到哪里，见土生根。需要时，牵一头而动全身，极具奉献精神。羊也喜欢吃。有的草，羊吃多了会拉肚子，线子草不会。

茅草最多，一层层、一片片。两片细条的叶子，看起来单薄，根系却发达，能扎一米多深，它的生命力最强。

还有那些美丽的野茶棵子、谷莠子、车前子、笛子草、燕子尾、蒲公英、花手绢、圆葫芦苗等等，它们有的趴在地上，像一幅画；有的挺直了身子探头探脑；有的把花扬在空中，在微风中轻歌曼舞。

有些草羊不喜欢吃，比如蒿子草和星星草。蒿子草，我们叫它臭蒿子，因它味太浓，将其晒干，夏天点燃后可以用来熏蚊子。星星草有一种腥味。羊的嗅觉非常灵敏，对熟悉的草直接下嘴；不熟悉的，先轻轻地闻一闻，稍不合口味，便迅速把头扭向一边，翘起嘴，弄几声响鼻，迅速离开。

我们用星星草搞过一次恶作剧：把星星草的花穗拔出来，哄骗女孩说，将花茎含在嘴上，白天可以望到天上的星星，但先要闭上眼睛。女孩信以为真，闭眼等待漫天的星辰。趁机，我们把花茎猛然一拽，弄得人家满嘴草籽。多年以后同学聚会，那名女生把这件事儿直接捅到酒会上，余忿未平，参与的男生纷纷认罚，才算结了案。

绿草之间有大小不等的水洼，还有旁边流淌的小河，足以给牲畜提供干净的饮水。所以，这里简直是牛羊骡马的天堂。

滩上的世界是美好的。阳光是那么灿烂，野花是那么纯粹，露珠是那么晶莹。带着羊群，我们无忧无虑。每一次挥鞭都是一次旅行。羊入滩之后也如同人走进美食店，在眼花缭乱中忙碌地享用着各自的美食。

羊是很温顺的一种动物，只要有草吃，有水喝，就会乖乖地在规定的空间活动。况且，辽阔的沙滩，足以容纳它们自由的脚步。

此时，是我们相对悠闲的时刻。男孩开始搜索鹌鹑蛋，刨甜棒根，翻跟斗，滚沙堆，做芦笛。女孩则到处采摘喜欢的野花。有时我们也会坐在一起，迷恋于连环画里的精彩故事。

河滩里虫子非常多，还有不少小野兽，天空飞的，地上跑的，沙土里钻的，各色各样。我们常常看到老鹰抓兔子，很是惊险。有时也喜欢趴在地上，观察一种叫"老倒"的小昆虫，它善于在沙土里挖陷阱，路过的小蚂蚁一旦掉下去，就被它吞食。我们趴在沙土地上大声地喊："老倒，老倒，一斗麸子二斗料。"它听到以后，也许是胆小，便慢慢地往回倒。至于所喊的那些话是啥意思，是经多年口口相传的，我也不知道。后来听说，它的学名叫蚁狮，是很昂贵的药材。如此说来，这少年的沙滩还蕴藏了不少宝贝呢！

天热的时候，我们常常避开女孩，跑到蒲棒草深处，洗一个痛快的凉水澡。偶尔顺手摸几条鱼，挖一个小王八，用草串起来，穿衣跑回沙滩。

此刻，没有商海搏击的风浪，没有职场尔虞我诈的虚伪，没有生活压力的沉重，也没有天各一方的思念，单纯而快乐。

现在，我们这些放羊娃、牧羊姑娘们，有的在部队当了首长，有的在企业做了老总，有的进了政府部门，有的在农村经营蔬菜温室，日子过得红红火火。每年我们都要在一起聚一聚，每一次举杯，都忘不了那首青涩的《牧羊曲》。

追忆大黄

大黄是 20 世纪 70 年代时我的一条爱犬，它仁义、机灵、忠诚。因一身黄毛，得名"大黄"。

与大黄结缘是在饶阳县的大尹村集。爷爷用自行车带着我去赶集，由于街上人多，爷爷便把自行车停放在一个白铁铺旁，让我看车，他去办事。事前他花几毛钱给我买了一包杂碎肉，叫我边吃边等。

忽然，一条小黄狗跑到我面前。或许是嗅到了这熏肉香，可爱的小眼睛贪婪地望着我手中的纸包，还不时抬起头望望我，样子十分可爱。我便从包里捡出一小块肉扔给它，它高兴地跳起来，不停地摇着尾巴传递谢意。看它兴高采烈的样子，我来了兴趣，便挑了稍大一点的肉给它，小家伙前爪离地，直起身子拼命作揖。我感动了，又在包里选出最大的一块肉送给它，它似乎体会到了我不断递增的爱意，不停地冲我叫唤着。很快，我俩便成了朋友，我吃一口，便给它一口，眨眼的工夫就把那包杂碎肉吃完了。我把手中的包装纸揉成团用力投向远方，它迅速地追过去，用前爪捣开，反复嗅着，确信没有肉了，才跑回来依偎在我怀里。我轻轻抚摸着那金黄的绒毛，越发喜欢上它了。

后来知道它是白铁铺掌柜家的，白铁铺的掌柜和爷爷是老熟人，看我喜欢就答应送给我，他说："小狗才出生几个月。"我高兴地把它抱回家，奶奶看它一身金黄，给它起名"大黄"。

我在院里桃树下，用旧砖给它搭建了个栖身之所——一个一米见方、用木板盖顶的犬舍。为了防风，板上面压了一层大青砖。窝内铺好麦秸、旧棉絮，算是它的热炕头，又找来一个不大的红瓦盆算是它的饭碗。从此，它便落户我家，成了我忠实的伙伴。枝叶茂盛的桃树与它日夜相守，寒冬为它遮挡风雪，暑夏为它撑起一片绿荫。

有了大黄，我的生活乐趣增加了不少。放学回家，不等放下书包就首先呼喊大黄的名字。有时直奔狗窝，它总是高兴地撒着欢跑到我跟前，摇着尾巴，亲昵地舔我的脚面。有时立起身子，将前爪扑在我的腿上，仰着头看我，而后，尾随我进屋。我把玉米窝头掰成小块，扔到远处让它追食，或者举在手上引诱它跳起来，在空中逮食。

大黄一天天长大。它的皮毛金黄光滑，膘肥体壮。它喜欢蹲在门口，仰起头，竖着耳朵，像个卫士。

我家住在临街，门前过往的人多，路过的乡亲都夸这条狗长得美。好多人知道它的名字，只要有人喊"大黄"，它就会礼貌地站起身，十分友好地摇一摇尾巴，露出得意的笑脸。也曾有人对我说："这狗真肥，保准出一大锅肉。"我紧紧地搂着大黄的脖子说："我可舍不得。"此时，大黄两只眼睛死死地盯住喊话的人，"汪汪"地叫了两声。

那时，我和小伙伴们常到滹沱河洗澡，大黄总是跟着我们跑到河沿。我们在河里打水仗，它在岸上"摇旗呐喊"，跃跃欲试；玩累了，就趴在我们的衣服旁边，嘴贴着地，远远地望着我们；有时跟我们跑到船上，从船的一头跑到另一头，机警地望着水面。我喜欢听它的爪子拍打船板的声音——"哒哒哒，哒哒哒……"，像奔跑的马蹄声。

河滩偶尔窜出一只野兔，人们呼喊"大黄，大黄，上，上呀！"鼓动它追赶，它应和着喊声，窜到河滩，追赶一阵子……兔子跑远了，它便立在沙土岗子上，望着远去的野兔，不急也不躁，似在配合人们玩一场游戏，或只在表演。也许，在强势的人类面前，它更同情那只弱小的兔子。有人说它缺乏野性，我不以为然，在它表现出的个性里，我感受到了大黄的善良和温顺。其实，当夜幕降临，它尤为机警。凡有风吹草动，或抬头竖耳，或起身瞭望，或高声狂吠，留下了许多佳话。

所谓"好狗护三邻"，它不但忠于主人，左邻右舍都纳入了它的警戒范围。夜晚，它的吠声前后街都能听到，一阵吠声过后，村庄愈显宁静，愈显平安。

它光明磊落，从不偷食。夏天我家经常在院子里吃饭，饭桌是那种低矮的老式方桌，大黄蹲在桌子旁边，不声不响，等主人吃完再领取属于自己的那份狗粮。

它守分有责，忠实倍加。一次，母亲在离村一里多远的机井旁洗衣服，忘了收回一件旧衣裳，下午发现后回去取，发现大黄吐着舌头在衣服一侧足足看守了一个中午。还有一次，爷爷因上了年纪，自行车后面的挂筐丢在路上，回头去寻，大黄忠实地在筐旁守候，令人感动。

大黄的厄运来自一个突然的事件。夏日的一个午后，两个和我家关系不错的街坊找到家门，告大黄的状，说大黄吃了他家的鸡。爷爷奶奶根据大黄平时的表现，为它辩解，但人家手中有鸡毛，铁证如山。对方提出"吃了它的狗肉吧"，二老开始坚决不同意，但在"铁证"面前，又无言以对……大黄被押赴刑场之前，奶奶端来一碗面条，最后喂了它。那两个人找来绳索，把狗捆起来，吊在树上……

有人回忆，当时犬声凄惨，哀嚎无助。还有人看到它临死前眼角流着泪，流露出万分无奈。爷爷和奶奶堵住耳朵从胡同口跑到村外……

傍晚我放学回家，痛哭流涕。我再也看不到我的爱犬大黄了。我想，如果当时我在家，如果二老再坚持一下，大黄也不会落得如此下场。

我含泪把大黄吃饭用的盆子连同现场的血迹一起，埋在那棵桃树下面。当天夜里，风雨连绵。风吹桃枝，阵阵哀歌；雨打桃叶，落泪涔涔；桃君无语，满树悲伤。

几天之后，邻居又死了一只鸡，人们发现是另一只狗所为，于是几多怨怼，满街尴尬。奶奶说："算了，得理让人吧，不要再纠结此事了！"之后邻里相处，和谐依然。

后来，我怀疑几个邻居就是看大黄长得肥壮，商量着哄骗老人，想吃大黄的肉而已。

大黄平冤昭雪了，此事也被人们很快淡忘，但刻在我脑海里的阴影，却从没有消失过。在埋怨的同时，我在想，生命珍贵，有时却又被视为草芥；真理伟大，有时却又如此脆弱。人和其他动物之间究竟有多大的差距？人和人的感情为什么总超然于人和其他生灵的感情之上？

此次冤案之后，我再也没有养过犬。不是不喜欢，是因为有一种情绪总袭扰着我，唯恐触碰这根神经，再次激起感情的旋涡。

多年后，每提起这件事，母亲总是含着泪说："大黄冤啊……"

——我愧对大黄！

——我们愧对大黄！！！

骡马记

20 世纪 70 年代，有一出名剧《青松岭》，以农业和农村生活为题材，反映了当时的社会矛盾。其中，有一个公社社员和"富农分子"钱广争夺鞭杆子的情节，可见当年马车之重要。作为农村主要生产力的骡马牲畜，是那个年代农村关注的焦点。

我村六个生产队，每个队有自己的牲口棚。棚内骡马嘶鸣，牲畜成群。棚就是简易的马厩，墙体由砖或坯或砖坯混合建成，房顶采用柳木作檩条，柳杆作椽子，大部是筒子屋。棚内的牲口槽有木结构和砖结构两种，多数一槽相通，但亦有独槽，是为那些不合群、经常闹槽的牲口预备的。牲口棚都设有草料间、精料库、农具库、水井、饮水槽等，为骡马牲畜提供了可靠的后勤保障。

骡马是当时农村生产力的一个标志，哪个队骡强马壮，哪个队的日子就红火，就风光，因为强壮的骡马能让庄稼收得快，农活完得早。印象中二队的骡马最多。社员们根据牲畜的特点，形象地冠以绰号。如那匹两眼中间顶着白毛的马叫白顶信儿，一身枣色的叫枣红马，黝黑发亮的骡子叫大黑，名字生动有趣，也体现出人们对这些生灵的一片爱意。

牲口和人一样，重感情，恋家园。冬季的一天，一匹马突然失踪。大家分析，也许是被盗，也许是闹槽跑丢。饲养员急得团团转，队上派人四处寻找，没有音讯。

几个月后的一个黎明，饲养员听到窗外有捣地的声音，开门一看，这匹马喘着粗气，大汗淋漓，两眼似乎闪着泪花，正在窗台前委屈地呼唤着主人，显然是从很远的地方逃回来的。失马归厩，其情切切，饲养员激动得热泪盈眶。

"牲口把式"是一个耀眼的岗位。胜任者都是些头脑机灵、喜欢玩鞭子的"牲口虫"，见到骡马就来精气神儿。他们把车马绳套打扮得漂漂亮亮，牲口的脑门戴上红绸，牲口脖子和马车都拴上铃铛，鞭子系上红缨。清晨起来，鞭子一甩啪啪直响，铃声清脆，回音缭绕，全村都能听得到。如果赶上集体活动，或者接闺女、迎媳妇和出村开会、拉货，就更来了精神头，把式们比着、赛着抢鞭子，玩儿花样。牲口的情趣跟着主人的情趣走，个个昂着头，抖着身子，偶尔来一声长鸣，便给主人挣足了脸面，真个是人喊马嘶，配合默契。

牲口们不但会谝①身体，亮喉咙，而且脚踏实地，吃苦耐劳，为人们贡献着自己的力量。

我村的耕地属于"四洼有田"，即东西南北各有田亩。西洼靠近滹沱河，沙土多，东洼地势低红土多，村南村北土质比较中和。当年分地时为统筹规划、平衡分配，六个生产队四方都有地。如此一来地块分散，车拉人拽，干起活来很不方便。比如架子地在河西，和尚塔在河东，六号地在河边，马道、沿湾在村东，还有王家地、周家坟、小常地儿等，各队的农田交叉分布，实际影响了生产效率，当然也苦了这些牲畜。路途遥远，道路狭窄，尤其在拉运小麦和那些高秆作物时，马车装得像一座山，摇摇晃晃，十分危险。一次麦收，拉麦子的马车行至村边，连人带车滚到深坑里，差点闹出人命。

牲口有时受到惊吓，还会惊车。此时，任凭车把式怎样阻止，怎样摆布，都无济于事，要等牲口稳定下来，才算罢休。这种情形常常是有规律可循的，某一个牲口往往行至某一地点便有恐惧感，开始狂躁，放开蹄子飞跑。有经验的把式会事前注意避开此类道路，并认真观察，掌握其心理，慢慢调教。这就需要细心和耐心。

马车乘船过河更是令人惊叹的事。儿时，我们常常蹲在河边或躲在船的角落里，饶有兴致地欣赏着这一幕。偌大的平渡船慢慢靠近码头，在船和岸边的缝隙上搭牢厚厚的木料，高头大马与人配合默契，它们比平时更能听懂主人的吆喝。马儿有条不紊，既知道掌握平衡，又能用力将车拉上大船。那份虔诚、勇敢和精准常常超乎人的想象。

骏马能历险，犁田不如牛。在牲畜大家庭里，根据其体能特点，各

---

① 谝，北方方言，夸耀的意思。

有分工。耕牛的主要职责是耕田，虽不比骡马出头露面，但它们俯首听命，默默耕耘，功不可没。"俯首甘为孺子牛"，这种老黄牛精神，连人类都在学习。

关于毛驴，世人多怀贬义，比如有犟驴、土驴之说。驴子有个性，自是天性使然，也有与世无争，甘于寂寞的特点，它总是耐心地做好分内工作。

骡马之辈，虽为畜牲，却忠于职守，献力人间。亘古以来，面朝黄土背朝天的庄稼人，有了它们的协助，便提高了生存的能力，尤该心存感激。而今的国度，先是拖拉机、收割机等农用机械出现在田间地头，解放了骡马家族；随着电子工业和信息化进程的加快，高新产业全面引领科技农业的发展，让农村改天换地。

此刻，我们侧耳倾听骡马的嘶鸣，听到的不再是身负重力时的呻吟，而是自在放声，是对当今时代的感动，是对人类的喝彩！

有鸟的早晨

　　一阵鸟鸣把我从梦里叫醒，摸过手机一看，凌晨三点半。心想，好勤快的鸟。闭上眼睛想继续睡，一缕情思却飞出了窗外。

　　杜鹃的歌声清晰悠扬，凄婉哀鸣中有几分执着。"子规夜半犹啼血，不信东风唤不回。"它或许一夜未眠，用情之深令人慨叹。

　　杜鹃是益鸟，且其意象饱含感情。自古以来，有很多文人墨客吟咏它的诗词歌赋，李商隐的"庄生晓梦迷蝴蝶，望帝春心托杜鹃"是迷恋，是托付；南宋诗人翁卷的"绿遍山原白满川，子规声里雨如烟"是欢快，是忙碌……可见，古人借它的歌声寄托了诸多复杂的情感。借着黎明前的月光，我闭目遐思，穿越历史的云烟，聆听鸟与诗人的对话。

　　一首清脆悦耳的曲子飘过来，我猜想是金丝雀。我开始想象它美丽的羽翼和动人的身姿，想象金丝雀在枝叶间轻盈跳跃的样子。

　　它们呼朋引伴，寻找爱情，不单靠美丽的羽毛，也靠歌声，所以尽量使嗓音表现得更有磁性。或引吭高歌，或低吟浅唱，或甜言蜜语，或诙谐逗趣……忽然，鸟雀无声，一片静寂，恰似乐曲演奏时的休止，给人留下无限的想象。

　　野鹊偶尔发声，站在对面的信号塔，高高的塔顶上是它们的家，是我的老邻居。这些年，它们有时站在家门口俯视天下，有时有意无意地与人搭讪，更多的时候是在呱呱的笑声里，送来祝福，送来喜悦。

　　燕子离人最近。它的语音虽然单调，却蕴含着对家的眷恋。它们早早飞出家门，或衔泥筑巢，或寻食育婴。清晨的叫声，分明是燕子夫妇辛勤忙碌的对话，它们永远生活在幸福的呢喃中。

　　在这首交响曲里，最熟悉、最朴实、最美的歌手当数麻雀。那一口纯正的"本地口音"，着实让人有一种亲切感。

　　你也许不以为然，麻雀灰不溜秋，其形象、音质与贵族莺鹂相差甚远，何美之有？但我以为，对人类不离不弃的鸟儿正是麻雀。记忆中，人们对它的伤害最大。20世纪50年代，它一度被列为"四害"之一。掏窝、捕打以及敲锣、打鼓、放鞭炮，轰赶得麻雀无处藏身，几乎灭绝……"翻案"之后，麻雀不记仇恨，与我们相处依旧。

一个秋天，自家院里的枣树上停着一只麻雀，形单影只，眼睛直勾勾地望着我，似有话要说。我触景生情，随口诌了几句顺口溜："独立寒枝身不俏，风理羽毛声亦娇。巧鹂花鸠择林去，雪雨欢忧守旧巢。"它们不像那些"势利"鸟，避寒逐春，而是忠贞守旧，安于故地。有位老同学说，"娇"字不合适，麻雀整天叽叽喳喳的，何娇之有？我说，雀之"娇"是我的欣赏感悟，是主观的流露与表达，非常规下的表象之"娇"，它蕴含一种内在的美。曾记否，我们缺少鸟语的季节，房前屋后几乎只剩下麻雀一族了。

伴随鸟雀的天然和鸣，窗帘的缝处射进一缕晨曦。我翻身起床，拉开窗帘，发现不远处那栋新盖的楼上散落着几只鸽子，灰色的、白色的、黑色的，在楼檐上悠然漫步，不时仰起头望望四周，扇动一下自由的翅膀，算是和邻居们打了招呼。它们先于楼中住户安家入住。你听那"鸽王"咕咕地叫着，在极力展现自己的存在感，彰显其领地，也给新建的楼宇增加了几分生命力。

我简单洗把脸，下楼晨练，开始了一天的生活。人有人的习惯，鸟有鸟的规律。这是自然之美，和谐之美，生态之美。

有鸟的早晨，不寂寞。

放生

汛期回村，来到河边，看到水已漫到南埝。埝内的花生、玉米、山药等都被水淹没了；杨柳从水中探出头来，有的叶子开始变黄，有的被水冲倒斜躺在水流里，根却死死叼着脚下的土地；蔬菜大棚泡在水里，白茫茫一片，几缕水雾在棚顶缠绕，似在窥探棚内的光景；乡亲们站在堤埝望水，众目茫然；不远处的土堆上，一对白鹭呆呆地立在那儿，既无意捕食，也没有飞走的意思；鱼格外多，被淹的庄稼地里，一群一群的游来游去。

我家所住的沱阳小镇的东北方有座小桥，是过河去老村的唯一通道。桥上站着十几个人，一字排开，有的拿着"舀盔子"（渔网），有的拿着筛子，有的拿着木棍，正在逮鱼。水库提闸时，鱼随着汹涌的水流顺流而下，常常被冲到浅处，让人俘获。桥上，水刚没脚面，正是逮鱼的最佳位置，跳上这里的都是大鱼，有的足有十几斤重。鱼跳上桥时，大家不会一哄而上，鱼离谁最近，谁就出手去逮，如果失手，旁人可以上前帮忙，但鱼仍归第一个出手的人，这是老规矩。抓鱼时，人们或用筛子和"舀盔子"扣，或用木棍敲……看来，鱼儿的纵身一跳，并非都能跃进"龙门"，有时却是命运的终结。

弟弟说，昨天下午，他到河边看水情，也碰上了一条大鱼。鱼从水里猛然窜出来，误入一堆杂草中，他迅速跑过去，双手按住它，轻而易举将其擒获。只见那滑溜的背上长满黑色花纹，尾、鳍也是黑的，就像穿着一身黑袍子。这鱼是条黑鱼（又称蛇鱼、火头鱼），足有七八斤。他想，滹沱河下游常见的有鲤鱼、鲫鱼、白鲢、鲇鱼等，黑鱼并不多见。这种鱼不但肉质细腻，还含有大量蛋白质，营养非常丰富，尤其是黑鱼汤，能治贫血、祛风湿，是讲究的好东西。他急忙脱下上衣，高兴地把鱼兜回家，放在伙房的洗菜盆里，琢磨着是红烧还是煲汤？当洗完手一扭头，发现那鱼正呆呆地望着自己，两只乌黑的小眼睛弱弱地动了几下。他凑近一步，发现那黑豆似的小眼睛闪着暗光，呆笨中透着灵动，好像在说："落难到此，老兄刀下留情！"这几秒的对视让一人一鱼有了短暂的交流。

弟动了恻隐之心，把鱼从洗菜盆里拿出来，放到塑料桶里，又舀了一些水放进去。那厮艰难地摆动着尾巴，试图在水中打转儿，由于水桶窄小，只能屈身蜷缩在里面。

弟的心里也开始打转儿。一条生命，如此鲜活生动，实在让他有些不忍下刀了。

在滹沱河边生活了50多年，从小逮鱼、吃鱼、养鱼，也放生过鱼。对一条鱼有如此真切的感觉还是第一次。莫不是年龄大了，感情日趋脆弱？还是对这条河的爱恋和期待愈发强烈以至爱屋及乌？或是本能的善念？

晨，弟弟早早地从床上爬起来，拎起塑料桶，按动电梯，下楼直奔河边。沿堤埝北行，来到水流湍急的僻静处，他一边将黑鱼倒入河水，一边念叨："唉！你还是走吧，到水深的地方去，走远点。"那厮在水中摇摇尾巴又感激地打了个旋，走了。

河水悠悠，此刻的滹沱河边，时间老人正导演着一个铮铮硬汉和一条黑鱼的故事……

吃饭时谈及此事，他依然有些感慨：与黑鱼的邂逅，是一种缘。

今日的午餐少了一道菜，世间却留下了一条生命。

分牛

生产队的钟声响了。不出工的时候，钟声一般代表着分菜、分粮、开会、学习或者其他。

这次听说是分肉，大家便拎起竹篮子，一路小跑来到村北的杀猪场。队里的黄牛得肠梗阻死了，队长敲钟把牛肉分给社员们。

老饲养员趴在牲口棚那半截土炕上，难过得哭成了泪人，旁边站着几个老太太，同样一把鼻涕一把泪的。邻居大娘也在那里，一边用袖子抹着眼，一边劝说饲养员："别难过，为了这头牛你也尽了心。它和咱们的缘分到了，走就走吧。"

杀猪场站满了人，牛肉早已被割成小块摆在草席上，大家围着肉等待队长发话。

队长蹲在地上，低着头半天不说话，用手捏着一根小木棍，心情沉重而复杂……忽然，他站起身，把手中掰成一截一截的小木棍摔在地上，抹一把脸上的泪说："抓阄吧！"

在一片叹息声中，会计把做好的纸团放在帽窝里，让社员们排队。全队五十八户，每户出一名代表拿纸团。从拿到一号的开始，依序挑肉。当然，你只能在和你同等人口的那一组去挑。

其实牛肉早已过称分匀，每份的分量差不了多少，就是肥瘦和骨头多少的问题。那个年代人们都喜欢吃肥肉，喜欢咬一口顺嘴流油的感觉。

肉分完了，剩下头蹄杂碎，便开始拍卖，要价几毛钱一斤，比市场价便宜。剩下的这些同样分成若干份，谁要买先报名登记，而后再抓阄。印象中都是那些有工资的"外援户"报名，一般人家买不起。

分牛的过程平和有序，也有两户自动放弃，其中就有老饲养员。他与黄牛是"世交"，照顾了黄牛及其母亲两代牛，与它们感情甚笃，不忍食之。此时此刻，他的心情很乱，满脑子是与牛儿相处的情景。

黄牛的母亲——老黄牛是个有个性的牛。它不挑食，吃苦耐劳，干活有劲，但不听使唤，尤其是生下黄牛之后，护犊情深，经常误以为别人要伤害自己的孩子，曾经顶伤了队上的车把式。为此，队长把它给了其他生产队，换回了一头毛驴，但把小黄牛留了下来。饲养员对小黄牛百般照顾、调教，费了不少心血。小黄牛长大了，性格和它母亲完全不同，它脾气温顺，干活卖力，谁使唤跟谁走，因此人缘也好。母子有时在田间相遇，总是仰起脖子，哞哞直叫，驻足不前，爱意绵绵，令人感动。

饲养员老刘在牲口棚干了二十多年，是有名的"牲口精"。他喜欢牲口，并懂一点兽医。这次黄牛得了肠梗阻，他亲自配了中药，以焦山楂、陈皮、白术等为主药作汤，给其灌服，鼓捣了两三天。后来实在不行，便牵着牛连夜赶到兽医站。老刘心急火燎，那位兽医却阴阳怪气地拖延不治，老刘跑到商店买了几盒钻石烟塞到兽医兜里，兽医才慢慢腾腾地开了药。他一看药单子，和自己配的一模一样，一甩袖子就牵着黄牛回村了。

按照以往的经验，他开始自己动手。老刘脱成光膀子，将手从黄牛的"后门"伸到它体内，亲手掏粪，用手打通症结，并牵着黄牛在院里遛了一个晚上，希望在运动中舒通肠道，但依然无济于事。

黄牛死了之后，他按照程序给队上写了说明，按上手印报到公社备案，就趴在炕上不吃不喝。当时的一头牛，就等于现在的一辆拖拉机，是队上不小的财产。这肉他吃不下。

老饲养员闷闷不乐了好些日子。后来，队上又买了一头年轻的牛，也是黄色的。队长为了宽慰他，说："这不，黄牛又回来了。"

老饲养员把这头牛当作那头死去的牛，百般呵护。白天把牛牵到院里，拴到木桩上，在阳光下用铁刮子给它梳毛；晚上领回牛棚，独槽喂养，让它吃偏食。他不断用手拍打着黄牛的脖子，念叨着似乎只有他和之前那头黄牛才听得懂的话；虽然明白是自己欺骗自己，但也有意朝着光明的一面去想。这样一段时间后，他的忧郁情绪得以排解。

几十年过去了，这件事时常在我脑子里转悠。日子越长似乎感慨愈深。在童年的我的眼里，牛是玩物，我们曾在麦田里追赶牛犊，玩耍嬉戏；在有些人眼里，牛是奴隶，是畜生，是工具，可以任人使唤；在饲养员的眼睛里，却是亲人，是责任，是生命的伙伴。

　　岁月流逝，很多人早已忘却了那头老黄牛。炊烟袅袅，牛肉飘香，在岁月的咀嚼中，我每每忆起这件事，总有一种莫名的感伤。

◎

第五辑

灯下漫笔

看场时间充足，
我趁机到学校借来闲书，
趴在场屋的桅灯下，
如痴如醉地阅读。

野雀冲塔

我家窗口斜对着一个信号塔。从家往外望，总能望到它。

塔百余米，上有几个野雀的窝，用小树枝搭建而成。远远望去，像几个胡乱堆起的柴草垛，看似凌乱，却十分坚固，风吹不散，雪压不塌，足见雀的精心设计和辛勤劳动。每天，总有几只雀在那里飞来飞去，那是它们温暖的家。

细心观察后发现，雀每一次回家都不是一次飞上去的，总是先落在信号塔低一点的铁梯上，再一点一点向上攀飞，一次飞一个台阶，有时飞两阶，偶尔飞三阶（很少）。飞越三阶后停顿一下，喘喘气，歇歇力，再飞向更高的层次。临近目标了，便猛然展翅来一个冲刺，落到离窝稍近一点的地方，小心地东张西望一番，才跳进窝里。

塔上有三个相邻的野雀家庭。"顶楼"一家，"次高层"一家，最下方还有一家，热热闹闹，很有生活气息。

早晨，最先让人听到的，是那些花花绿绿的莺的欢声笑语，尔后才听到野雀的动静。只听"呱呱——"的一叫，雀起床了。接着，隔一会儿就叫一次。它们好像不会同时发声，一只雀叫停后，另一只才发声，有礼有让，不像其他鸟争鸣斗唱。和其他鸟的叫声比，野雀的声音似乎单调，但不失高亢、浑厚，充满喜庆，像乐器中的长号。

原以为野雀长着一双轻盈灵便的翅膀，在楼顶、树梢、田间、地头飞来飞去，轻松自在，其实它们生活得很不容易。为有一个安身之所，野雀要背负着树枝、草皮等建筑材料，奔波劳累；有时还会有风雨的摧残或大鸟的袭扰。它们只能在最险处筑巢，在艰难中抗争，在高寒中歌唱。这是挑战，是拼搏，是勇于登攀、积极向上的精神。

早晨的阳光总是迷人的。太阳刚一露头，麻雀、杜鹃等各种鸟，从房檐和树丛里蹦出来，抖着翅膀大呼小叫。野雀们站在铁塔或树枝上也

"呱呱——"叫一阵子，参加完合唱，然后便振翅飞走，直到傍晚才陆陆续续回来。

　　回来早的野雀们，就在附近树上、楼顶或低层的铁梯上跳来跳去，不时往远处眺望。看似悠闲，其实在等，等家人邻居都到齐了，才慢慢一阶一阶往上爬，真是"性情中鸟"。一起出门，一起觅食，一起回家，这是它们的约定。

从八段锦说起

窗外，一个老太太每天教授八段锦，学的人越来越多。我常常站在阳台上，边看边跟着比划，不由想起在辉兄家里初识八段锦的情景。当时，辉兄三两酒下肚，其情难抑，将"周式八段锦"（私下命名，即一个周姓师傅的传法）亮相于厅堂。左右开合，上下舒展，蹲起自如，令人羡慕。从此，我便对八段锦多了几分关注。

2000 年 8 月，我到少林寺旅游，巧遇众僧比武，本无意观瞻，忽听报幕说："下一比，八段锦。"我顿时来了兴趣，想知道少林寺的八段锦与辉兄八段锦之高下。音乐响起，武士列队，形神之间，果然与辉兄的动法大相径庭。

观摩后，我绕道后台，想与老和尚近前搭讪，欲讨一点套路，回来好与辉兄交流，却被两名壮士拒之门外。

踟蹰间，见一小和尚四处散发纸册，随即顺了一份。册子是 32 开，蓝皮，白纸，铅印，虽印刷粗糙，却言词铿锵，笔墨含风，正是有关八段锦的文字。我在一条长凳上坐定，浏览文中内容：八段锦历史悠久，门派繁多，功虽不同却各有千秋，均有出处。比如武八段，也称北派，以马步站姿为主，适合身强体壮者练习。"仰手上举治三焦，左肝右肺如射雕，东西单托安脾胃，返而复顾理伤劳……"，自有一套口诀。而文八段亦称南派，则多为坐式，闭目暝心，固静安神，凸显静功。

忽然想起旧县城衙前街曾有位李先生，生前经常夜间在床头打坐，静中求法，有隐士之风。他原在金融系统供职，业务精湛，是业内的佼佼者，后因身体原因病退。他与老伴无儿无女，生活虽然简朴，每日却平静乐观，其书法亦是入笔稳健，字体飞扬有度，通篇向静，或与此功有关。而辉兄展示的所谓"周氏八段锦"，韧劲十足，饱含恒力。他自幼喜文，参加工作后，业余撰稿，在新闻界笔耕四十多年，硕果累累，却安于平淡，是业内的一棵常青树。和他一同"爬格子"的同事，有的下海经商成为大款，有的成为领导，他依然握着那只笔，笔耕不辍。理由很简单，就是爱好，没有其他。精神难能可贵。

拳脚武术分门别类，套路颇多。今年五月，饶阳县武术协会在火车站广场举办了饶阳县第三届武术比赛。来自石家庄、衡水、沧州等一百多个武术团体的艺人纷纷登台，各显身手，看得人眼花缭乱。八段锦、太极剑、形意拳、梅花刀、流星锤、九节鞭、三节棍、绳镖、钢叉等各类运动异彩纷呈。

组织者是饶阳县武术协会会长王万生。他早年搏击商海，现已颇有成就，虽业务繁忙，却拿出大量的时间精力，发展武术事业。一是爱好，二是在追求人生路上的另一个闪光点。从 2015 年以来，他深入学校，结合校内的体育课，教授学生们武术。观其人生履历，既是农民，又是商人；既入"江湖"，又入文雅之堂；曾有几分"玩气"，又透露着豪爽正气。现在他是饶阳县政协委员。

我想，生活也如武道。人们各有各的套路，各有各的活法，各有各的做派。八段之功，各取其"锦"。正如我曾经胡诌过的一段顺口溜，《初冬》：寂寞空山星月冷，长夜孤箫对寒灯；荒林娇莺修巢邸，浅底翔鱼渐入宫；小工喟叹冬来早，雅士趣景盼雪蒙；天下生灵皆有道，任领风光莫强同。

时间都去哪了

一阵歌声从窗外飘进来——"时间都去哪了？"我平时不大听流行歌曲，但这首歌却触动了我。这是四川歌手王铮亮所唱的《时间都去哪儿了》。

是啊，时间都去哪了？

《论语·子罕》把时间比作流水，"逝者如斯夫，不舍昼夜"，慨叹时间的流逝之快。人即将暮年，感受更加强烈！一天、一月、一年，几乎转瞬即逝，令人扼腕。

走过的人生路上，我们浪费了太多时间，比如斗酒，比如扯淡，比如玩手机。大把的时光就这样悄悄地流走了。如果把那些浪费的时光叠加起来，可知有多少年？

好多事情就是这样，不是我们不懂得，不是我们没有悟性，只是因为拿人生当儿戏。总感到无所谓，总以为路还长，总习惯"明天再说"……人生的好多风景就这样慢慢溜走了，等老了回首往事，才感到逝去的光阴如此珍贵。

有时也会扼腕叹息，如果当初少玩一会儿，少喝一杯，少去一遭溜冰场，少垒一块"长城的砖"，少游一分虚拟的世界，能够画好人生蓝图，抓住那些人生的亮点，相信即便有时道路艰险，最后总会有所斩获。

因此，人，尤其是年轻人，首先应立足本职，选择一项自己喜欢的事情，无论宏伟或是微小，认认真真地干下去，把握好人生的每一秒、每一分、每一天。当你走到某个节点，猛一转身，回望走过的路程，必将无怨无悔。

此时，你不要停步，只管前行。我相信，前方便是你所期待的。

许卓亮家史馆

　　许卓亮办了家史馆，馆内还有一幅记录许家百年家族史的《祖树图》，地点就设在他的老家，滹沱河南岸的良见村。听说参观者络绎不绝，网络、报刊、电视均有报道，我想亲临其境，探个究竟。由于许老师有时住北京，几次相约，都不凑巧。2019年11月13日下午，他的战友蒙永会来电话，说许老师在饶阳。如约相见后，我们三人同车去了良见村。

　　良见村在县城北3.25公里处。《饶阳县志》载："元朝时村名叫梁鉴，即以梁氏为鉴之意。早年该村村民梁和卿、梁大有曾被乡里誉以仗义疏财的美称，村民为纪念他们，起名梁鉴，后演变成良见。"

　　3时许，到了许卓亮的村子。由于村子所在地是滹沱河泛区，村民的房屋都建在土台之上，许老师的家史馆也在高坡上。我心中猜想着《祖树图》的形貌，迫不及待地想去参观一番。他并没有直接领我们进馆，先带我们参观了他的"农耕乐园"。

　　此园在家史馆下坡，是他祖上留下的菜园，一亩有余，三面篱笆，东侧邻道，北面盖有百十平方米的砖屋。园内井然有序地种植着红萝卜、山药、白菜等各种蔬果。其东墙有简介："遵循天人合一、万物和谐的自然生态理念，倡导不用农药、不用化肥、不用激素的良性农业种植方式。"他把乡情深深地植根于黄土地里。我想，用这种原生态的理念修史，肯定能搞出一个自然真实的家史画卷。

　　家史馆建在祖传的三间老屋里。内容分序言、家庭历史沿革、《祖树图》、家国情怀、后起之秀等八部分，展存着一系列照片、书信、证书、实物等，翔实动人。作为解放军某部正团级干部的许卓亮，在卫国戍边的同时，用19年的节假日调查整理家史，掌握了大量的宝贵资料。他回乡后将此老宅全面整修装潢，并对院内的地面进行硬化，使这座普通的老宅装进了家族百年的历史，绽放出家国情怀的光辉。

开门步入厅堂，果然，在迎门的北墙上生长着一棵奇特的"大树"，枝繁叶茂，形态逼真。主干枝杈间记着许家的八代子孙，脉络分明，标记着不同时期许家人的生命轨迹。

抗日战争期间，良见村为国捐躯的几十名烈士中，许家就有9位；近五代人中涌现出11位为国戍边的先辈。比如：许英（1921—1948），许卓亮的伯父，时任某营教导员，牺牲于著名的塔山阻击战。1948年9月27日，许英和营长李文斌率部收复大东山，战斗中许英中弹牺牲，时年27岁。战后，营长李文斌为烈士装殓遗体时，从烈士兜里发现了两封遗书，因战事繁忙，平津战役后，李营长才将家书寄出。经过许卓亮十几年坚持不懈地挖掘整理，许英的家书得以展出。

许卓亮，1979年入伍，1984年加入中国共产党。历任连队指导员、文化干事、工程师、干休所文化中心主管，并利用美术摄影专长为部队服务，多次立功受奖。其作品多次获全国大奖，现为中国书画家联谊会会员，北京市美术家协会会员。退休后，积极参加饶阳县历史和文化研究会的工作，为地方文史研究奉献余热。

在这棵《祖树图》里，我看到了从国民革命到抗日战争、解放战争、抗美援朝战争、社会主义建设时期、改革开放时期，许家人勇于牺牲、奋发有为的身影。他们有的献身国防，有的立志改变家乡，有的悬壶济世，有的教书育人，有的下海经商……着实令人感叹。

从家史馆出来，感触很深。我想，一个家庭的繁衍生息，必然要留下它的生命轨迹。有的家庭善于总结，善于在命运的过往中回味路程的艰难与幸运，从而找出幸福的真谛，扬长避短，教化后人；而有的家庭只管低头走路，浑浑噩噩过日子。这便是家风的区别。

受此启发，我以为，无论在城在乡，为官为民，或农或商，修一份家史十分必要。未必都要像许老师这样，搞一个像样的史馆，可依自身条件而定。可搞实物，也可搞文记，亦可建网馆；不强求有什么丰功伟绩，也不强求什么重要人物，凡公民均可立史，能说明问题就行。比如家庭大事记、人物优劣记、生理病史记等，旨在记录家庭的历史，以警后人。

每一个家族的树连起来就是国家大森林、民族大森林。习近平总书记说："国家富强，民族复兴，最终要体现在千千万万家庭都幸福美满上，体现在亿万人民生活不断改善上。千家万户都好，国家才能好，民族才能好。"近几年，国家提倡"家"文化建设，并将其纳入社会文明建设的范畴。我想，许卓亮的家史馆的内容将会更加厚重，《祖树图》将充斥着更多灵性与生机。

中元节散记

阴历七月十五中元节，又称七月半或七月望。节名的由来源于道、佛两教，其内容又包含着浓重的儒家色彩，盛于民间。相传每年的这天，阎王爷打开地狱之门，让鬼魂走出地狱，游荡民间，享受民间血食，七月底才关闭鬼门，因此，民间称之为"鬼节"。这段时间，人们上坟烧纸，祭祀先人，分散在不同地方的人不约而同地回家祭祖，是一次家人团圆的机会。

烧纸

晨，早早到路旁的超市买了冥币和供品，与弟、表弟先到流班寨村给姑和姑父烧纸，后再回本村祭祖。

因滹沱河泄洪，小桥被水淹没，没有恢复交通，只好绕行北堤至流满市场再西拐才画到了流班寨村，行路轨迹几乎画了个整圆。该村的公墓在上方台南侧。上方台也称先春台，是古饶邑十景之一，原为龙母庙，坐落在北齐村（今大齐村）东南方，北临滹沱河，始于唐，兴于明。

姑的坟在公墓的东南角，坟前是一块空地，散落着许多大小不等的青砖，应该是当年上方台的老砖，算来也有几百年了。拿在手里掂量一番，依然厚重坚硬。

按照祭祀的程序，表弟将饼干、蛋糕、水果等食品供在坟的阳面，又用木棍在地上划个"十"字和圆圈，圈的西南方留一个小口。用火把纸点燃，将冥币、"金条"、"元宝"等一点一点地续烧起来。

纸火熊熊，表弟念念叨叨："爹、娘拿钱来吧。现在不比从前了，日子好过啦！你们在那里愿意买什么就买什么，不用挂念着我；我的女儿已经大学毕业了，准备报考研究生，很有出息；我也搬进了新楼，日子一天比一天幸福。"

我们在一旁也随声附和。记得姑活着的时候总是念叨："攒点钱,买一吨煤,给儿子烧砖盖新房。"到死这个愿望也没实现。而今,表弟在城里安了家,住上了高楼大厦,怎能不告知娘亲?

这是阴阳两界的心灵沟通。

活着的人怀念故去的人,回想当年艰难的日子,回想二老对美好生活的向往和追求,心潮起伏。老人在世没能实现的事情,在后代手中实现了,甚至很多事情他们想都想不到,这是一种告慰,一种超越时空的幸福传递。我看到了表弟眼角有泪光闪烁。

纸灰像黑色的蝴蝶在空中飞舞。抬头北望,不远处有一个红砖砌就的小屋,一人高,宽、长一米有余,三面砖,向南敞口。趋前,看到里面有几根断香和少许干巴点心。表弟说,那是个小庙,是几个老太太垒的,几年前就有,没什么香火。

我想,上方台也好,眼前的小庙也罢,是老百姓对美好生活的企盼,是善良的愿望,是一种精神寄托。只是随着时代的变迁,人们更相信科学,相信真理,相信自己勤劳的双手和脚下这片肥沃的土地。环顾四周,梨园、葡萄园、蔬菜大棚成方连片,香味缭绕着,散发着……

关于上方台

明永乐二十年,本县北齐村人刘俊,受封为湖广布政使,乘船沿大运河南行,一根粗大的圆木漂浮在河中,不离航船。他认定有木相随乃龙母保佑,是在提示他身为高官,要不忘乡亲,让神木保佑家乡父老。于是,决定重修家乡的龙母庙。"扩址十五亩,兴土木,筑高台。"有文载:"台上北部有正殿观音庙,二层楼高,殿内中间是千手观音坐像,东西两边泥塑十八罗汉。正殿南边建有龙母庙,半人高的龙母塑像坐在中间,金黄色,手拿梳子梳头。木头底座下面有'一眼井',用一个大水瓮代替。龙母坐像左右各有女童侍立,还有一端茶女子跪在前面……厢门外东西两侧有两通龟驮石碑。"

民间传说,石碑是北齐村刘二风从洞庭湖花一夜时间用胳膊夹运回来的，这显然是演义，但刘二风确有其人。北齐村刘族有三个分支，即龙八、永六、龙十。刘二风属龙八支。从北齐村迁出的东刘庄、西刘庄、南北善、北马等村的刘姓，都系龙八支，与刘二风同为一支。据说，他与窦尔敦是结义兄弟，武艺超群，力大无比，至今村子里仍有许多关于他的传说。

老人们说，上方台有一眼井，名"平地井"。井水面始终与地面相平，水弯腰可取，冬暖夏凉。台的东南角有一个花池，池内花草用井水浇灌，每逢早春，花草先芳，由此得名"先春台"。明朝饶阳文人石经世有诗："谁命高台作上方，五云深处建龙堂。只缘早失东皇面，独占春风第一芳。"缘于此台灵验，每逢天旱，老百姓在这里焚香求雨，祈拜神仙。

儿时常听老人们说，在他们朦胧的记忆里，该庙即使破败，但仍有两个和尚，大和尚叫正顺，二和尚叫正心。后来小和尚跑了，大和尚死在庙里。

我们小时候也常到那里去玩。古庙就剩一块土疙瘩和破砖烂瓦，杂草丛生；零零散散长着一些很丑的老柳树，树杈上偶尔站着一只猫头鹰，眼睛直勾勾地望着来人，很瘆人；有块斜躺着的石碑，半埋在土里，碑上模模糊糊刻有花纹。莫非那就是传说中"刘二风夹来的石碑"？我们有时骑在上面玩耍。夜晚废墟上有火光闪烁，据说是多年在此居住的"狐狸大仙"的灯。那"狐狸大仙"常常和人开玩笑，村上某人走夜路经过这里，在路旁撒了一泡尿，被"狐狸大仙"迷住，围着土台转了一圈又一圈，鸡叫三遍才清醒过来。

千百年的沧桑巨变中，滹沱河几经改道，上方台杳无踪迹，已变成一片坟场。那里坟头相连，陆陆续续有不少前来祭祀的乡亲。我问一位老者，"庙台"是如何变成墓地的？他笑着说："从什么时候开始埋人，我也说不清。人们主要是图这里地势高，洪水不容易上去。并且，将先人安葬在这庙台之上，也许是想图个吉祥吧。"

瞭望台

烧完纸，表弟忽然问："东边是不是也有个什么台？"他在湖城居住，回来的次数要少一些。

"瞭望台。"我猛然想起，东边不远处刚建了一个瞭望台，也称瞭望塔，系大尹村镇政府所建。那里没有香火，也没有神仙，是饶阳县科技农业的一个窗口。塔有两层楼，一楼是展厅，展示饶阳县科技农业的发展历程和农业成果；二楼是培训室；顶部设有平台，站在上面，饶阳东大洼的设施农业一览无余。此台建成之后，吸引了大批外地游客、商户到此参观。这能让人轻松望远的平台，完善了当地农业观光旅游的功能，代表着现代化农业的飞跃和提升，既实用，又浪漫，也彰显着农民观念的突破和更新。表弟说，过几天一定专门来一趟，到平台上体会体会。

今年四月份，和几个朋友陪同中华诗词学会的两名诗人到此采风，曾登上平台。那一望无际的塑料大棚，就像白色的海洋，大棚下是一个个五彩斑斓的世界，各种瓜果、蔬菜争芳斗艳，香气袭人，不愧是"京南第一大菜园"。著名诗人褚宝增教授当场赋诗《参观大尹村温室基地》："莫谈当初只一棚，而今十万并排横。江山无法分成片，滚滚车轮向北京。"

当地有一则笑话广为流传。某年天旱，有人在上方台小庙焚香求雨，龙母娘娘便派两个随从到这一带查看旱情。随从回去报告，说的确旱得不轻。龙母娘娘不信，亲自俯身观看，误将塑料大棚看成水面，训斥道："饶阳地面一片白茫茫，哪里缺水？"人们说，难怪旱情不减，龙母娘娘老了，眼神不行了。好在现在滹沱河恢复了生态供水，地下水位正陆续升高，农民不再祈求龙母娘娘了。

回去的路上，我们驱车徜徉在滹沱河北堤，绿树红花，果香扑鼻。新时代，新农村，成就非常的美丽家园。回望上方台、瞭望台，我不禁联想：正值中元节，阴阳两界大门敞开，地下的亲人或许也在瞭望人间呢。

衙前街散记

旧城，即饶阳县老城区，在我村的西南方。人们常说，过了河，走"小八里"就到县城。其实，直线距离没那么远。出村过河有一条庄稼道，直通东关村的小木桥。过桥后穿过村街，就到了县城的东城门。县城不大，但在我们这些乡下孩子的眼里，却神秘而繁华，心向往之。

20世纪80年代，我上学、当兵、结婚、生子，复员后在县城有了份工作，紧锣密鼓地完成了人生的几件大事。1990年秋，经亲戚介绍，在旧区买下一处住宅。签房契时，我问："房的位置写哪儿？"中介人说："衙前街。"

衙前街，就是明清时旧县衙前面的那条小街，是传说中县太爷去庙堂烧香的必由之路。

《饶阳县志》里写了一个有关衙前街的故事。明朝末年，吏部天官田唯嘉的生母赵氏去世，按礼教，田唯嘉要回乡守孝3年。守丧期间，他住在城里大十字街东的田府里。田府以东是县衙，以西是城隍庙。县太爷每去城隍庙，都要经过田府门口。按官场惯例，县太爷是父母官，路过田府门口，田唯嘉要低着头出来迎接，而田唯嘉比县太爷官大，县太爷要给田唯嘉叩头，跪着通过田府门前。

日子一长，县太爷感到有失威风，心想，他守三年孝，我得跪拜三年，这该如何是好？县太爷灵机一动，另开了一条街，绕开田府之门。从此，县太爷出了衙门口向西走一段路，拐向南行，通过衙前街，再向西行，过了小十字街，一直往西再向北，绕道去城隍庙进香。从此，县太爷再不用叩头跪行了。

联想此事，我打趣自己：我一个"庄稼蛋子"，还真住在衙门口了。

此时的旧县城，除县委党校、司法局、饶阳中学、机械厂和县中医院的一个门诊部，其他单位早已搬到新区。办公用房卖给了私人；临街的国营和集体的门市部，比如国营饭店、百货商场、县供销社、城关商店、五金门市部、副食品商店、食品厂展销部、生产门市部、照相馆、新华书店等单位的房屋，也已出售给了老百姓；原来家属院的公产房，经过房改，都过户给了个人，其中多数也已被变卖，有条件的人家都搬到了新城区。

我所购的房屋，系县公安局原办公用房。更确切地说，是看守所民警的值班室。到我手，已倒了三次。第一手，是公安局某干警内购，1300元（可能是，记不清了）；第二手，买主是个小商人，价格不详；我是第三手，7000元，买下是图便宜。当时新区的房价，三间房要三四万，我买不起。

买卖过程很简单，双方写个协议，按上红手印（中介也签字按手印），卖方把第一手买房人给公安局交款的收据转给我保存，即为成交。

房为五六十年代的建筑，蓝砖，平顶，水泥地，屋顶是用高粱秸秆作支架、花纸糊就的那种。本是相连的五间北屋，原主人拉起墙头，隔成两个独院，我住三间，西邻住两间，东邻也是独立的三间北屋。对面是八间相连的红砖南屋，年代比我们的房子稍晚，是原武警中队的营房，被隔成三户，独门独院。如此布局，形成一个不规则的四合院。只是南北户中间，有一条小胡同，除我们六户公用以外，东头直通原来看守所的小门，小门之上就是岗楼。曾有人劝我："别买，太压抑。"我不这么看，我当兵时就站岗楼，看到这熟悉的建筑，我会想起军旅生涯，有种没离开军营的感觉，引起我的怀旧情愫。

三间屋虽然破旧，却是我们的安身之所。我和妻子开始动手清扫、刷白、裱糊墙壁。没条件装扮得富丽堂皇，并不妨碍我们将自己的陋室打扫得干净一些。如果人生是一本书，这一章，我们折了角，常常翻开重读。

院不大，东西13米，南北7米多一点。西南门那里的小门洞只能放一辆自行车；小伙房设在东南角，红砖，门冲北；门洞和伙房之间，用石棉瓦搭有一个简易棚，棚下挨伙房的墙角有一处锅台，铁锅柴灶；院内均红砖铺地，足见原房主是个过日子的人。

搬过来后，我感觉最不方便的事情有两件。一是没有厕所。人方便时要到街西的党校或后院原公安局留下的公厕。二是吃水困难。院里有自来水管，但没水，要靠人到街上去担。

取水的地方在街一侧的低洼处。居民们在原地挖一个土坑，找到主水管，截断，安上阀门。用水时，人得佝偻着身子在坑里接水。水流像筷子一样细，而且不是常有，只在每天早晨放两三个钟头。清晨，要早早起床排队接水。我不得不把老家的一个水瓮拉来，专门用来蓄水。

旧区居民非常杂，有县直部门及企业的干部职工，有商人、自由职业者、东北街的原住居民等。大家用水如油。

一个傍晚，张国钦站在胡同口喊我，约我到他家喝酒。他是东北街人，转业回来在县政府当秘书，我在县委办，工作素有来往，且都住在这条街。

到他家后，东北街党支部书记顿计勇和村主任已在。四个人，两个菜，满满一盆汤的清炖鱼，一盘油炸花生米。老白汾是国钦从山西的部队带回来的，度数不低。

这顿饭我们没喝完一瓶酒，主要讨论了街上吃水的问题。当时旧区吃水主要依靠西关街口那眼井，所有权归县自来水公司。由于供水范围越来越大，管道老化，所以不能再指望了，最好的办法是新打一眼井。我们几人讨论后决定，以东北街村委会的名义给县委写一封信，由我代交。

次日，县委李书记吃过早饭刚到办公室，我就把信转呈上去。李书记看完信说："老干部也反映过这件事。"立刻批复给主管县长，要求"抓紧解决"。我把批复给了国钦，他是张县长的秘书。张县长是个利索脾气，马上批给城建局，并要求"限期办理"。城建局的同志考察、选址，加班加点，一阵紧张忙碌，很快，在党校西南角打了一眼井，并及时配套。至此，住在附近的人家总算有充足的水吃了。

旧城虽渐老旧，但零零散散还有几个门市，购买一般的生活用品不成问题。尤其"一六大集"还在，极大地方便了旧区住户。此集历史悠久，县里曾几次重新规划，想将其划走，却始终"轰"而不散。窃以为是人们的生活习惯在起作用，其中，也有个市场规律的问题。好多事物，存在必有其理由，疏导尚可，硬来是不行的。

旧区的邻居们非常好，街上的人们也很仁义，待人亲，老人们认正理儿。举个例子，两人在街上骑自行车撞了，旁边的老人会主动过来评理。

不欺负外乡人，这是老街的传统。所以，我与旧区感情很深，搬走多年，与很多人还有来往。西邻住着两位老人，70多岁。男的已经伛偻，女主人姓田，街上人喊她二姑。解放前，田、韩两家是饶阳的名门望族（韩，即韩子木家，韩子木是饶阳县第一个共产党员），几乎整个县城都是他们两家的。二姑保持着大家闺秀的风格，干干净净，头发一丝不乱，右手拄花拐杖，左手总拿着一块花手绢。冬天，便把花手绢吞在袖口里。她有文化，很慈祥，平时说话都按照老规矩，不直呼人名，称我为刘家，称对门为肖家。

我喜欢听她站在胡同口讲几句老话，生动有趣、遥远深沉，让人长知识。但她总是讲着讲着，发现自己话多了，就笑一笑，收住嘴，扭头回家。她曾悄悄告诉我："少说话，我吃过话多的亏。"我想，根据她的出身、年纪，在多年社会变革的大背景下，或许经历了一些事情，言行趋向淡定和自律。老太太不简单。

相逢是缘分，或邻居，或同事，都应加倍珍惜。无论年龄，无论职业，人并没有高低贵贱，且敬老本身也是一种美德。我们每年春节都到老人门上拜个年，坐一会儿，说几句话。她有个女儿嫁到乡下，也经常回来看望老人。

二姑院里有一棵枣树，枣熟的季节，满树红，看着就令人馋得慌。偏偏有一枝出墙，伸到我家院子里，我们教育儿子从未摘过一粒，老人却总是挑最好的枣子送给我们。老人手巧，每年自己动手做元宵，每次做成，都是高高兴兴地用小簸箕给我们一点，令人难忘。

还有一对老人，李增明、刘青芝，和我父母亲同岁，属马，在后院住。李增明老家是肃宁县，从原县计委（即现在的发改委）病休，青芝姨从县棉织厂退休。我与他们在相处中也建立了很深的感情。

二人非常爱干净，尤其是青芝姨，我怀疑她有洁癖，但与我家接触中，还真没嫌过我家脏。有时我们上班忙，孩子没人管，她就替我们到东城门小学接孩子。中午儿子在她家吃饭，下午青芝姨又替我们把孩子送到学校，还给两块钱买冰棍。

他们没有儿女（据说，年轻时领养过一个孩子，不到一个月就送了回去，嫌脏），工资又低，两人的日子过得很清苦，家里有什么力气活，我常帮他们干一点。每年元旦前，总给我打电话要挂历，已经成了习惯，即使后来我搬了家，依然如此。有一年没打电话，我问妻子："青芝姨今年没要挂历，是不是病了？"一打电话，还真猜对了，两人都感冒发烧……

一年冬天，青芝姨半夜打来电话，急急忙忙地说："老李的心脏病犯了。"我立即起床，和党校尤继生校长一起，把老李抬上救护车，送到县医院。空巢老人真是难啊！

青芝姨癌症晚期时，我们去看她。那时，她正输着液，连说话的力气都快没有了，还用嘴向茶几的方向努，意思是让老李快扔掉上面的空药瓶子，太脏。真是干净了一辈子！

青芝姨去世后，在肃宁县老李的侄子家料理的后事，没有通知我们。听说后，我们赶到肃宁，这是与青芝姨见的最后一面。

住在衙前街，还有一个特点，就是城里和农村的生活搅和在一起。在这里，晚上能听到驴叫，余音绕耳，让人顿感亲切。道南有个胖老头，一个人住着很大的院子。白天放羊，晚上会招待外地人住宿。那些用旧货换盘子、换碗的买卖人和他很熟，给几块钱就能在他家住一晚上。经常听商贩吆喝，耳濡目染，我儿子一说话就会喊："换盘盘换碗。"

我们在衙前街住了7年，直到县委机关盖了家属楼，才成为新区的居民。

九月雨也浓

雨还在下。从早到晚，下了一天一夜，又一天一夜。

黎明，我躺在床上，听楼外的雨声。雨声淅淅沥沥，持续而有节奏。

雨点落在花树的枝叶上，唰唰唰，像悄悄话；摔在地上，噗噗作响，声若叹息；砸在车顶上，有催人上路的感觉；一阵风，挟了满把雨丝，忽地甩在窗户上，玻璃啪啪直响，可是意欲摇醒梦中的人？

自然界的风风雨雨，连着人的感情。比如现在，一阵风雨把我从床上刮起来，让我坐在床沿看天气，想事情。

九月的雨，和春夏的雨不同。春雨贵如油，太叫人稀罕了；夏雨有时来得疯狂、急切，像一些人的脾气，任性；九月秋正浓，雨不大也不小，缠缠绵绵的，像有情意。

那一年我结婚，老天爷就送来一场九月雨。

1985年9月，我在沧州当兵即将退役时，突然想在部队把婚结了。考虑到部队整训执勤时间紧张，故没有惊动战友们，也不想让家里为我的婚事折腾，决定简单低调地举行个仪式。于是，我请了5天事假，买了张汽车票就回家了。母亲说："你连来带去5天，家里也没准备，让人怎么办？"

父母都是好脾气，不管怎么说，事还得办。但天气不饶人，雨整整下了七天七夜。

新婚之夜，房漏得没有一席干巴地儿，母亲噙着泪说："你们去老屋吧，老屋的房顶积了坯，不会漏。"

果然，老屋没漏。三间房，我们睡东间，弟弟和老嘎（刘玉庆）睡西间。他俩是给我帮忙的，去送盛豆腐脑的大瓮，刚从北关村回来。顺便说一下，老嘎不在了，他住院期间，我没有去探望，因为我真的不知道他病重。这是我一生中最自责的一件事。新婚第二天，我就要赶回部队。这是纪律，

226

一天也不能耽搁。

我村离县城八里地，道路泥泞。我与妻子赤着脚，提着鞋，相互搀扶，虽艰难，但一路上不时自嘲，说说笑笑，倒有几分浪漫。路上，还碰上了两个骑高头大马的人，他们去县城买塑料布，用于盖房顶（那时农村都是土房顶）。听说因为很多人家的房顶漏水，县城的塑料布被卖空了。

走到河边，看到平日干涸的滹沱河积存了不少水，还上演了一场"猪八戒背媳妇"。妻子趴在我的背上说："早知道这么难走，不嫁大齐村。"这话说到点子上了。媒人曾给我介绍过一个对象，就是来我村的半路上被风沙刮回去的，我与这人面都没见。后来，我曾说："作为大齐村的爷们，可要争口气啊！"

当年，从饶阳到沧州市没有直达的汽车，要坐车到河间再转车，而且每天只有一趟。记得到饶阳车站后没有赶上，我们坐"二蹬"（跑出租的自行车）去肃宁的万里车站，才乘车去的沧州。

到沧州后老连长看出端倪，让我打立正并"如实交代"，我只好坦白。连长说："这就对了，我也干过一回这个事。"然后请我们吃了一次饭。那一年，我才二十四岁，正是需要别人引导的年龄，首长的点拨，战友的提醒，至今心存感激，不敢忘怀。

写文章有时就是"瞎琢磨"，但文章的"魂"不能错。尤其是写散文，必须真实，真性情，错了，就有欺骗之嫌。

上面的故事我曾和儿子说过，他的生活经历与我们当年大相径庭，对事情的理解也有差异，这很正常。经常念叨念叨过去的事，我觉得对他也有好处。

还有一件事，也是在九月，也和雨有关。九月的雨，情深。

毛主席追悼会那一天，举国同悲。学校即大庙，村里有事都集中在这里，这天也不例外。三唱机的效果不好，但我们怀着沉痛的心情，听得非常认真，不漏掉每一个细节、每一句话。追悼会后，有个"老革命"发言的议程，然后大家一起吃忆苦饭。

我爷爷是"老革命"，村里推举他发言。台上有个电线杆子，杆子一侧有根拉线斜埋在地上，面对全村群众，爷爷有些激动，帽子被线兜了一下，随风飘走了，但老人却毫不顾及，眼角溢满了泪水。

雨唰唰地下，没人穿雨衣，哭声连着雨声。一个女同学悲伤过度，栽倒在现场，被抬出了队伍。

之后，每个生产队的社员占一个教室，分头吃忆苦饭，学生们加入各自家庭所在的生产队。各队的忆苦饭不一样，我们队做的是高粱面野菜饼子，可能放多了盐，黑乎乎、咸乎乎、苦乎乎，非常难吃。增哥说："这还算好吃的呢，旧社会连这个也吃不上……"

雨淅淅沥沥地下，窗前听雨，想自己新婚遇雨，回忆伟人陨落后泪奔如雨，忽然想起了蒋捷那首《虞美人》："少年听雨歌楼上，红烛昏罗帐。壮年听雨客舟中，江阔云低，断雁叫西风……"

洒家一介草民，既无年少的逐笑狂欢，亦无壮年的孤苦伤怀，而今，"鬓已星星也"，不为命喜，不为命悲。感谢生活，感恩时代。以平淡之心，面对自己，面向未来。

天地之间，小雨依然淅沥着……

看老娘

陪妻子回家看老娘。

刚到东关村口，见街北有一个用塑料搭建的窝棚。棚一侧飘扬着国旗，棚口上方的牌子上写着"东关村防疫工作站"。里面办公桌、办公椅、木板床摆放有序，桌上备有登记本、体温枪、消毒液等。村支书赵新征带领三个村民正在值守。此时，村民们纷纷从蔬菜温室出来，收工回家。他们三三两两，自觉接受体温测试。

由于我们提前打了电话，老人早已拄着拐杖在街口等候。见到我们后，一边笑，一边指了指窝棚说："先让人家'打一枪'。"我们凑过去，主动接受了检查，值守人员又将我们的车里里外外喷了消毒液，才放我们进村。

来之前，随便给老人买了一些鸡蛋、点心之类的礼物，但特意准备了她最爱吃的大肥肉（煮熟的猪头脸）。老人好这一口，一年到头离不开。按她的话说，越肥越好。

老人命运坎坷，中年丧夫，80多岁时大儿子也去世了。人生三大不幸，赶上了两个。苍天虽然一次次给她不幸和厄运，却给了她一个健康的身体。她97岁了，耳不聋，眼不花，身体硬朗，一辈子没去过医院，没打过针，很少吃药。

她每天生活很有规律。早晨起来，拄着拐杖到村东大堤转一圈；回家简单吃点东西后，就坐在胡同口看来来往往的人，不多言不多语。她常说："别与人争执，看着谁都顺眼。"

她虽是90多岁的人，却有一颗童心。记得去年初冬我们去看望她，发现窗台上放着一个塑料药盒，椭圆形，半开着。我顺手拿起观望，见里面有一只蚂蚱，绿色的，一丁点，像没去皮的麦粒，正爬在白菜叶上。用手一捅，蚂蚱轻轻蠕动了一下，还活着。老太太笑着说："这蚂蚱养了好些日子了。那天，你姐给了我一把苣苣菜，我在菜叶上看见了它，可能因为天凉，它趴在叶上一动不动，我就把它放到盒里喂到现在。屋里暖和，窗台上能见到阳光，又有白菜吃，让它多活几天算几天，毕竟是条生命。"说着，她用手指弹了弹药盒，蚂蚱挪动了一下位置。她微微地笑了，透露出一丝顽皮和天真。

由于她年迈又慈祥和善，人们十分尊敬她。常常赶集回来说，碰到某某了，非要给她买几个油炸糕；或者说某某给她买了点肉。她是个非常仁义的人，但面对乡邻的敬意，她挂在嘴边的话是："还是好人多啊！"

她喜欢和老太太们搂纸牌，伙伴们都是七八十岁的"小闺女"。一次，她喊我们："都过来，我给你们分钱。"我很纳闷，一个农村老太太，哪来的钱？莫不是糊涂了？她把炕被子一撩，好家伙，炕上铺了一层钢镚子。用簸箕一收，满满的，都是赢来的。她笑着说："一村子的钢镚都到我这儿来了。"

老人的头脑非常清楚。一次，家人打麻将，她坐在旁边，阖着眼，一副似睡非睡的样子。当妻子要打七条时，她慢悠悠地说："那张牌可打不得。"原来，扣着的牌里，有八条。推倒牌后，妻子自愧不如，大家也笑得前仰后合……

坐在土炕上，老人念着一些家长里短，并给我们讲述了她经历的"人灾"。

她说："日军'扫荡'那一年，闹'人灾'死了不少人。得病的人上吐下泻。有时别看着孩子欢蹦乱跳，一拉青屎，就说明得了病。

"有人说是日军放的毒，也有人说是中了邪。那阵子，一到半夜，河边老是传来'齁——齁——'的叫声。那叫声很怪，有人说是瘟神在唱歌，吓得人们一到晚上就插上门子，不敢出屋。两个胆大的小伙子不信邪，听说恶鬼最怕狗皮鞭子，就一人拴了一杆，半夜去河边打鬼。结果，鬼没找到，回来都得了一场病。问他们看到了什么？谁也不说。"

这位年近百岁的老人，从不迷信。她笑着讲："都是自己吓唬自己。世界上数人最大，什么东西都怕人，就连现在的新冠肺炎，也别被它吓唬住。过去出了不少传人的病，天花、霍乱、伤寒、鼠疫，不都过去了吗？何况现在科学这么发达，国家政策这么好。"

她说："旧社会，有灾有难没人管，只能干等死。现在多好，得了病国家给治，还不要钱。"

老人每月领着国家的老年补贴，还入了合作医疗，非常知足。

由于我们有事，中午没在家里吃饭。临走，老人撩开锅台上的麻布，露出早给我们烙好的一摞白面饼。我数了数，整整 12 张。她又从床上拿来装好的野菜、山药、大萝卜等，嘱咐我们："别光吃好的，粗茶淡饭最养人。"

妻子接过老人的东西，连声说："嗯嗯。"眼里早已溢出了泪水。

三月的翘望

下班回家，刚到小区门口时，夕阳尚未落山。一缕橘黄从楼的缝隙射到迎门的牌石上，银杏将身子贴上去，装扮春色。微风吹拂，杏枝摇曳，勾起我对春天的期盼。我想，趁天色尚早，去城外遛一圈。

小区东南是孔道村的葡萄园，也是人们经常散步的地方。这里棚室林立，果树成方。园中的道路三纵四横，全部铺着步道砖，宽阔明亮。果蔬飘香的季节，桃、梨、苹果、葡萄以及各种蔬菜，晶莹剔透，煞是喜人。

此刻，我漫步在砖道上，由北向南，慢慢独行，想象着曾经醉人的芬芳，不由得身心俱爽。

继续前行，传来音乐和笑声，是村民们正在温室劳作。路边停放着两辆轿车，一黑一红。走近温室，刚想撩开门帘，摇滚曲贴着薄膜急驶而来，撞到我脑门。室内几个年轻人正在干活，歌正浓，兴也正浓，让我不好意思打扰。我立刻转身回到砖道，透过塑料膜看到室内早已春意盎然。

忽然，天空传来声声雁叫。仰望天空，一行大雁向北飞翔。不远处一位老人正领着男孩剜野菜，听到大雁的歌声，她直起腰，望着雁阵飞去的方向，指给孩子看。

我一边倒行，一边欣赏空中的飞雁，感受着它们春归的情愫。我曾写过一篇《大雁情》，记录了大雁对生命的坚守和对春天的眷恋之情。呼斯楞那苍凉粗犷、静谧悠长的歌声也曾令无数游子泪眼婆娑。春归是一个永恒的主题。

葡萄是这方土地的主旋律。漫步甬道，随处一望，就能看到扶绑葡萄的果农。他们把睡在地下的葡萄唤醒，动情地把它们扶起来。直立的水泥柱稳稳地竖在那里，像列队的士兵，在温柔婀娜的葡萄仙子面前，默默负重。葡萄扭一扭细腰，作一个媚态；颤一颤枝头，躬身施礼；然后列队，等待果实的成长。它们缱绻着春风，也怀望着秋实。

走上土堤就看到了沱阳公园。在这人间三月天，那青青翠竹，那小桥云亭，那一湖碧波，让人们流连忘返。俄而，一曲笛声由远及近，不知是在追寻远方的姑娘，还是迎接湖边的客人？

向东，走到堤的尽头，就是故城村。村虽然不大，却是有故事的地方。曾经的柳堤环翠，掩映出古邑的春天；故城栈道，托举起汉史的风云。站在县衙门楼，望着滹沱河的流水，不少文人雅士临景赋诗，留下千古流传的佳句。

堤下是片小小的苇塘，那里曾经是一泓浅水。它的水边长满了芦苇，春生秋杀，年年如此。水里有鱼、蛤蟆、水鸟还有泥鳅。端午节前，总有人过来采苇叶，用来包粽子。秋后，芦花盛开，被风一吹，飘飘扬扬，让人想起滹沱河的芦荡——那一叶扁舟贴着水面，穿梭在芦苇旁边，我们躺在船板上，仰望蓝天上白云悠悠，侧耳听着芦笛声声，苇叶在脸上蹭来蹭去，撩拨着少年的心事。

每从这里经过，我都会停下脚步，站在塘边遐思。眼下，芦苇刚刚钻出地表，露出绿色的芽，盼望着春风春雨。

一只水鸟站在水边，像是在发呆，像是在疑惑，也像是在等待绿色。

如果不是那位放羊的老汉提醒，我还真忘记了时间。与老汉只是点头之交，谈不上熟悉，但他地道的庄稼味总让我感到亲切踏实。

"天黑了。"他冲我喊了一声，没有停步，赶着羊群往家走。我答应着，跟在他后面。

远方的高楼亮起了灯。风吹过，稍有寒意。不知何时能摘下口罩……

大盘鸡

周末傍晚，下班回家，没水没电。妻说，小区对过刚开了一家"大盘鸡快餐"，前天和几个邻居吃过，赠送了一张优惠券，可以到那吃顿饭。我欣然答应。

下楼出门，顺便到路西的超市，买了一瓶半斤装的"江小白"和营养快线。心想，我也赶一次时髦。

进店门，我俩在里面靠墙的位置坐下来。妻子来过一次，算老顾客，主动到柜台点单。我望着迎门处"西部传奇"的广告语，扫一眼大厅里方阵似的餐桌，看到门口食客络绎不绝。上次她们消费了59元，按店规，今天可以免费吃到同样价位的大盘鸡。这样，只需花4块钱，买两套餐具便可。我们享受了刚开张的优惠。

不一会儿，服务员将大盘鸡端上桌。所谓"大盘"，其底座类似小笼包的笼屉，鸡块堆在上面与之相连的盘子里，像一座"鸡山"；盘的一侧贴有纸条，提示本桌下单时间和负责的服务员，体现着店家的经营理念和效率。我们点的是五香型炒鸡，微辣。黄鸡块，绿葱花，烘托着缕缕麻香；几条板面从"鸡山"上飘下来，俨如白色的丝带，又如银色的瀑布，蜿蜒至欲海；而金黄的玉米段、紫色的薯块散布其间，点缀出田园秋色。

趁没有开吃，我拿出手机拍了张照片，发给在湖城的儿子，换回了五个大拇指的表情图的点赞。受到鼓励之后，我将"江小白"缓缓倒入杯中……

自从有了微信，人们喜欢将酒局饭局或拍或录后发出，我开始不认同，以为是有意炫耀，后来一想，这也是一种亲朋间的交流，是对生活的赞美，不失为一种积极的生活态度。况且人们感受到现代生活的变化，眼里总有几分惊讶和喜悦。分享，未尝不可。

麻辣，是典型的川菜味型，我本不习惯，久而久之才习以为常。饶阳人习惯吃烧鸡、黄焖鸡块、清炖鸡，这些菜味道平和，犹如这大平原，舒服坦然。

记得小时候我村的东头有一个卖鸡的老头，光棍一人。他每天就做那么几只鸡，傍晚出锅。他手提枣红色的食盒子，没出家门就开始吆喝"烧鸡呀，卤煮鸡——"，公鸭嗓儿贯穿整个街筒子，从东头香到西头。他做的鸡师出无门，属于滹沱河边的土做法，却是乡亲们眼里顶尖的食品，人们连鸡骨头都舍不得扔。至今想来，仍回味无穷。

后来，饶阳旧县城的十字街，有一家"朱造烧鸡"。他家的做法也没什么出处，但鸡味道纯正，肉质酥软，托在手里，稍微一颠，鸡架就散开了，着实红火了一阵子。

东关村赵新合的烧鸡是有一点来历的。其祖上曾在旧时饶阳县有名的盛林饭店拉过风箱，公私合营后，盛林饭店改成了国营饭店，他家继续有人在那里主灶。后来，他家也有人做过烧鸡生意，到新合这一辈传承了这门手艺（除祖传的汤料外，盘鸡时鸡头、鸡爪如何摆布，都有说道）。因此，上了年纪的人能从淡淡的中药味里尝出些许不同。

现在，饶阳流行"南马烧鸡""五公烧鸡"，也是老字号。不同的是，他们多一道熏的工序，除肉质更加浓香之外，皮色微黄，透出鲜嫩，增加了一些外在美。

饶阳出现大盘鸡是在 20 世纪 90 年代初期。在县城振兴街中段西侧，有一个绿色的铁皮屋，内有四五个餐桌，店家是黄土坡上来的，即所谓的"勺勺客"。虽然小两口干净利落，辛勤经营，但只开了一年零三个月就关了门。原因很简单，这里的人享受不了那股子麻辣味。

味道是饮食的主宰，不同地域有不同的风格。相互间的吸纳融合有规律也有随性，需时间更需磨合。从单纯的烧鸡派，拓展到麻辣派，其间，蕴含着文化融合的发展历程，也为人们的味蕾增加丰富的滋味。

今日，伴着这瓶"江小白"的甘冽，大盘鸡的麻辣撩拨起了我点滴的灵性，也燃烧了周末的日子。

第六辑

春秋花絮

你不像山谷的风，
那么孤独、旋急、凛冽；
也不像大海的风，
那么湿漉、狂卷、惊岸。

一次党课

清明前夕，机关党委组织党务干部瞻仰中共一大会址，赴嘉兴南湖革命纪念馆，缅怀先烈，重温入党誓词，接受革命传统教育。随之前往，感触颇深。

一

2019 年 3 月 28 日晚 10 时，一行 23 人乘火车从衡水出发，次日下午到沪。按课程计划，瞻仰一大会址安排在 30 日上午。入住旅店之后，我们不顾旅途的劳顿，迫不及待地走上街头，感受东方明珠的魅力，参观改革开放的辉煌成果。

3 月的黄浦江，春风和煦，碧波荡漾。货轮游艇悠然地行于江面，沉稳大气。走过苏州河口的外白渡桥，到达外滩，那里俨然是一片神奇的土地。刚健雄浑的建筑，彰显着古典主义与现代意识的高度凝合。它书写着繁华，也饱含着民族的血泪。东方明珠、金茂大厦、环球金融中心等摩天杰作，像东方巨人在江边屹立。曾经的租界虽早成为历史，但国人心中依然有抹不掉的伤痕。

我们在上海人民英雄纪念塔前默然伫立。这是 1993 年为缅怀鸦片战争以来为解放上海献出生命的先烈所建。三座枪状塔擎天耸立，象征着鸦片战争、五四运动和解放战争。大家仔细阅读碑文，仰望蓝天白云，遥思国殇英魂，向先烈默哀致敬。

行走在黄浦江畔，心中缠绵着外滩的今昔，不时与来往的游客擦肩而过，其中有同胞，也有不同肤色的外国人。忽然，一位正在拍照的黄发大汉与我们的同志撞个满怀，他一边点头微笑，一边打着手势。我问旁边一位学生模样的同胞："他在说些什么？"女学生说："是表示歉意。"

我们的同志也连忙挥手表示不在意。我想，若在一百年前的中国，中国人和外国人之间一定不会如此和谐。我们驱除了外敌，挺直了脊梁，以真诚对待朋友，凭善意接纳世界。改革开放的时代，中华民族正以包容共赢的姿态揽怀天下。

黄浦江的夜色是迷人的。摩天大楼如莲花盛开，东方明珠绽放异彩，南浦大桥宝珠环绕。黄浦江就像一个酒后的贵妇，穿戴华丽，醉卧东方，引得人想搭一艘游艇怡情江面。但我们没有留恋江景，转头组织寻访了著名的南京路。一是为了瞻仰陈毅市长的铜像，二是回忆南京路上好八连的故事。

陈老总这位曾经驰骋疆场的元帅，开创了上海的新纪元。作为第一任市长，他力挽狂澜，剿灭了盘踞在上海的地下武装和黑恶势力，粉碎了经济封锁、金融风暴，巩固了新生的革命政权，为这座城市的发展打下了坚实的基础。他冲天的革命豪情激励鼓舞了一代又一代人。最喜他的《梅岭三章》："断头今日意如何，创业艰难百战多。此去泉台招旧部，旌旗十万斩阎罗。""南国风烟正十年，此头须向国门悬。后死诸君多努力，捷报飞来当纸钱。""投身革命即为家，血雨腥风应有涯。取义成仁今日事，人间遍种自由花。"当兵时，我曾将此诗抄下来，放在办公桌玻璃板下，反复诵读，至今不忘。而今，我们面对铜像，伫立良久，感慨万千，不忍离去。

我第一次知道南京路是在小学的课本里，南京路上好八连的故事植根于我幼小的心灵。年轻的战士们身居闹市，自觉保持人民军队艰苦奋斗的光荣本色，出色地完成了任务。1963年，毛主席赋《杂言诗·八连颂》，表扬他们"拒腐蚀，永不沾""政治好，称第一"，号召全军全民向八连学习。

霓虹灯下，回忆曾被感动的事迹，联系当今的反腐倡廉，我们一行边走边讨论，有了与平时学习不一样的感受。同行的年轻人，有的不知道好八连，有的虽听说过但知之甚少，尤其听到当时南京路灯红酒绿而战士们不染风尘的史实，唏嘘不已。由此谈到党性，谈到纪律，谈到人生。长期以来，我们所需要的就是这种八连精神，党性的保持必须从生活点滴做起，警钟长鸣。

南京路也是一条商品街，里面中外名牌，琳琅满目。大家虽空手而归，留在心底的感触却满满当当。

二

上海市兴业路 76 号，一幢沿街的旧式石库门建筑像一位睿智的老人，静静地坐在那里，迎接来自滹沱河畔的客人。我们心怀虔诚列队而入，一起跨入的拜访者来自四面八方，其中还有外国人。

一进展厅，迎门墙壁上是毛泽东、李大钊、陈独秀等同志的头像，他们目光炯然，眼神忧郁而深邃，无声地向我们指点着中国大地的百年风云。在他们的注视下，一种共产党人的神圣感、使命感油然而生。于是，我举步向左，走上宣誓台，面向党旗，重新举起了拳头。

百年风云并不是一个抽象的概念，跟着解说员沿指示标慢慢前行，一幅幅历史的画卷展现在眼前。

观鸦片战争的炮火，感受民族的危亡。展牌上马克思的一段话吸引了我，趋前拜读："一个人口占人类三分之一的大帝国不顾时势，安于现状，人为地隔绝于世并因此竭力以尽善尽美的幻想自欺，这样的一个帝国注定最后要在一场殊死的决斗中被打垮。"这是马克思对清王朝的评判。而当时的资本主义国家也正如马克思所说："资产阶级在它不到一百年的阶级统治中所创造的生产力，比过去一切世代创造的全部生产力还要多，还要大。"让人顿时体会到清政府统治下的中国与世界的差距。资本主义列强恃强凌弱，抓紧对外的掠夺扩张，地大物博却封闭落后的中国成为他们争夺的市场。

1840 年，英国借口中方虎门销烟，率先对中国发动了侵略战争，腐败无能的清政府被迫签订了丧权辱国的《南京条约》。美、法、德、日等各国列强也加快了瓜分中国的步伐。中国由封建社会沦为半封建半殖民地社会，人民流离失所。

望着老照片上骨瘦如柴的劳工，望着炮弹坑旁父母被炸身亡哭泣无助的婴儿，望着外国军警挥鞭抽打中国同胞的蛮横，望着穷苦人家合穿的破棉裤，我们的心在滴血。几位老同志不停地摘下眼镜，擦拭眼泪；

241

年轻人默默地攥紧了拳头……

听五四运动的呐喊，体味青春的力量。五四运动是我国历史上一个重要的节点，在展馆里占据显要的位置。

走进这个特殊的年代，我们听到了周恩来"大江歌罢掉头东"的豪迈；听到了李大钊"高筑神州风雨楼"的信念；听到了鲁迅"血沃中原肥劲草"的悲壮；也听到了闻一多那"一沟绝望的死水"……

1919年的"五四风雷"把这场运动推向了高潮。在振臂的呼声中，在如雪的檄文里，我们听到了热血奔流，感受到了排山倒海的青春的力量。活动由单纯的学生罢课，扩大到工人罢工、商人罢市、广大民众参加的全国性爱国运动，也为中国共产党的成立做了思想上的准备。

读一大会址的神圣，领悟中华巨变的起点。

行走在这栋房子里，呼吸遥远的气息，触摸曾经的岁月，我的整个生命都在升华。这所石库门建筑虽融合了西方文化元素，但从中国共产党诞生的那一刻起，即被赋予了中华民族的神圣。那个长方形的餐桌见证了革命先驱的呕心沥血；五卅烈士的日记和遗书、遗物述说着斗争的惨烈；学生抗议驻华美军暴行的宣言表达出青年人的铮铮铁骨；秋瑾的遗墨、李大钊的打字机书写着烈士的热血人生。

事实证明，解救中国人民的历史重任，落在了中国新兴的无产阶级及其政党的肩上。只有中国共产党才能救中国。党的成立，是中华民族从黑暗走向光明的起点。

三

到达南湖革命纪念馆是31日上午。

早春的嘉兴，鲜花初放，碧枝摇曳。微风携来的几缕雨丝，洒在我们脸上，有凉意，更似抚摸。路边的老榕树、白玉兰等，在馆门列队迎候，有一种老家亲人迎接的感觉。这座党徽形建筑的门楣有邓小平同志亲题的馆名，来一张合影，留下这难忘的瞬间。

南湖纪念馆的女解说员，语言组织周密，准备充足，令我叹服。她饱含激情的讲解，把我们带入一条历史的长河。从那艘革命的红船说起，左右分开两条主线，一条回忆了我党的前期革命史；另一条从总结历史经验开始，讲到了当前的历史使命。从一楼到三楼，历时两个多小时，给我们上了一节生动的革命教育课。

最触及我们灵魂的，是那座15人的雕像。作为党的一大代表和创始人，这15人对党的初期建设功不可没，但从这条红船走出后，面对复杂多变的革命形势，选择的却是不一样的人生道路。有的为人民献出了生命；有的带领党和人民继续前行，完成了历史赋予的使命；有的却走上了其他的道路。铁的事实证明，一个党员始终秉持坚定信念是多么重要。从建党之初到历次革命斗争，从解放前到建国后，从社会主义建设时期到改革开放的今天，莫不如是。

走出纪念馆，每个人的心里都是沉甸甸的。有的走到服务台抓紧购买学习资料，有的低头在手机上收藏珍贵的照片、视频，有的不断回头张望，观兴未尽。

乘大巴车回上海的路上，机关党委趁热打铁，组织了一场别开生面的讨论会。大家争相发言，谈感受，讲心得，真诚热烈。尤其是那些80后党员，结合自己的青葱人生，谈了对这次党课的认识。看得出，短短三天，他们在学习中变得深沉和成熟。面对这些青年人的变化，我们这些三十多年党龄的老同志也在不断地交流、思索。我们深深感到红色教育的必要性。唯此，我们的党员队伍才能充满活力，才不会断层。

旅途紧张而忙碌。31日下午，我们还专程到淞沪抗战纪念馆参观了淞沪会战事迹展览，为那些抗日将领默哀。国之英魂，令人敬仰，他们永远是我们民族的骄傲。

江南一课乘红旅，受教三日更赤诚。归途，我们乘复兴号一路向前。回望红色大地，山河壮丽，草木同春。这是一个充满希望的季节。

抄诗那件事

那天，几个发小在一起喝酒，凤岭说："民哥，你拿一首诗糊弄了我一辈子。"我似丈二和尚摸不着头脑，几个发小也都愣了。他笑了，说起了四十年前的事……

我们都是光屁股一起长大的，一起上学，一起调皮，一起拾柴火打草，一起到滹沱河捉鱼摸虾打扑腾，形影不离。

1980 年高考，我们在合方中学一同"光荣"落榜，一同回村劳动。凤岭脑瓜子灵，学习有潜力，打算复读；我数学基础太差，一看书上那些字母、公式就脑袋发麻，估计再考也白搭。我正犹豫不决时，赶上征兵，就跟着体检，先进了军营。几个发小连续考了两年，又名落孙山。

我到部队后，给他们写信，劝他们当兵。一个信封装了三封信，给凤岭、香跃、安寨各一封。给凤岭的信中有一首诗："男儿立志出乡关，学不成名誓不还。埋骨何须桑梓地，人间到处是青山。"当时，这首诗在同学当中传来传去，版本很多，我以为是古诗，真不知道是毛主席的诗。我在信中没写明诗的出处，凤岭错以为是我的作品，暗自感叹了很多年。后来他也走出了"乡关"，当兵去了北京。他到部队显露才华，"一路冲杀"当了师级干部。

今年春，他偶尔翻书，发现这首诗是毛主席的诗作，引发前文的一幕。好在有了手机，方便，我立刻打开百度查找，发现这诗真是毛主席的早年作品。原诗是《七绝·改西乡隆盛诗赠父亲》："孩儿立志出乡关，学不成名誓不还。埋骨何须桑梓地，人生无处不青山。"1910 年秋，少年毛泽东离开韶山冲，准备走向更广阔的世界。行前，在父亲账本背面写下了这首诗。原诗和我抄送凤岭的版本差了四个字，我们哈哈大笑，感慨之余，更加赞叹诗作的感染力。

那个年代，毕业了同学分手时，都喜欢互送"赠言"。将古诗、金句互相抄送，写在笔记本的首页。书信往来也是如此。所借诗句有的知道出处，有的不知道。感觉不错，就拿来一用。既是惜别，也是相互鼓励和对未来生活的憧憬。我们这些土生土长的农民子弟，心中不都是高粱地，也有自己的梦想，有自己的追求。

一心想跳出庄稼地，这是个不争的事实。有的人可以在城里找份工作，没门路的只能干一辈子庄稼活；有的父母吃商品粮，可以接班；有的经过大队推荐，到某个工厂当合同工（上工时穿着灰色劳动布的工装，兜上面印有厂名的白字，很神气），亦工亦农。这些人，漂亮的姑娘抢着嫁。那个年代，人们追求的是商品粮、铁饭碗。

80年代恢复的高考制度，给农家子弟带来了希望，但我们基础太差，因此落榜。诗给了我们勇气和力量，对我们的人生起到了很大的引领作用，让我们走出乡关，来到军营，丰满了我们的家国情怀，提升了我们的人生高度，也使我们更加成熟。

这是一段难忘的经历，是我们奋斗的初始。在当时的状况下，少年心事，起伏有波，立志奋斗是自然的事。今生虽无大成，也并无遗憾。征途漫漫，家国乡愁总在心中。

学校里的大笼屉

现在的孩子，一到初中就开始住校，而且多是在外地。临开学，是家长们最忙碌的时刻，要为孩子们备足吃的、穿的、用的以及各种"卡"。比如银行卡、饭卡、购物卡、电话卡、零食卡、洗衣卡等，五花八门。用小轿车把孩子送到学校，并亲自到宿舍帮其铺排好被褥，摆好日常所需，千叮咛万嘱咐，才恋恋不舍地离去。

看着家长们这一系列的"功课"，总是想起我们上学时的情景。上小学时，"土台子，泥孩子"是教室环境的真实写照。出村上学后，虽然有了木头课桌，凳子还得自带，条件非常艰苦。我对那时印象最深的是合方中学的大笼屉。

1980年，我在合方中学读高二。新盖的两间教室在学校的东北角，地面还没有弄好，"第一课"就是背土垫教室。同学们从家里拿来粪筐、铁锨，两人一组，到学校东面的树林子里取土。大家干得热火朝天，因为不干就没地方上课。

当时是"走读"，骑自行车上下学。因离家远，中午饭成了大问题。开始，学校没有食堂，要自己备好中午的干粮。后来，学校买了大笼屉和大铁锅，只能给学生们把馍馍熥热，再供一点开水，菜要自行解决。

大锅台设在西头小门内侧的砖台子上，笼屉两层，圆形，竹木结构。熥馍馍时为防漏气，锅沿与笼屉的接合处常常围上一圈麻布。锅台是那种传统的农村土灶，柴火旺时，热气腾腾，散发出说不清道不明的混合味道。因为大家的馍馍不一样，有白饼、馒头、糖包、菜团子等等，都用小手绢包着，堆在笼屉里，像是"馍馍山"。

难忘开饭的那一刻。中午，下课的钟如同敲打在我们的肚皮上。十七八岁正是长身体的时候，下课时，早已饥肠辘辘。我们一窝蜂似的涌向那个诱人的笼屉，寻找属于自己的馍馍，那是娘每天亲手包好的味道，是牵挂，是人间的至味。

此时的笼屉旁，看似零乱，大家却心中有数，都能记清自己存放饽饽的大概位置和记号，不会拿错。

拿到自己的饽饽后，便仨一群俩一伙，围在一起，蹲到地上，共享带来的菜食。菜虽简单，花样可不少，有的拿来豆瓣酱，有的拿来老咸菜，有的拿来糖蒜，还有的拿来臭鸡蛋，最奢侈的是一个同学的炒豆芽，里面有肉丁、红萝卜块、花生豆、黄豆芽，真解馋！我们也曾发现过某个女同学悄悄给了一名男同学一个鸡蛋……

有一天，老师说柴火不够烧了，要停课拾柴。于是，我们以村为单位自由结组，分赴各处大洼拾柴火。记得是春天，地里开了化，秋耕过的地里裸露着不少玉米或高粱茬头（秸秆最下面的部分）。我们推着小平车，拿着短镐、背筐，将茬头从地里刨出来，敲掉土，装车运往学校。虽然累得满头大汗，却收获了劳动的快乐。

后来，学校有了食堂，也挤出了两间男女宿舍（大通铺），但仍不能满足需求，只有少部分学生能住校，大部分要自己想办法，到学校附近找房子住。

中学所在地属合方人民公社管辖，有两个社办工厂，即南工厂和北工厂，还有商店和粮站。有门路的同学能住在这些"公家的地盘"，这里有电灯，条件自然要优越一些。我和香跃同学没有门路，人托人在粮库附近找了个民房，是人家的一间配房，在房东正房的西头，用土坯垒的。房内有一土炕，下面铺了一层麦秸，上面一张草席，我俩正好挤在一起，年轻人身体壮，不觉冷。我们找来一个旧瓶子，自制了一盏煤油灯，豆大的灯火下，映照着我们青葱的岁月。

我和香跃报考的是文科，当时合方中学没有专门的文科班，所以很多功课都靠自学。记得找到了几本课外书，比如《中国古代文学作品选》《中国现代文学作品选》，我们交替阅读。在这间草屋子里，我们读到了唐宋八大家，知道了"文起八代之衰"的韩愈笔下，不但有我们课本上的《师说》，还有《祭十二郎文》，有《送李愿归盘谷序》；知道了柳宗元不但有《捕蛇者说》，还有《永州八记》；背过了朱自清的《荷塘月色》，至今不忘那优美的句子。草屋虽小，置身其内，我们增加了阅读量，也开阔了视野。

　　教语文课的是孙振其老师，他虽不苟言笑，讲课却很有水平，我们跟他学了不少东西。他的教学风格十分细致，尤其在文言文的教学上，字词句拆解得非常透彻。比如李白的《梦游天姥吟留别》、杜甫的《茅屋为秋风所破歌》、屈原的《国殇》等，令人印象深刻，四十年后的今天我仍能大段地背诵。

　　我们这些吃过学校大笼屉的学生，都是农家子弟，真诚朴实，吃得了苦，耐得住清贫。除了这些，还有一些其他的特点。一是有满满的正能量。爱国爱家，循规蹈矩，从小接受中国共产党的思想教育，有很浓重的红色情结。二是重感情。有很浓厚的家乡情怀，浑身满带黄土地的纯真，无论走到哪里，对乡亲、对朋友都有一份真挚的感情。三是踏实干事。同学当中有大学生，有军官，有国家干部，也有工人农民。无论在什么岗位，每一个人都会踏踏实实地干好自己的事情。这是我的观点，属一孔之见。

　　而今的孩子们上学条件之优越，是我们当年想都想不到的，这是社会进步和发展的体现，无可厚非。我想说的是，如果我们和孩子在享受幸福生活的同时，讲一讲当年大笼屉的事，能抚今追昔就更好了。

游月河古街（外一篇）

嘉兴有个月河古镇，古镇有条古街。1700年前的京杭大运河由此而过，"其水弯曲抱城如月"，引来两岸繁华，至今不衰。此次到嘉兴，夜宿古镇，有幸一游。

江南三月，水碧花新，春意醉人。下午5时，我们抵达月河客栈。在服务台办完登记、刷脸、领卡之后，就寻房入住。

说寻房并不夸张，一行几人，各持房卡，过小桥，绕溪水，步长廊，虽有服务员引领，也有一种古巷幽深之感。服务员告诉我，这里都是老建筑，原是民居，后由政府收购改成客栈。听她一说我们方才注意，这里偌大一片建筑群，都是三层洋楼，青堂瓦舍，隔水相望，是典型的水乡小镇。我们还未正式游览，就先领悟了古镇的雅韵幽情。

我们草草吃了晚饭，按照店家的指点，用房卡刷开后门，过桥穿巷步入古街。

街景俨如一幅画，古朴典雅，韵味十足。房屋风格不像徽派建筑那样飞檐翘壁、雕梁画栋，多是砖、木、石为材料的混合架构，棱角分明，色彩凝重，凸显一种外在的艺术美。店名招牌更以老字号为主，托举着江南古老的手工文化。比如"锦绣轩""老祥和""嘉丝坊"等，引你走进江南的绣房、美食屋，或闪耀着珠光宝气的金银铺子……

随着铿锵有力的捶打声，我们走进店门洞开的甜食斋。透明的货架上，各色点心摆放其间，桂花糕、花瓶酥、莲花饼撩人味蕾。前台小姐身着大红的旗袍，微笑着引领我们走近琳琅满目的美食，指点介绍。经过一番讨价还价，我们便决定团购。嘉兴人真是会做买卖，旗袍小姐在前台微笑服务，卖娘在后台精打细算，结账收钱，精明顿显。

沿古街前行，客流缓缓，街灯妩媚，就像这大运河，流淌自然，蓄情深远。我们从"禾城小厨娘"走过，窗口飘来佳肴的香味。有人提议尝一口老店的三黄桂花鸡，而有人单单喜欢管老太的臭豆腐，于是，分了两路，各取所好。再会时，又相约了一杯经典的雪梨汤，这是清乾御饮，桂花、茉莉点缀其中，别有风味，令我等北方大汉，爽透了肚囊。

古街虽老，却并不缺少现代风情。紧挨着月河小巷，是一个明清时期的建筑，霓虹闪烁衬托出"研磨时光"的字牌，伴着靡靡之音飘出"适合华人的咖啡"的广告语。这种新式咖啡据说源于新加坡人的创造。咖啡店的出入者年轻人居多。旧台新戏，风景独特。

再往里走，更加洋气的招牌撩人眼帘——"纳西珍宝""南洋记忆""朵坞茶饮""上海女人"。虽然我们没有进入，但欣赏了一番店里热热闹闹、买卖兴隆的样子。

街不长，亦不宽，既有古韵，又有新风；既有山里货，又有海底鲜；吃喝有百味，把玩能尽兴；俗者俗到老家，雅者雅至经典……切身感受到了古街的厚重和宽容。

我有个多年养成的习惯，每到异地，总会在他乡留意老家的元素。我曾在义乌小商品市场看到过"金丝杂面"，在北安的火车站品尝过衡水老白干，在湖州听人讲过"耿长锁的白毛巾"，在塞罕坝遇到了饶阳劁猪匠的后代。

果然，我在这古运河边见到了老乡。

先是在一个工艺品柜台发现了衡水的水晶内画，近前搭讪，经销者却是嘉兴本地人。我一边套近乎，一边了解她与衡水内画的渊源。女掌柜或出于保守商业秘密的想法，顾左右而言他，指着对面的小窗口说："卖鸭头的是你们河北人。"

过街一问，卖鸭头的小伙子喜出望外，一改满嘴的吴侬软语，"嗯呢"了几声，我们很快拉近了距离，叙起了乡情。

老乡二十出头，说话瓮声瓮气的，显露出北方娃娃的憨态。攀谈中得知，他是献县人，家在"四十八村"之列，属滹沱河泛区，离我们不远。老年间，这一带就有出外的传统。连年发水，庄稼没收成，秋后，很多家庭用砖将家门一堵，四处漂泊。改革开放了，年景不同于过去，这一带出了不少商人、能人……小两口刚开始在嘉兴打工，后来做起了买卖。看样子混得不错。

250

他的店面不大，靠里的地方摆着一把躺椅，椅子一侧是低矮的小餐桌，桌上散放着碗筷、菜盘子和两三个白面馒头——显然保持着北方人的饮食习惯。女人打扮入流，浅色灯笼裤，紫色的坎肩，披发，还化了妆，仍是北方人的热情与豪爽，非要给我们包一些辣鸭头，我们谢绝了。寒暄过后，继续往前走，回头，见他还远远地望着我们，不停地招手。咱滹沱河边的人，就是实诚。

走到街头，有一座雕刻精美的石桥，桥前是小广场。时兴的歌舞、苏州的评弹以及古装打扮的生旦净丑，在这五彩缤纷的夜晚各表风流。

"小妹长得俏模样，九里桂花十里香……"，柔美的旋律像水面飘来的轻雾，撩人耳目，大家不由自主地凑过去，驻足观赏。

时钟连敲九声，其音懒散，我也稍感疲惫，移步桂花树下，在一块石头上坐下来。眼前的大运河，像穿上了一身彩色的衣裳，华丽而文静。默然体味小桥流水和古镇的低吟浅唱，感受着月河文化的细腻和绵长。我想，从稻谷之源到鱼米之乡，吴越情愫在这块古老的土地上始终绵延，当地人以其智慧和活力，营造出了小镇的特色生态。这在于坚守，也在于接纳，繁荣不衰的根由亦在于此。

遇瓶山

山不在高，有仙则灵。瓶山无仙，有瓶，因形似酒瓶而得名。它高15.8米，面积6600平方米。我对此山并不熟知，曾以为瓶山在开封，这次到嘉兴，才知其方位。

嘉兴的早晨清纯而安详。我被楼宇间的溪流叫醒，用微信约了同行的田、马二兄弟，出门散步。

沿中山路向东，边走边聊边欣赏古镇的街景。路边的桂花、法桐碧枝如洗，装扮着南国的春天。一排排的筒子楼、整洁的马路和形象生动的宣传牌组成了小镇的风貌。

行至中山路中段，在一片浓郁的丛林中，忽现亭台，飞檐下似有墨迹，风摇枝条，半遮半掩。正疑惑间，一位白须老者从此路过，向其问询，方知这就是瓶山。他告诉我们，此山与宋朝大将韩世忠有关，当时韩将

251

军打了胜仗，在此驻扎庆贺，将士们每日豪饮，将酒瓶堆积于此，成为一座小山。

出于好奇，我们穿过马路，欲探其究竟。拾级登上窄小的石阶，三步两绕就爬完了这座山。

不识瓶山真面目，只缘未进此山中。山虽不大，亭台楼阁，洞池坊柱一应俱全。山势高低错落，小径盘桓；山中有溪，溪入浅池，池中鱼欢；珍花异鸟，夺人耳目；举步其间，遍数山景——瓶山阁、积雪堂、忱恋亭、读书轩各有风采；细观八咏亭，灵气十足，古风飘逸。当地一位老先生说，此乃根据清同治六年嘉兴知府许耀光的《嘉禾八景》一诗命名，原建在南湖烟雨楼前，后移建瓶山。可见，诗与景的密切关联。景生诗，诗亦生景。不得不为我们中华文化的博大精深而倍感自豪。

我在一块竖起的白玉石上发现了许耀光的《瓶山积雪》，尤为喜欢。"试上瓶山莫为寒，楼台白玉倚栏杆。雪晴海国阳春早，掺入梅花一色看。"将雪后瓶山之美尽付笔端。后有人根据此诗创作了《瓶山雪景图》，让人激发无尽的情怀。可惜，此行无缘欣赏瓶山雪景。

清《嘉兴府志》记："宋时置酒务于此，废罂所弃，积久成山。"

无论在府志里还是关于韩世忠的传说中，瓶山之景确与酒有关。可见，自古诗、酒、景、画是密不可分的。如此说来，瓶山也可与仙搭上关系的——酒仙是也。在这酒的诗乡里，我似乎听到了将士凯旋的歌声，听到笑谈渴饮、壮怀激烈的豪情。

此时，金曲悠扬，人们晨练兴浓。或独步太极，或联袂起舞。显然，这里已成为市民健身娱乐的园林福地。

此诗此景归于瓶山，醉在远方……

平原风（外二篇）

你不像山谷的风，那么孤独、旋急、凛冽；也不像大海的风，那么湿漉、狂卷、惊岸。

有时你是木梳，柔情地梳理着碧波绿意；有时你是骏马，一路豪歌让万物望尘莫及。

有时你如古典的旋律，飘荡在历史的长河；有时你如当代的锣鼓，喧闹于现实的门窗。

有时你俨如一位少女，精心装饰着春夏秋冬；有时你酷似一个顽童，在河道上撩沙逐浪。

有时你在田间摇曳秋色，有时你在树梢凝结冰霜。

有时你很乖巧，帮场院的木锨分离谷物，为孩子放飞纸鸢；有时你很暴戾，使人们的生活一片狼藉，让肥沃的土壤空劳一场。

这就是你，平原风的力量！

这就是你，平原风的任性！

世世代代人们给你的评价，有责怪，也有赞赏；有无奈，也有期望。

历经沧桑的老人对我说，平原的风从远古吹来，它用特别的脚步丈量着大地，向岁月昭示着人间的悲喜和壮美！

任风飚万里，其情在远方！

一条河

冰雪覆盖，你是一条蜡塑的蛇。暗流是血，梦在冬蛰。任由无数脚步踩过你清澈的脊背。你承受着狂沙，吟咏着江河。

你曾历数寒星，点读苍穹的寂寞；也曾拍击地脉，聆听幅员的辽阔。

你不在意阳岸的一弯浅笑，也不在意冬雪的一味诉说。你凝结的是奔流，潜藏的是碧波。

那一日，春风从你的肩头吹过，笑着，抚去你一脸的尘埃。然而，你并无惊叹，默默地接纳着自然的恩泽。

归雁北翔，展翅高歌。千里迢迢，情深似火。

烟堤翠柳，笑脸扬波。河草青青，莲蓬婀娜。

一条河的美丽，不在眼前的风景，在于川流不止的坚守，在于无愧天地的淡然，在于对哲理永恒的思索。

你不是一条河，你是一道亘古不息的真理！

秋之韵

不经意间，秋悄悄地来了，从容笃定，款款而行。

捷足先登的是秋风。潇潇洒洒，直贯长空。落到田野上，是一幅壮阔的长卷，历数着春种夏长；落到台阶上，是一抹清凉，饱含着天抚地慰；落到人的心里，便是一串多情的诗行，勾动着思绪疯长。

绿是初秋的主旋律。青山包裹着苍翠，碧野怀揣着沉重。一棵草点缀一个季节，一方田彰显大地的性格。绿，染遍了江山；绿，浸透了生命；绿，安然了灵魂！

秋并不缺少色彩。五颜花仙，百鸟争鸣，金风稻谷，鸿雁南翔，苍老的梧桐招摇着岁月，串紫流丹述说着风光。

知秋，要的是那份宁静和葱郁；感秋，求的是那份厚重和坚实。而解读秋天，不专属于哪一位丹青妙手，也不专属于哪一位长衫诗仙，最有资格的是那双长了老茧的手，在那粗糙的掌心里，我悟到了秋天最美的韵味！

乡村花絮

晨曲

1. 早晨第一缕阳光，吻着农舍的脸，烟囱挺立，向太阳敬礼。袅袅炊烟，述说悠长的岁月。大地清风，奏响生活的乐章。

2. 如果说古老的诗经台，在村庄丢下诗意的种子，那么，而今学子求学路上的奔波，一定饱含了遥远的音符。天上的星星记得，地上的黄土记得。踏破黎明的大步追求，是早晨最美的风景。

3. 一根红线，连着千家万户。当晨曦初露，《东方红》那美妙的乐曲，滋润着心田。技术落后的年代，广播站入户的小喇叭，肩负着一个伟大的使命。

4. 生产队的钟声，就是社员的集结号。它一头挂在老槐树上，一头连着人们的心。早晨的重锤敲击，是队长发出的指令。钟声悠扬，便是为劳动谱写序曲。

5. 已到夕阳岁月的老革命，偏争这第一缕晨光。一把粪叉，清除车马的过往；一个柳筐，肩负余生的奉献。几十年夕阳红，映照在晨辉里。

6. 挑担人一声吆喝，早饭送到地头。征战早晨的社员，闻到大锅饭的清香。麦子熟了，人们把秒针刻在镰刀上。一季的庄稼，抢收刻不容缓。

7. 脚踩青草雨露，头顶黎明星辰。手持长杆，深入蝉居的树林。乡村的孩子们，把蝉蜕收入囊中。在他们的智慧里，那是一支钢笔或一块橡皮。

8. 邻居家来了亲戚，是城市的大男孩。他领我们到村外跑步，红秋衣、蓝球鞋令人羡慕。我幼小的心底埋下疑问，城里人为什么如此神气？回家向大人探求道理，原来"吃商品粮才能穿上红秋衣"。

9. 敲盆声惊醒晨梦，一名老汉被曝光。做了一次"窃树贼"，当上全村警示教材。老汉自我批判，懊悔不已。历史浪花飞溅，难以冲刷记忆的污迹。

10. 雨后的早晨，是采蘑菇的好时光。勤劳的姑娘呼朋引伴，在河堤柳林寻找。这鲜活的精灵，是大地天然的馈赠。姑娘歌声悠扬，鲜美的蘑菇装满了筐。

11. 村头的土井乡亲们的命，清亮的泉是龙的眼睛。祖上留下一根扁担，担着儿孙的前程。鸡叫后的井台热闹如昨，展现着众人渴望的心情。这条通往土井的小路，洒落的水滴写满憧憬。

12. "开园啦！"一声欢呼，瓜熟蒂落。西瓜把满腹感激，化作殷实红心，献给培育它的农民。点种、抓肥、浇园、锄草。晶莹的露水是他们的汗珠，瓜园长出了甜蜜的日子。

13. 穿过小巷来到村外，打一筐青草背回家。猪羊等待鲜嫩的美食，这是农村孩子早晨的功课。为父母分担日子的重负，露水打湿了布鞋裤腿，快乐挂满嘴角。勤劳是农民的根本。

14. 荷把锄头迎着朝阳，来到田间参加生产。满地庄稼鼓掌欢迎，脚下的路曲折漫长。高考榜上无名，农村天地广阔。一阵凉风掠过，诗情画意荡漾。

15. 太阳、农民、土地，是一幅蓄意深刻的画。眷恋土地，却总谋划着让子孙逃离；向往城市的高楼大厦，却割舍不了对土屋的祭拜。这份哔剥燃烧的情感，在太阳下生生不息。

夜话

1. 在农家土井，提一罐井拔凉水，秫面饼裹上小鱼，就是一顿晚饭。坐在院里数星星，听奶奶讲牛郎织女。这重复了一百遍的故事，连那只花猫都能背出。

2. 打谷场守夜的老头，总讲些妖魔鬼怪。一群孩子听到半夜，不敢回家。老头告诉我，走夜路用手抚弄头发，会冒火星，鬼见了火，就会吓跑。

3. 一盏灯笼挂在树上，院子坐满听评书的人，总是说完计划生育，才肯唱《小二黑结婚》。小鼓咚咚，丝弦声声，高高吊着人们的胃口。等不到小二黑出场，好多孩子已进入梦乡。

4. 县工作队来了，住在那个闲房子里。我们喜欢趴在窗外，听两派斗嘴。革命口号滚瓜烂熟，桌子拍得山响。

5. 自从听说有个小靳庄，样板戏更火了。大队部整夜明灯火仗，排练折子戏。杨子荣和小常宝突然失踪了，后来听说他们结了婚，在东北倒卖蘑菇发了。

6. 夏夜的滹沱河，是村上的浴场。劳累了一天的男女，在清澈里沐浴欢歌。一片蒲棒草，将男女隔开。顺流漂来一只花鞋，在男人的世界荡起涟漪。

7. 学校的灯光球场，是村上的荣耀。约来邻村青年比赛，围观的村民掌声不断。那时的年轻人，很少有人不会打球。体育运动，在全村得到普及。

8. 大队部是"政治中心"，门口电灯彻夜光明。村上的"政要"，夜里总是很忙碌。文山会海系列活动，燃烧着革命的激情。队长会、群众会、忆苦思甜会，高音喇叭没有闭嘴的时候。

9. 出村看电影是时尚，扑空也是常事。那场《三打白骨精》，跑了几个村子愣没看到。一出《奇袭白虎团》，我们跟着放映机看了五个村。

10. 夯歌总在晚饭后响起。风趣有力的号子，绑定如石的希望，将幸福夯入房基。领号的是一个公鸭嗓，把祖宗的心愿唱响夜空，诉说着几代人的梦想。

11. 夜半三更，东南方发现三颗信号弹。民兵连长吹响集合号，基干民兵持枪巡逻，少年儿童扛起红缨枪投入战斗。队伍悄悄行进，敌人胆战心惊。

12. 月色笼罩着大地，一场鏖战刚刚开始。平板车你追我赶，将"粪山"洒满田间。劳动竞赛的歌声，激荡着社员的心。战天斗地的豪情，催发着社会主义建设的车轮。

13. 春夜静悄悄，柴油机在田间独唱。怀胎的小麦吮吸着甘泉，期待着成熟的季节。机手是个好小伙，开畦口的姑娘倾慕已久。小伙送去煮熟的麦穗，劳动成就了爱情的佳话。

14. 饲养员的梦，是那匹心爱的枣红马。一年前丢失他乡，四处寻找让人心焦。黎明一声嘶鸣，惊醒了沉睡的老汉。归乡的老马就在窗前，前蹄捣地，满眼潮湿。

15. 晚饭熟了，站立高台唤爷爷回家，整个村庄都能听到。香喷喷的玉米饼，等着出锅。规矩习惯，一代代地传承。也是孝道，也是老理儿。

梦景

1. 无人机在村庄上空盘旋，这是孙子的最新设备。爷爷站在果园眺望。嗡嗡的幸福节拍，是农民的宣言。梦，插上了翅膀，在高高的天空升腾。

2. 百里蔬菜长廊，是一幅杰作。农民们饱蘸激情，将银光闪闪的世界变成巨幅彩绸。绿色浪波里，果蔬飘香。滹沱河两岸的田野，长出了神迹。

3. 瓜果协会会长，是当年扒瓜的发小。曾经匍匐瓜田的手，操纵着键盘，千里之外的商机，尽在指间。今生注定与瓜结缘。

4. 乡村振兴从新名词开始：观光农业，绿色采摘；特色小镇，京南菜园。农民在新意中体验希望。如果说来自远古的文化，承载了中国几千年的沧桑，那么当代这场农业革命，无疑在给文化注入绿色元素。

5. 耿长锁的梦是组织起农民来，共求温饱。人们将精神和大寨的梯田放入展馆，定格了历史的光辉。从蔬菜大棚走出的人大代表，在人民大会堂参政议事，把田野的风吹进中南海。时代赋予了农民新的使命。

6. 金丝杂面走进皇宫，是流传百年的故事。小县农展亮相京城，令中外游客叹为观止。它占领着农业科技的高地，是创新理念的升华。走进富丽堂皇的农展大厅，就看到了黄土地农民的笑脸。

7. 过去的马车成为珍藏，开着轿车下地劳动，张扬着菜农的个性，放飞生活的理想。收工时刻直奔县城，游泳、撸串、K 歌，高唱文明富裕的日子里，演绎着生活方式的革命。

8. 领奖台上，县长把一朵朵鲜花，戴在农民企业家胸前，每一朵都绽放着创业的血汗。那冲出国门的人间美味，那巧夺天工的内画精品，那悠扬悦耳的民族乐器，飘逸着农家儿女梦的霓裳。

9. 互联互通引进农家，他们在田间地头对接世界。银行、农资、高校、科研所，一键自通。旅游在高科技农业园，无须刻意专注，菜农网上的随手操作，便会让你一饱眼福。

10. 农民工探家一夜，便立马返回。"一带一路"的工程正紧，身上肩负着责任使命。打工的城市遥远陌生，妻子记不清它的名字。临别甩出的几句字母，让她感受了一把异域风情。

11. 周一的村口小路，轿车陆续由此出村。把孩子送到学校，播下希望的种子。或许他（她）远走高飞，或许回到家乡。庄户人梦中渴求知识的力量。

12. 高楼大厦，不是城里人的专属。全款，买两套一梯两户，与儿子住对门。冬天在城里享受生活，农忙回村创业打拼。乡下人进城的梦已成真。

13. 奶奶的嫁妆，是一个梳头的盒子。母亲的嫁妆，两张铁锨上捆一条同心的红绸；女儿的嫁妆，一辆轿车，二亩大棚。三代人，一百年。嫁妆，梦的缩影。

14. 农民走出一亩三分地，亲吻祖国的山山水水。旅游就是一串诗行，在母亲的血液里燃烧。在自家的土地上行走，我们最有资格。一百岁了，看到了高山大海。黄帝陵前，来一个深情祭拜。

15. 中央电视台的摄制组来到这平原小县。乡村大世界设在蔬菜小镇，秧歌队扭出了农民的心声，满地的果子映红了天。人们想到红军时代的安塞腰鼓，想到科学的春天。乡村梦连着中国的大梦，梦在延续……

春日私语

卸下去年的行囊，告别鞭炮的回响，迎着春寒料峭的早晨，眺望诗的远方。

轻轻撩开积雪的一角，大地揉着睡眼，从梦中醒来。她梦到春的使者，梦到桃花，梦到了绿叶，梦到了一树葱茏。

她开始蒸腾，开始向世界述说心事。雪，被大地的热情感动着，淌着泪，褪去素妆，作别盛景，飘向云霄。

柳是春的情人。她静静地站在河岸，寂寞地张望，周身的血脉鼓动着，企盼春风的抚摸。低垂的枝条吐出新芽，那是给春天的信物。

水边的芦苇不动声色。芦花摇动一身枯黄，看似漫不经心，苇根却偷偷积蓄着力量。那悄然破土的一刻，是它们扬眉吐气的日子，一洗往日的萧条和凄凉，向大自然诠释根的思想。

你看那解冻的河水，满身轻松，喜气洋洋。曾经凝固的碧波演奏出生动的乐章，粼光闪烁，呼唤游走的生命。它们从不缺少爱意，张开胸襟拥抱儿女的希望。

站在小桥瞭望远方，翔鸿归途，悄然上路。它们认得对岸的芦苇，那是家的港湾。带着春天的绿意，带着清风的悠长，它们将真实的故事唱给村庄。

跋

写滹沱河的想法由来已久。20世纪80年代初，我在部队服役，经常和一位在外地工作的前辈通信。当时我还是一个不到二十岁的毛头小伙，老人已过五旬。几乎每一封信里，他都用大量的篇幅抒发对滹沱河的感慨，从他当儿童团长，到跟随抗日队伍转战滹沱河两岸，字字句句，饱蘸深情，嘱咐我要"不忘滹沱河，不忘家乡水"。

说心里话，虽然我在滹沱河边长大，周身流淌着这条河的基因，对其有感情是自然的，但由于年龄小，并没有过多的思考，更没有将这份情感上升到理论的层面。老人信中的教诲点亮了我心头的灯火，使我对这条流淌千年的河水的感情由朦胧变得清晰。从1981年开始，我零零散散写过一些有关的豆腐块，偶有发表，很有成就感。这加深了我对家乡、对母亲河的感知和理解，让我的感情得到了进一步升华。

参加工作以后，整天忙忙碌碌，几次想操笔，也沉不下心。近两年，工作相对稳定，才开始集中精力写下这些文字。虽单薄肤浅，却是我的真情实感。

在写作过程中，我追求自然平淡的艺术风格。苏东坡说："发纤秾于简古，寄至味于淡泊。"平淡是一种境界，一种胸襟。唯真唯纯、至情至理。同时，在文字上我也尽量给人以美感，给人以新意，给人以回味的空间。我不拘泥于某一种笔法，有意增加表达方式的多样性，尽量使文章灵动和鲜活。我始终坚持四条原则：真，美，细，新。

真，就是以真实的感情反映生活。写散文即以吾笔写吾心，写自己的经历、感悟、性情及其他；既不能欺骗自己，更不能欺骗读者；要坦露真情，实话实说。此是为文的原则，也是为人的原则。

在我的笔下，河边的一棵草，一粒沙，都要亲切真实，直接地气。

美，就是能够随时发现美并加以表达。美是客观存在的，既有十里桃花，也有傲雪红梅；既在自然界，也在人的心里。因此，练就一双善于发现美的眼睛十分重要。这是能力，也是心态。

川流不息的滹沱河，曾给我们留下了很多美好的回忆。在滹沱河游戏的童年时光，我们戏水、玩沙、踩冰、摔泥。曾经感受过月光下的波光粼粼，追逐过在沙滩奔跑的鹭鸶，滑行于冰上的世界，捏出泥土的芬芳；我们重温了滹沱河的"大高粱"，品尝了"老河湾的味道"；早晨的鸟鸣，鸡鹅的故事，让人浮想联翩……

有了美的发现，就该有美的旋律。我反复锤炼作品中自己的语言，增强文章的诗意美、画意美，力争给读者以美的享受和启迪。

细，就是关于细节的描写。散文虽然不像小说那样，需要塑造完整的人物形象和故事情节，但必要的细节描写也会使文章妙趣横生，它可以更有效地表现人物个性特征，对事件、场景等也能起到画龙点睛的作用。

新，是说写散文要有新角度。这是个老话题，说起来容易，做起来难。尤其是写乡土散文，作者颇多。人们朝着一个方向走，好像离开了"乡土"就毫无下笔之处了。所以，在题材类似或相同的情况下，既要把自己想说的话说出来，还要尽量避开一些视角，写出自己的个性，实属不易。

比如，我写"山爷"是从人性角度，写"黑哥"是从他的春联说起。这些都属于个性的东西。我把他们放入不同的社会背景下，找出生活的横断面，勾画其中的纹路，以此表现生活，表现人物，表现社会的大主题。这样把读者慢慢带进来，让他们可以在阅读中自然地比较、思考。

这些体会都是我的一孔之见，有的只是一种感觉和尝试，希望读者多提意见。感谢何同桂主任的指导并为本书作序，感谢杨广克主任撰文，感谢老班长张春景、老主任范友遨、曹凌兄的支持鼓励，感谢周宏业、韩有伟同志帮忙，感谢编辑老师们的辛勤工作。是为跋。

刘善民

2022 年 1 月 26 日